U0016561

決戰王妃 3

真命天女 THE ONE

綺拉・凱斯 Kiera Cass 著

賴婷婷 譯

1

我們又到了主要活動室，上著漫長的禮儀課程。突然，一個磚塊從窗戶飛進。愛禮絲立刻趴倒在地，邊哭邊爬地往側門移動；賽勒絲發出高分貝的尖叫聲，火速往後面房間逃跑，還差點被碎落的玻璃砸到；克莉絲抓起我的手臂，拉著我一起向前狂奔到門口。

「小姐們，快一點！」詩薇亞大叫。

才不到幾秒，衛兵已經在窗戶前排成一直線，準備開火攻擊。我們倉皇逃跑，砰聲巨響還在耳邊迴繞。無論對方拿的是石頭或槍械，在皇宮內，視線所及之處，只要看起來不夠兇殘，可能就會淪爲刀俎魚肉。面對這些攻擊，我們已經沒什麼耐心了。

「穿高跟鞋眞是礙事，」克莉絲喃喃說，禮服的裙襬堆在她的手臂上，她的雙眼專注地看著大廳底端。

「未來，我們之中的某個人得習慣這種日子。」賽勒絲呼吸急促地說。

我翻個白眼。「如果是我，以後就每天穿運動鞋，反正我也不在乎了。」

「別說話，走快點！」詩薇亞大叫說。

「我們要怎麼從這裡下去？」愛禮絲問。

「那麥克森怎麼辦？」克莉絲不悅地問。

詩薇亞並沒有回答她的問題。我們跟著她穿過如迷宮般的走廊，尋找前往地下室的通道。

看著一個個衛兵往對面方向跑去，敬畏之情油然而生。是什麼樣的勇氣，讓他們為了他人奔向險處？

經過我身旁的衛兵個個外形相似，但有雙綠色的眼睛鎖住我的視線，是艾斯本。他看起來並不害怕，甚至沒有絲毫驚嚇。對他而言，問題發生了，就要解決，他就是這樣子的人。

我們的視線短暫交會，但已經足夠。艾斯本和我就是如此。短短一秒，無需言語，他就能明白我心裡想的：萬事小心，安全為上。他也不需任何言語，就能回答：我知道，請照顧好自己。

儘管我們可以不用言語就能溝通心意，但也表示當我們需要大聲討論時，事情就不太妙了。我們上次交談稱不上愉快。那時，我以為自己要離開皇宮，打道回府，求他給我一點空間，等我忘卻「王妃競選」的種種。但最後我還是留了下來，而且沒告訴他原因。

也許他對我已漸漸失去耐心，再也不覺得我是他心中的百分百女孩。但我會彌補一切，我無法預見我的人生中沒有艾斯本。即使現在，我希望贏得麥克森的決定，但沒有艾斯本的世界令我無法想像。

「到了！」詩薇亞大聲說，一面將神秘門板往牆壁內推。

我們步下階梯，愛禮絲和詩薇亞帶頭前進。

「該死的，愛禮絲，妳加快腳步啊！」賽勒絲大吼著。雖然賽勒絲的態度有點惱人，卻誠實道出我們的心聲。

我們往下走進一片黑暗中。我試著調整自己情緒，讓自己習慣浪費幾個小時，像老鼠一樣躲起來。我們繼續前進，逃跑的聲響遮掩了尖叫聲。接著，正上方傳來一個男人的聲音。

「站住！」他大叫說。

克莉絲和我同時回頭，視線越來越清晰，終於看清楚他的制服。「等等，」她對下面的女孩說，「是個衛兵。」

我們站在階梯上喘氣，那名衛兵終於找到我們，他也上氣不接下氣。

「抱歉，小姐們。反叛軍開槍示威後就立刻逃走了，我猜他們今天可能沒空開戰吧。」

詩薇亞的手滑過身上，順順衣服，爲我們發言：「國王也認爲現在情況安全嗎？如果不安全，那你就是將這些女孩置於危險之中。」

「衛兵將領已經確認，我很確定國王陛下——」

「你可不能假傳聖旨。來吧，小姐們，我們繼續前進。」

「妳是認眞的嗎？」我問。「我們還要躲在那個老鼠洞?!」

詩薇亞狠狠地瞪我一眼。她的眼神可能連叛軍看了，都會止步不前，我只好閉上嘴巴。詩薇亞利用課餘時間幫我補強知識與技能，讓我轉移對麥克森和艾斯本的注意力，和我開始建立了友誼。然而幾天前，我在《報導》上的驚人之舉，讓這份情誼似乎化爲烏有。她轉向衛兵，繼續說：「等你拿到國王的正式命令，我們就會回頭。小姐們，繼續往前走。」

衛兵和我同時露出惱怒的表情，卻不得不分道揚鑣。

詩薇亞絲毫不愧疚，二十分鐘後，另一名衛兵來通知我們可以上樓。

我惱怒不已，不等詩薇亞和其他女孩，逕自爬上樓，走出去。我手裡拎著鞋，到達一樓某處，繼續走到房間。侍女們不見了，但是有個銀色小盤在床上等我，上頭有一封信。

我立刻認出是玫兒的字，接著打開信封，讀著這封來信。

亞美，

我們是阿姨了！艾斯特拉真是個完美的小天使。希望妳能親眼看見她，但是我們知道，妳得待在皇宮。妳覺得我們會一起過聖誕節嗎？先不說了！我得回去幫忙肯娜和詹姆士。真不敢相信她有多美！寄一張照片給妳。我們愛妳！

玫兒

我從信紙後方拿出一張光滑照片，除了柯塔和我，全家人都在。詹姆士是肯娜的丈夫，他站在妻子和女兒的後面，笑得燦爛，雙眼微腫。肯娜坐在床上，身體打直，抱著粉紅色的小包袱，看起來很興奮，也像是累壞了。媽媽與爸爸的神情散發出驕傲的光芒，照片中玫兒和傑拉德看起來特別開心。柯塔當然不會在照片裡，對他來說，去了沒什麼好處，但我應該要在那裡的。

而我卻不在。

我在這裡。有時我也不明白爲何會如此。即便麥克森努力留下我，但他依然和克莉絲約會。皇宮外，反叛軍不屈不撓地攻擊；皇宮內，國王冰冷的言語也同樣中傷我的自信。艾斯本卻始終如一保護我，我必須保守這個秘密。而且，攝影機來來去去，偷取我們生活的片段以娛樂大眾。

我過著被逼到角落的生活，不斷錯過對我眞正重要的事情。

我把憤怒的淚水呑回肚子，好厭倦哭泣。

於是我進入理性模式。能讓一切好轉的方法就是結束王妃競選。

雖然我偶爾會懷疑自己當伊利亞王妃的決心，但毫無疑問，我絕對想成為麥克森的王妃。若想成眞，我可千萬不能漫不經心。我在房間裡踱步等著侍女，同時想起上次與國王的談話。

我焦慮到無法呼吸，全無食欲，但這點犧牲是値得的。我得有些進展，而且動作要快。根據國王的說法，其他女孩對麥克森已經積極行動（在肢體接觸方面）。他還說，在這方面我太平凡，相形失色。

彷彿麥克森和我的關係還不夠複雜似地，我們還得面對一個新的問題——重新建立信任感。我不確定這是否表示我不該問他任何問題。雖然我挺有把握他與其他女孩，沒有親密接觸，但我還是止不住這些念頭。我從來沒精心打扮，以便吸引麥克森的目光——我們之間的親密時刻都是不經意的。但我現在改變主意，希望這樣的刻意表現，能清楚表達我也和其他女孩一樣積極。

我深呼吸一口氣，抬起下巴，走進餐廳。我故意晚一、兩分鐘抵達，希望大家都已經坐在位置上。果然一切如我計畫進行，而且大家的反應比我期望的好。

我行個禮，腿一划，裙襬不經意開了個衩，那道衩幾乎開到大腿。這是件無肩帶的紅色禮服，背部鏤空，侍女們肯定用了魔法才讓我撐起這件禮服。我起身，雙眼凝望麥克森，發現他停下了手邊的動作，某人的叉子還掉下來。

我放低視線，走到座位，在克莉絲旁邊坐下來。

「亞美利加，妳是認眞的？」她低聲說。

我歪著頭看她。「不好意思，妳在說什麼？」我假裝困惑地回答她。

她放下銀製餐具，我們看著對方，她說：「妳看起來很俗豔。」

「而妳看起來很眼紅。」

這句話正中紅心，她的臉色馬上漲紅，轉頭繼續用餐。我只吃了一點點，穿著這身緊繃的禮服，實在太慘了。到了甜點的時候，我不再忽略麥克森，如我所望，他也正盯著我看。他馬上伸手拉耳朵，我也以相同動作回應。我很快瞄了一眼克拉克森國王，努力不笑出來。他怒火中燒，因爲他知道，我想用這些與王子的小默契贏得競選。

爲了贏得先機，我請求離席，讓麥克森有機會慢慢欣賞我的美背。等到離開眾人視線後，我疾步回房。把房門關上後，我立刻拉下禮服拉鍊，迫切地大口呼吸。

「怎麼樣？」瑪莉跑上前問。

「他看起來頗爲驚喜，大家也是。」

露西尖叫歡呼，安過來幫瑪莉的忙。「我們扶著妳，往前走就是了，」她命令道。我照著她的話做。「他今天晚上會過來嗎？」

「會，還不確定什麼時候，但是他一定會過來。」我坐在床邊休息，雙手抱胃，以免開衩禮服掉下來。

安同情地看著我說：「很抱歉妳得再不舒服幾個小時，但我敢保證一切會值得的。」

我微笑著，試著讓自己看起來輕鬆點。在晚宴之前，我告訴侍女們，我想吸引麥克森的目光，卻不敢奢望這件禮服能被他溫柔褪下。

「需要我們留到他來嗎？」露西熱情地問，情緒高昂的樣子。

「不用，只要幫我把這東西拉上去就好，我需要想些事情，」我回答，並起身讓她們幫忙整裝。

瑪莉握住拉鍊。「小姐，請深呼吸。」我照著她的話做，禮服再次緊緊吸附我，令我想起上戰場的士兵：我們穿著不同的盔甲，卻有著同樣的野心。

今晚，我要拿下這個男人。

2

我打開陽台門，讓香甜的空氣充滿房間。雖然是十二月，但仍有微風吹拂，輕輕搔著我的肌膚。他們不准我們獨自逗留在外，一定得有衛兵隨侍在旁，我只好打開陽台門透個氣。

我環視房間，點燃蠟燭，讓房間散發幽暗誘人的氣息。忽然一陣敲門聲，我吹熄火柴，大步走到床邊，拿起一本書，讓禮服裙襬均勻散開。是的，麥克森，我閱讀的時候就是這副模樣。

「請進，」我說，聲音小得幾乎聽不見。

麥克森走進來，我優雅地抬起頭，他環顧昏暗的房間，雙眼滿是困惑。最後，他專注看著我，視線移至我的腿上。

「你來了啊，」我闔上書本，起身和他打招呼。

他關上門，走進來，雙眼緊盯著我曼妙的身形。「我想告訴妳，妳今晚看起來美極了。」

我將頭髮輕甩到肩膀後。「喔，是這件事啊？這件禮服是我從衣櫥裡面挖出來的。」

「我很高興妳把它挖出來。」

我將手指穿過他的手指。「過來坐在我旁邊。我最近都沒看到你。」

他嘆了一口氣，跟上前。「這件事我很抱歉。自從上次反叛軍發動攻擊，我們損失不少人，事情變得有點棘手，妳也知道我父王是怎麼樣的人。我們派了衛兵保護妳們的家人，兵力被分散，所以狀況比平常還糟糕。而且他對我施壓，要我快點結束王妃競選，但我也堅持立場，我需要多點時間，想清楚這一切。」

我們坐在床邊，彼此靠得很近坐。「當然，你有權利決定這件事。」

他點點頭。「沒錯，我知道我已經說了一千八百次，但只要有人逼我，還是會讓我發瘋。」

我微微噘著嘴看他。「我知道。」

他停頓一會兒，我無法讀懂他臉上的表情，我試著想辦法繼續這個話題，不想表現得太咄咄逼人，但又不知如何製造浪漫的氣氛。

「我知道這樣問很傻，但是今天侍女替我擦了這款新的香水。會太濃嗎？」我傾斜脖子地問，好讓他靠過來聞聞。

他靠近我，鼻子碰到我柔軟的肌膚上。「不，親愛的，很好聞。」他沿著我肩膀的線條說，然後親吻我，我嚥下口水，試著專心，得把持住才行。

「很高興你喜歡，我眞的很想你。」

我感覺他的手像蛇一樣在我的背上繞來繞去，我的臉低下。他在這裡，雙眼凝視我，我們的嘴唇只距離幾公釐。

「妳有多想我？」他呵著氣說。

他凝望著我，加上如此低沉的聲音，專注的眼神令我的心跳不自覺加快。「好想你，」我低聲耳語，「好想你，眞的好想你。」

我傾身向前，渴望他的吻。充滿自信的麥克森一手把我拉得更近，另一手穿過我的頭髮，我的身體多想要在他的吻中融化，但這件禮服卻不如我願。突然間，我感到緊張無比，想起我的計畫。

我的雙手順著麥克森的臂膀，領著他的手指到禮服背部的拉鍊，希望這樣夠明白了。他的雙手在那兒游移一會兒，只差幾秒就要拉下拉鍊，他卻突然一陣嘩笑。

他的笑聲讓我瞬間清醒。

「有什麼好笑的？」我驚恐地問，同時還得努力平穩呼吸。

「妳所做的一切啊，這是目前最有趣的事情了！」麥克森彎著腰，邊笑邊敲打膝蓋。

「你說什麼？」

他在我的額頭上落下重重的一吻。「我老是想，如果妳積極一點，會是什麼樣子。」說完他又開始大笑。「眞抱歉，我得走了。」就連他站起來的樣子都有一種嘲笑我的感覺。「明天一早見了。」

然後他就離開了，就這樣離開了！

我坐在原地，覺得徹底被羞辱了。我究竟憑什麼認爲這件禮服會被脫下來？就算麥克森不是完全了解我，至少也知道我的個性——而這樣子呢？這樣子就不是我啊。

我低頭看著這可笑的禮服，眞的太超過了，就連賽勒絲也不會這麼超過。我的髮型太完美，妝太厚。他穿過走廊那一刻，就知道我心裡在打什麼算盤。唉，我繞著房間，吹熄蠟燭，想著明天該如何面對他。

3

我盤算著要說自己得腸胃流感或是頭疼到什麼都不能做。簡直就像得了恐慌症。眞的，怎樣都好，只要不下去吃早餐就好。

接著，我想起麥克森，他總是說要戴上勇敢的面具。我並不特別擅長這種重新站起來的勇氣，但是如果我下樓，只要我能夠出席早餐，也許他會替我加點分數。

我請侍女們替我穿上衣櫥裡最端莊的禮服，希望能抹去之前的作爲。聽見我這麼要求，她們也知道別再問昨天晚上的情況。比起天氣暖和時的衣服，這件禮服的領口還稍微高一點，兩邊的袖長及手肘。這是件印花的禮服，充滿陽光氣質，和昨天的風格截然不同。

走進餐廳時，我幾乎無法正眼看麥克森，但我至少抬頭挺胸。

當我終於偷瞄他一眼，發現他正看著我，臉上帶著俏皮的微笑。他一邊嚼著食物，一邊對我眨眼，於是我再次低下頭，假裝很享受我的鹹派。

「很高興妳今天穿了件像樣的衣服，」克莉絲不屑地說。

「很高興妳今天心情很好。」

「妳究竟是哪根筋不對啊？」她低聲說。

眞沮喪，我放棄了。「克莉絲，我今天不想聊天，讓我安靜一下。」

有一瞬間，她就像要全力反擊，但我猜我不值得她這麼做。她只是坐直身體，繼續用餐。如果昨晚的計畫有一丁點兒的成功，我的行爲舉止還怪得有代價。但如事實所見，我甚至連假裝驕傲都辦不到。

我又冒險看了麥克森一眼，雖然他沒看我，但他依舊努力壓抑著笑意，一邊切著食物。糟透了，我不想這樣被折磨一整天。就在我準備昏倒或裝胃痛，或是做任何事情逃離這裡時，有個男侍走進來。他端著放信的銀盤，行個禮之後，再將盤子端到克拉克森國王的面前。

國王很快地拿走信並開始閱讀。「該死的法國人，」他喃喃自語說。「抱歉，安柏莉，看來我一個小時之內要離開。」

「貿易條款又有什麼問題了嗎？」她輕聲問道。

「是啊，我以爲我們一個月前就已經全都說好了。這次我們得堅定立場。」他站起來，把餐巾丟在盤子上，走向門口。

「父王，」麥克森叫道。「你不希望我一起去嗎？」

國王一如反常，這回沒有大聲命令王子跟上。他只是轉頭看著麥克森，眼神冷漠，聲音嚴厲。

他說：「等你準備好像個國王一樣的時候，你自然會獲得國王的經驗。」他言盡於此，接著調頭離開。

麥克森站著好一會兒，他的父王竟然在眾人面前讓他難堪，他看起來既震驚又尷尬。他坐下來，轉頭看著他的母后。「說眞的，我也不是很想搭飛機，」他開玩笑化解緊張的氣氛。王后微笑著，當然，她必須微笑，我們其餘的人則當作什麼也沒發生。

其他女孩們用完早餐便藉故離開，前往仕女房。這時，只剩下麥克森、愛禮絲和我坐在餐桌前。我抬頭看他，兩人同時拉拉耳朵，然後露出微笑。終於等到愛禮絲離開了。我們走到房間正中央，以免被正在整理清掃的侍女及男侍們打擾。

「他沒帶你去都是我的錯，」我惋惜地說。

「也許吧，」他故作輕鬆地說。「相信我，這不是他第一次潑我冷水，他腦中有一百萬個理由解釋這個決定。若這次他完全針對我，我也不會太驚訝。他不想失去掌控權，越接近我選擇王妃的日子，他越可能如此。我們都知道他絕對不會放手不管的。」

「或者你也可以把我送回家。他不會讓你選我的。」我依然沒告訴麥克森，他的父親是怎麼逼我的。那時，麥克森已經說服他讓我留下來，但他卻在走廊正中央威脅我。克拉克森國王已經說的很清楚，關於我們的對話，我必須保持緘默，而我也不想與他有衝突，但同時，我也很討厭必須瞞著麥克森。

「反正，」我雙手抱胸，補充說，「昨晚之後，我也很難想像你有多想把我留下來了。」

他咬著嘴唇。「很抱歉我笑了，但說眞的，我還能有什麼反應？」

「我想了很多辦法，」我喃喃自語，我還是很尷尬自己竟然試圖色誘他。「我覺得好蠢，」我把頭埋進雙手。

「別這樣，」他溫柔地說，把我拉近，擁抱著我。「相信我，妳昨天晚上眞的很誘人。但妳不是那種女孩。」

「但我不應該是那種女孩嗎？那不應該是我們該有的特質嗎？」我靠著他的胸前嗚噎著。

「妳忘了在安全密室的那晚嗎？」他壓低聲音說。

「記得，但那基本上只是道別。」

「那是個很棒的道別。」

我後退一步，打他一下。他笑出來，很高興能緩和剛剛那股緊張不安的感覺。

「我們忘了這件事吧，」我提議道。

「很好，」他同意說。「而且我們有個計畫要進行，妳和我。」

「我們？有嗎？」

「是啊，而且因爲我父王已經離開，時機正好，我們快開始想想看吧。」

「好啊，」我說，很興奮能參與其中，尤其這件事只有我們知道。

但他又嘆了一口氣，令我很緊張，不知道他在計畫什麼。「妳說的沒錯，父王並不認同妳，但如果我們能努力達到某個目標，或許他也不得不低頭。」

「什麼目標？」

「我們得讓妳成爲人民的最愛。」

我翻個白眼。「這就是我們的計畫？麥克森，不可能的。在我試圖救瑪琳之後，我在賽勒絲的某本雜誌中看過一則民調，人民幾乎不站在我這邊。」

「意見總是會改變的。別因爲一時的想法而意志消沉。」

我還是覺得毫無希望，但我能說什麼？如果這是我唯一的選擇，那我至少得試試看吧。

「好，」我說。「但我先告訴你，這行不通的。」

他的臉上露出一抹頑皮的笑容，靠我靠得非常近，給我一個深長、緩慢的吻。「那我告訴妳，這行得通的。」

4

我走進仕女房，專心思考麥克森的新計畫。王后還沒到，這時，其他女孩已經在窗邊笑成一團。

「亞美利加，快過來！」克莉絲連忙說。就連賽勒絲也轉頭對我微笑，並揮手要我過去。

我有點忐忑不安，到底是發生什麼事？我快步走向她們。

「喔，我的天哪！」我尖叫說。

「我懂，」賽勒絲嘆著氣說。

皇宮內半數的衛兵，正赤裸著上半身繞著花園跑步。艾斯本曾告訴我：所有衛兵都必須接受營養注射，以維持強健的身體。但很明顯，他們也得做很多功課，好讓身體維持在巔峰狀態。

雖然我們的心都是向著麥克森，但是眼前有一大堆可愛男孩，要我們如何無動於衷？

「那個金髮男，」克莉絲說。「嗯，我想他應該是金髮吧。他們的頭髮太短了！」

另一名衛兵跑過窗前，「我喜歡這個，」愛禮絲小小聲說。

克莉絲咯咯發笑。「真不敢相信我們竟然在做這種事！」

「喔，喔！那個，綠眼睛的那個！」賽勒絲指著艾斯本說。

克莉絲嘆了聲。「萬聖節舞會上，我和他一起跳舞，他幽默的程度可不輸他英挺的外表。」

「我也有和他跳舞，」賽勒絲炫耀說。「他想必是皇宮裡最帥的衛兵。」

我忍不住笑了一下。若她發現他第六階級的出身，會怎麼想呢？

我看著他跑步，想起那雙曾擁抱我數百次的手臂。艾斯本和我之間的距離會越來越遠，這似乎無可避免，但即使現在，我仍納悶是否有辦法保留我們所曾經擁有的美好一切。如果我需要他，那該怎麼辦？

「妳呢？亞美利加？」克莉絲問。

其實這裡唯一能抓住我目光的只有艾斯本，但這樣的想法很笨，畢竟只要想起他，我便覺得難過，於是我四兩撥千斤回答她。

「我不知道。他們看起來好像都不錯。」

「好像都不錯？」賽勒絲重複我的話。「妳一定是在開玩笑吧！這些人在我看過的男人中，算是最好看的一群了。」

「不過就是一群打赤膊的男人，」我反駁她。

「是啊，爲什麼妳不好好享受一下現在，之後妳要看也只能看我們了，」她口氣傲慢地說。

「隨便妳怎麼說。麥克森若是脫掉上衣，也和那些男人一樣好看。」

「什麼？」克莉絲尖叫說。

一秒鐘後，我才發現自己的多嘴，此時有三雙眼睛專注地看著我。

「妳和麥克森是何時看到彼此赤裸上半身？」賽勒絲逼問我。

「我沒有！」

「那他有？」克莉絲問。「妳昨天穿那件下流的禮服就爲了這個嗎？」

賽勒絲倒抽一口氣。「妳這個騷貨！」

「妳說什麼？」我吼著說。

「不然妳覺得我該說什麼？」她厲聲斥罵，雙手交叉在前。「除非妳告訴我們到底發生什麼事，證明我們是錯的。」

但我不可能解釋這個。爲麥克森脫下上衣，並不是什麼浪漫時刻。但我不可能告訴她們，那是爲了處理他背上的傷，而且那些傷還是他父親造成的。這是他一生努力保守的秘密，如果我現在背叛他，我們就完了。

「賽勒絲也曾經半裸貼著他啊！而且就在走廊上！」我把矛頭指向她。

「還有人和麥克森裸身相見嗎？」愛禮絲驚恐地問。

她的雙唇倏地張開。「妳怎麼知道？」

「不是妳想的那樣啦！」我大叫說。

「好吧，」克莉絲攤開雙臂說。「我們得弄清楚，到底誰和麥克森做過什麼事？」

「我親過他，」愛禮絲說。「三次，但僅止於此。」

每個人都沉默，不想當第一個說的人。

「我還沒親過他呢，」克莉絲坦白說。「但是我自己決定的，如果我允許，他會吻我。」

「眞的嗎？一次都沒有？」賽勒絲吃驚地問。

「一次都沒有。」

「嗯，我親過他好幾次。」賽勒絲撥一下頭髮，驕傲又大方。「最棒的一吻是在深夜的走廊上。」她看著我。「我們覺得好刺激，因爲可能會被抓到。」

最後，所有人的眼睛都看向我。我想起國王的話，他暗示我，其他女孩比我更放得開、更會玩，而我還沒準備好成爲那樣的人。但現在我知道，這只不過是他工廠中其中一項武器，他想讓我覺得自己微不足道。於是，我和盤托出。

「麥克森的初吻是我，不是奧莉薇亞，只是那時我不想讓其他人知道。然後我們有幾次……比較親密的時刻，其中有次，麥克森的襯衫就這樣掉下來了。」

「就這樣掉下來了？妳乾脆說有一股神奇的力量把襯衫拉高，從他頭頂上飛下來。」賽勒絲咄咄逼人地說。

「他自己脫下來的，」我坦承說。

但賽勒絲還不滿意，繼續逼我：「是他脫下來，或是妳幫他脫下來？」

「我想我們兩個都有吧。」

緊張的氣氛持續片刻，克莉絲再度開口，她說：「好，所以我們現在都知道自己在什麼位置了。」

「是什麼位置？」愛禮絲問。

沒有一個人回答她。

「我只想說……」我開口說。「那些相處的時刻眞的對我很重要，我也眞的很在意麥克森。」

「妳在暗指我們不在意他嗎？」賽勒絲尖聲說。

「我知道妳不在意。」

「妳好大的膽子。」

「賽勒絲，妳想要一個有權有勢的人，早就不是什麼秘密。我敢說，妳的確喜歡麥克森，但妳並沒有愛上他。妳的目標只是那頂后冠。」

她沒否認我說的話，只是轉頭對著愛禮絲。「那這個人呢？我可從來沒見過妳流露出一點感情。」

「我比較含蓄。妳偶爾也該含蓄點。」愛禮絲馬上砲火回攻，看她露出一點憤怒情緒，我更加喜歡她了。「在我們家，所有的婚姻都是媒妁之言，我知道那是怎麼一回事，我很清楚。也許我不是愛麥克森愛得死去活來，但是我尊敬他，感情可以慢慢培養。」

克莉絲以充滿同情的語氣說：「愛禮絲，這樣聽起來還眞的滿悲哀的。」

「才不會，世界上還有比愛更重要的東西。」

我們盯著愛禮絲看，她的話在空中迴盪。我爲家人奮鬥是出於愛，對艾斯本也是如此。但是現在，雖然我害怕到不敢去想，我很確定我令麥克森擔心的那些行爲——就算眞的是蠢到家好了——也是因爲同樣的感覺。只是在這裡，愛情似乎不是最重要的考量。

「嗯，我會說，我愛他，」克莉絲不加思索地說。「我愛他，而且希望和他在一起。」

瞬間又回到這個話題，我懊惱地想融化在地毯上，我到底開啓了什麼話題啊？

「好，亞美利加，妳也坦白說吧，」賽勒絲問我。

我僵在原地，淺淺地呼吸著，花了些時間才想到該怎麼說。

「麥克森知道我的想法，這才是最重要的。」

聽見我的答案，她翻個白眼，但也沒有繼續追問。想必是害怕我也會以牙還牙地逼問她吧。

我們站在原地，互相看著彼此，王妃競選已經持續好幾個月，現在總算能看出這場比賽真正的輪廓。我們多少窺見其他人與麥克森的關係（至少是就某一方的角度），而且可以互相比較。

一會兒過後，王后走進來，先和我們道早安。我們向她行過禮之後，便各自回到位置上，回到角落與自己獨處，也許本該如此，這裡有四個女孩和一個王后，而其中的三個人，很快就會帶著關於我們如何度過秋天的趣聞離開。

5

在樓下圖書室裡，我雙手緊握，來回踱步，試著在腦中組織適當的語句。我得在麥克森從其他女孩口中得知前，向他解釋剛才發生的事，但這並不表示我很期待這個對話。

「叩、叩，」他說著然後進來。見我一臉擔憂，他問：「發生什麼事？」

他朝著我走過來，「你別生氣喔，」我先警告他。

他的腳步慢下，臉上的擔心轉爲警戒。「我盡量。」

「其他女孩知道我看過你沒穿襯衫的樣子。」我看見問題已經在他的嘴邊，我信誓旦旦地說：「我沒說出你背上的傷痕。」接著我又說：「雖然我想說，畢竟現在她們都覺得我們之間一定有親密的舉動。」

他微笑說：「最後確實是如此啊。」

「別開玩笑了，麥克森！她們現在恨死我了。」

他抱著我，眼裡仍然閃爍著光芒。「眞令人安慰，我不生氣。只要妳仍然守著我的秘密，我就不介意。但是我有點驚訝，妳們怎麼會聊到這件事？」

我把頭埋進他的胸前。「我可能無法告訴你。」

「嗯。」他輕撫著我的背。「我以爲我們應該努力建立信任感。」

「沒錯。但請你相信，如果我告訴你，事情只會更糟糕。」也許我錯了，但我滿確定如果向麥克森坦承我們當時欣賞打著赤膊、大汗淋漓的衛兵，所有女孩都會遭殃。

「好吧，」最後他這麼說。「其他女孩知道妳看過我上半身赤裸的樣子，還有其他的嗎？」

我猶豫一下。「她們知道我是你的初吻。我也知道你和她們做了什麼、沒做什麼。」

他把我往後退一步。「什麼？」

「我說了赤裸上身的事情後，大家互相質問，所以又彼此澄清解釋了一番。我知道你常和賽勒絲接吻；如果克莉絲願意，你老早就吻她了。總之，所有事情都被說出來了。」

他的手擦過他的臉，踱了幾步，沉默了一會兒。「所以，我已經沒有任何隱私？一點都沒有嗎？就因爲妳們四個人想比較一下彼此的戰績？」很明顯他很沮喪。

「你知道嗎？至少我們都很誠實，你應該要感激了。」

他停下來，看著我說：「妳說什麼？」

「現在一切開誠布公，我們比較了解自己的處境。至少我能知道現在大家的狀況，我覺得很感激。」

他翻個白眼說：「感激？」

「如果你告訴我，賽勒絲和你在肢體上接觸的程度跟我差不多，我絕對不會出現昨天晚上那樣的行爲舉止。你知道這有多羞辱人嗎？」

他冷冷地笑了一聲，接著又開始踱步。「拜託，亞美利加，妳的蠢事一籮筐，不差這一件吧？我很訝異妳還會不好意思。」

也許是因爲我沒受過什麼說話訓練，總之，過一秒鐘，這番話完全擊倒我，讓我無力招架。

麥克森一直很喜歡我，至少他是那樣說的。我知道其他人並不覺得我特別好？但他也不覺得嗎？

「那我離開了，」我低聲說，無法看他的雙眼。「很抱歉我說出襯衫的事情。」我起身移動，準備離開。踩著無力的步伐，也許他甚至沒注意到。

「別這樣，亞美利加。我不是那個意思——」

「不，沒關係，」我喃喃自語說。「我以後會謹言慎行。」

我走上樓，不確定自己是否希望他追上來，但總之他沒有。

等我回到房間，安、瑪莉，以及露西已經在房間裡，正在替我更換床單，清掃架上的灰塵。

「哈囉，我的小姐，」安向我打招呼。「妳要喝點茶嗎？」

「不用，我只想坐在陽台上一會兒。如果有人來，就說我在休息。」

安微微皺眉但仍點頭答應。「當然。」

我呼吸新鮮空氣，閱讀詩薇亞爲我們準備的指定讀物，之後打個盹，還拉了我的小提琴。只要能避開其他女孩和麥克森，我眞的不在意自己在做什麼。

國王不在皇宮時，我們能在房間用餐，所以我今晚在房間用餐。正當我享用著檸檬胡椒雞肉時，忽然一陣敲門聲。也許我有點偏執，但我很確定那是麥克森。現在的我絕不能見他，於是我抓著瑪莉和安走到浴室。

「露西，」我低聲說。「告訴他我在泡澡。」

「他？泡澡？」

「是的。別讓他進來，」我教她該怎麼做。

我關上浴室門，耳朵壓在門邊聽。安問：「這是怎麼回事？」

「妳有聽見什麼嗎？」我問。

她們也把耳朵貼在門上，等著看能不能聽到什麼消息。

露西的聲音很模糊，後來我把耳朵移到門縫上，才聽得更清楚他們的對話。

「王子殿下，她正在泡澡，」露西冷靜地回答。是麥克森。

「喔，我以為她還在用餐，我本來想和她一起吃晚餐的。」

「她決定先泡澡再用餐。」她的聲音微微顫抖，顯然說謊令她有點不自在。拜託，露西，要撐住啊。

「我知道了。好吧，她洗好後，請她派人傳個話給我，我想和她說話。」

「嗯……王子殿下，她可能會洗很久。」

麥克森停頓一下。「喔，很好，那請妳告訴她我來過，還有如果想和我談談，就派人傳個話，跟她說別擔心時間太晚，我會來的。」

「是的，殿下。」

外面安靜好一會兒，我覺得他應該離開了。

「嗯，謝謝妳，」最後他這麼說。「晚安。」

「晚安，王子殿下。」

我又躲了一下子，確定他走了才出來，出來時露西還站在門邊。我看著三名侍女，她們的雙眼充滿疑問。

「我今晚只想一個人獨處，」我含糊其詞地說。「我想我該休息了，妳們可以幫我拿走餐盤嗎？我要準備睡覺了。」

「妳想要我們其中一個人留下來嗎？」瑪莉問。「怕妳晚點想派人傳話給王子。」

我看見她們眼裡的希望，但是我得讓她們失望了。

「不用，我只想休息，明天早上我會去見麥克森。」

明知道麥克森和我之間還有些話沒說清楚，卻把自己塞進棉被，這種感覺真的很怪，但我也不知道現在該怎麼跟他說。真想不透，我們已經一起經歷這麼多的起起伏伏，那麼努力想讓彼此的關係變真實，但顯然，如果終將發生這些事，那我們還有很長的路要走。

走廊上的光線竄進我的房間，我揉揉眼睛，一名衛兵走了進來，天還沒亮我就硬生生被喚醒。

「亞美利加小姐，請起床，」他說。

「發生什麼事？」我說，並打了個呵欠。

「有緊急情況，我們需要妳到樓下來一趟。」

我的血液彷彿瞬間凍結。肯定是我家人有什麼三長兩短，否則衛兵不會來找我，之前我們也提醒過家人可能會這樣，反叛軍的人數眞的太多了，而這樣的事情也曾發生在娜塔莉身上。退出王妃競選時，家裡只剩下她一個孩子，因爲反叛軍殺了她妹妹。我們的家人已經不再安全無虞。

我拉開棉被，抓起外袍和拖鞋，火速奔至走廊，下樓梯，還有兩次差點在樓梯上滑倒。到達一樓時，麥克森已經在那兒，他正急切地和一名衛兵交談。我跑向他，兩天前發生的事情完全被拋在腦後。

「他們都還好嗎？」我努力壓抑著淚水問他。「情況多糟糕？」

「什麼？」他看著我問，給我一個意想不到的擁抱。

「我父母和兄弟姊妹，他們都還好嗎？」

麥克森扶著我的肩，看著我的雙眼。「亞美利加，他們很好。眞抱歉，我應該先想妳可能會受到驚嚇。」

我鬆了一口氣，幾乎要哭出來了。

麥克森有點沉重地繼續說著：「皇宮裡有反叛軍。」

「什麼？」我尖聲說。「爲什麼我們不用躲起來？」

「他們不是來攻擊我們的。」

「那他們來做什麼？」

他嘆了一口氣。「只是兩名來自北方陣營的反叛軍，沒有武裝，而且特別要求和我談話……還有妳。」

「爲什麼是我？」

「我也不確定。但是我要去和他們談話，所以我也想給妳和他們談話的機會。」

我低頭看著自己，手梳過頭髮。「我穿著睡衣。」

他微微笑。「我知道，但是這也不是很正式的談話，沒關係的。」

「你想要我和他們談話嗎？」

「我們會尊重妳的意願，但是我很好奇爲何他們特別想跟妳說話。如果妳不在場，我不確定他們是否願意跟我談。」

我點點頭，快速評估一下，我不知道自己是否想和反叛軍交涉，無論他們有沒有武裝，他們應該也是些流氓惡棍。但如果麥克森認爲我能，也許我應該試試看……

「好，」我說，並站起來。「好。」

「亞美利加，妳不會受傷的。我向妳保證。」他的手還在我的手上，並輕輕握了下我的手。他轉過去對衛兵說：「你們帶路，手槍準備，以防萬一。」

「當然，王子殿下，」他答道，接著護送我們繞過轉角到主要活動室，裡面有兩個人站著，周圍則是更多衛兵。

我費了幾秒鐘才在人群中找到艾斯本。

「可以叫你的走狗們離開嗎？」其中一位反叛軍問，他又高又瘦，留著一頭金髮，靴子沾滿泥巴，身上的衣服像是第七階級會穿的：一條看起來布料沉重的合身褲，配上一件縫縫補補過的襯衫，再套上破舊皮夾克，脖子的鏈子掛著一個生鏽的指南針。他移動身體，換個位置，雖然看起來衣衫襤褸，卻沒有一丁點兒恐懼害怕的感覺。這跟我原本預期的並不一樣。

更想不到的是，他的同伴是個女孩。她也穿著靴子，但她似乎希望讓自己看起來更時髦。她穿著裙子，材質和男人的褲子相同，裡面搭了條褲襪。即使被衛兵包圍，她仍然自信地站著，宛如吸引目光的模特兒。雖然認不出她的臉，但我依然記得那件外套，丹寧材質的短版外套，上面繡著十幾朵花卉。

她發現我還記得我們的短暫交會，她向我微微行禮，我勉強微笑，倒抽一口氣。

「怎麼了嗎？」麥克森問。

「等下再說，」我低聲說。

他雖然困惑，但仍然鎮定。他緊緊摟著我，給我安定的力量，再次專注地看著我們的賓客。

「我們來找你是爲了和平談判，」那個男人說。「我們沒有武裝，而且你們的衛兵已經搜過我們的身了。我知道要求隱私或許不恰當，但我們有事情想和你私下討論。」

「那亞美利加怎麼辦？」麥克森問。

「我們也希望她在場。」

「爲什麼？」

「又來了，」那年輕男子幾乎是用瞧不起的口氣說，「我們必須確認談話內容不被這些人聽見。」他開玩笑地攤開一隻手臂畫過室內。

「如果你以爲這樣能傷害她——」

「我知道你懷疑我們，但是別忘了，我們可沒什麼能傷害你們的。我們只想談談。」

麥克森仔細考慮了一分鐘。「你，」他說，並看向某個衛兵，「搬一張桌子和四張椅子下來。然後你們所有人退到後面，給我們的客人一點空間。」

衛兵們照做，但在這幾分鐘裡，我們所有人都感覺不大自在。他們總算從角落堆裡搬來一張桌子，兩旁各放兩張椅子，麥克森示意他們過來加入我們。

我們邊走，衛兵們邊往後退，他們無聲無語地在房間周圍繞成一周，眼神專注地看著兩名反叛軍，好像他們會再次發動攻擊似地。

我們靠近桌子，那個男人伸出他的手。「要按照階級來自我介紹嗎？」

麥克森憂心看了他一眼，接著鎮定地說：「麥克森．席理弗，這個國家的最高統治者。」

年輕男子咯咯笑著說：「榮幸至極。」

「請問你是？」

「我是奧古斯塔．伊利亞，隨時等候您的差遣。」

6

麥克森和我先對看了一眼，接著轉向反叛軍。

「你沒聽錯。我是伊利亞家的人，我生來就是，而這一位遲早會嫁給我，成爲伊利亞家的人。」奧古斯塔說，朝著那名女孩點點頭。

「我是喬智雅．威特克，」她說。「當然啦，我們知道一切關於妳的事情，亞美利加。」

她再對我露出微笑，我也微笑回應。我不確定自己是否信任她，但可以確定的是，我不討厭她。

「所以父王說的沒錯。」麥克森嘆氣說。我看著他，百般困惑。難道麥克森早就知道葛雷格利．伊利亞還有直系後代？「他說，有天你會來奪回王位的。」

「我不想要你的王位，」奧古斯塔向我們保證。

「很好，因爲我想領導這個國家，」麥克森回他。「我從小到大所受的教育都是爲了這個，如果你認爲，來這裡自稱是葛雷格利的後代——」

「我不想要你的王位，麥克森！廢除君主體制，那是南方叛軍的目標，我們志不在此。」奧古斯塔在桌子前面坐下來，背靠在椅子上，手臂掃過椅子，自在地邀我們入座，彷彿這是他的地盤。

麥克森和我又對看了一眼，然後加入他，喬智雅很快跟上。奧古斯塔看了我們好一會兒，像是打量我們，也像是重整思緒。

或許是想提醒大家誰才是真正的主人，麥克森打破緊張的氛圍，說：「要喝點茶或是咖啡嗎？」

喬智雅眼睛一亮。「咖啡？」

雖然並非自願，但面對她熱情的態度，麥克森仍然微微一笑，轉到身後，對一名衛兵說：「你能不能請個侍女端咖啡來？拜託，濃一點的。」說完，他的注意力又回到奧古斯塔的身上。

「我猜不透你想從我身上得到什麼。但刻意選在整個皇宮都還在沉睡的時候找我，我猜你希望這件事盡量保密。說說你的目的吧，我不能保證答應，但我會聽聽看。」

奧古斯塔點點頭並傾身向前。「我們找葛雷格利日記找了幾十年。很久以前我們就知道日記的事，直到最近我們從一個無法透露的消息來源證實這件事。」奧古斯塔看著我。「先讓妳知道，我們並非從妳在《報導》上的談論而得知的。」

我放鬆地吐了口氣。他提起日記的那一刻，我就開始咒罵自己，並做好心理準備，麥克森日後會在我的蠢事清單上，再加一筆罪名。

「我們從來沒想過要拿下王權，」他對麥克森說。「雖然王權腐敗，但我們對於有個領導的君主，沒什麼異議，尤其如果領導人是你。」

麥克森很鎮定，但我可以感受到他的驕傲。「謝謝你。」

「我們有其他要求，例如特殊的自由權，我們想提名官員，也希望能結束階級制度。」奧古斯塔一古腦地全說出來，輕鬆簡單，如果他看過我在《報導》上的談論，他會更清楚整個情況，可惜播出的中途就被剪掉了。

「你講的好像我已經是國王了，」麥克森挫折地說。「就算可行，我也沒辦法這麼輕易答應你的要求。」

「但你願意聽聽我的想法，不是嗎？」

麥克森舉起雙手往桌上一拍，整個人傾身向前。「我願意聽，但在這種情況下，兩者無關。我不是國王。」

奧古斯塔嘆著氣，看著喬智雅。他們似乎不需言語就能交談。他們如此自在的親密感，令我印象深刻。他們在萬分緊張的情勢下，儘管知道有可能無法全身而退，然而他們對於彼此的信任，是如此顯而易見。

「說到國王，」麥克森補充說，「爲什麼你們不向亞美利加解釋一下你們的身分，我很肯定由你們來解釋會更清楚。」

我知道這只是麥克森的緩兵之計，他在想辦法控制整個局勢，但我不在意，我很想知道他們是誰。

奧古斯塔露出嚴肅的微笑。「那是個有趣的故事，」他保證說，他的聲音裡有種活力，暗示著故事的精采度。「如妳所知，葛雷格利有三個孩子：凱薩琳、史賓塞，還有戴蒙。凱薩琳嫁給別國王子，史賓塞過世了，所以繼承王位的是戴蒙。戴蒙的兒子賈斯汀死去之後，由表弟波特．席理弗繼承，他娶了賈斯汀年輕的遺孀，而她贏得王妃競選才不過三年。現在，席理弗家是皇室，照理說伊利亞家的人應該已經不存在了，但我們確實存在。」

「我們？」麥克森問，他問得有些刻意，似乎想探聽有幾個人。

奧古斯塔點點頭。這時，傳來鞋跟敲著地板的聲音，侍女來了。麥克森一隻手指放在嘴唇上，彷彿警告奧古斯塔別跟她多說什麼。侍女把餐盤放下，替我們所有人倒咖啡。喬智雅的手立刻放到杯子上，等著侍女倒咖啡。我不是很喜歡咖啡——對我來說太苦了——但我知道咖啡有助於提神，所以我鼓起勇氣喝一口。

還沒啜飲入口，麥克森便將一塊方糖遞到我面前，彷彿讀懂我的心思。

「你是說？」麥克森暗示地說，喝下一口黑咖啡。

「史賓塞沒有死，」奧古斯塔平靜地說。「他知道他父親爲了得到這國家，做出什麼事情，也知道姊姊被賣到國外，嫁給一個討厭的男人。想到自己的未來可能相去不遠，他做不到，於是就逃跑了。」

「他去了哪？」我問，這是我第一次發言。

「他躲在親戚朋友那裡，最後與北方一群志同道合的人，組織一個陣營。北方比較濕冷，很難移動，所以也沒人嘗試遷移。大多數的時候，我們只是靜靜地生活在那裡。」

喬智雅用手推推他，她的表情有點驚訝。

奧古斯塔這才回過神。「我想，剛才我已說出足以讓你們入侵的路線。但我提醒你，我們從來沒有殺害你們的人員，我們竭力避免傷害。我們只是想找到廢除階級制度的證據，證明葛雷格利與我們的認知相同。現在我們有證據，亞美利加也向人民做足了暗示，只要我們想，就能好好利用這點。然而，我們並沒有這麼做，但那也不代表不需要這麼做。」

麥克森大口喝下咖啡，放下杯子。「說眞的，聽完這些，我也拿不定主意。你是葛雷格利．伊利亞的直系後代，但你不想要王位。你來這裡說出請求，請我和這位準妃候選人聽聽，但重點是，只有我父王能給你承諾，但他並不在這裡。」

「我們知道，」奧古斯塔說。「我們刻意選在這個時候來的。」

麥克森惱怒地說：「如果你不想要王位，只想要我們無法給的，何必多此一舉？」

奧古斯塔和喬智雅彼此互看，也許還在思量如何亮出最後王牌。

「我們做出這樣的要求，因爲我們看得出來你是個負責任的人。我們一路看著你長大成人，從你的雙眼裡我就能看出你的特質，現在親眼看到你，我們更堅定了。」

我偷偷觀察麥克森對於他這番話的反應。「你不喜歡階級制度，也不喜歡你父親掐著國家的方式，你不想打沒意義的仗，因爲那只會分散國力。更重要的是，你希望帶來和平。

「我們猜想，你成爲國王之後，情況會有所改變。我們等這天已經等很久了，也準備好再多等些時間。北方叛軍願意向您承諾，不再攻擊皇宮，盡全力阻止南方叛軍的行動。我們見過太多事情，那是住在圍牆裡面的你看不見的。我們願意發誓成爲你的盟友，這是毫無疑問的，只要你願意表態與我們合作，給伊利亞的人民一個能自由選擇生活的未來。」

麥克森似乎不知道該說些什麼，所以我開口說話。

「那南方叛軍的目的是什麼？只想殺了我們所有人？」

奧古斯塔的頭動了一下，既不是搖頭，也不是點頭。「當然，那是他們的一個目標，唯有如此，才不會有人與他們爲敵。這個迅速成長的基層組織，因爲人口過多的壓力，讓他們想反叛，他們相信自己能統治這個國家。亞美利加，妳來自第五階級，我知道妳和那些憎恨王權的人，也有些相同的想法。」

麥克森愼重地將視線轉到我的身上，我勇敢對他點點頭。

「妳當然會這樣想。因爲妳還在社會底層時，唯一的選擇是怪罪上層的人。如此說來，南方叛軍理由正當——畢竟，是第一階級判了他們人生的刑，讓他們的生活沒有眞正的希望，無法過得更好。南方叛軍的領導群已經說服他們的追隨者：唯有從君主體制奪回自己的權利，才能奪回原本的生活。但是我認識一些叛離南方領導群的人，他們最後追隨我。就我所知，一旦南方叛軍獲得掌控權，他們無意分享財富，畢竟權力使人腐化，相同的歷史不斷上演。

「他們的目標是徹底消滅伊利亞，奪取統治權，他們做出一大堆的承諾，然後再把每個人留在他們原來的生活，對多數人而言，情況肯定會更糟糕。除了幾名特意被選上、做做樣子的反叛軍，第六和第七階級的人還是無法提升。第二和第三階級會被奪去一切，會有一大堆人想要復仇，階級意識根本不會改變。

「如果沒有流行藝人大量生產歌曲，就沒有樂師在後台等著伴奏，也沒有工作人員居中協調，更沒有店家可以銷售這些音樂。毀了上面的一個人，等於毀了底下幾千個人。」

奧古斯塔頓了一下，看起來憂心忡忡。「屆時，情況就會像葛雷格利時期，而且只會更糟。南方叛軍已經準備用你們想像不到的兇殘手段統治這個國家，若想翻身，恐怕機會渺茫。到時候，人民會處在舊時代的壓迫之下，只是換個名字罷了……而且你的人民會經歷前所未有的苦難。」他看著麥克森的雙眼。他們似乎能了解彼此，因爲他們都具有天生的領袖魅力。

「只要你表態，我們就會竭盡所能，以公平、和平的方式幫你改變一切。你的人民理應有這個機會。」

麥克森看著桌子，我無法想像他腦中的進退兩難。「怎麼表態？」他猶豫地說。「錢嗎？」

「不，」奧古斯塔差點笑出來地說。「我們的財力可能遠超過你所想像的。」

「怎麼可能？」

「各界的捐款。」他簡單扼要地回答。

麥克森點點頭，但是我很驚訝。表示爲數不少的人們支持他們的理念，誰知道會有多少人呢？加上那些支持者，不曉得北方陣營的規模會有多大呢？究竟有多少人賦予重任給這兩個人，讓他們前來談判？

「如果不是錢，」麥克森最後說，「你們的目的是？」

奧古斯塔倏地把頭轉向我。「選她當王妃。」

我預料得到麥克森對這種要求的反應，我把頭埋進雙手。

沉默半晌，他再也抑制不住，大發雷霆：「我不會讓別人告訴我該選擇誰！這是我的人生！不是你們操控的遊戲！」

我及時抬頭，看見奧古斯塔站起來，身體越過桌子。「但是，皇宮已經玩弄別人的人生這麼多年。成熟一點，麥克森。你是王子。你想要那該死的王位，那就留著吧。擁有特權的人，就有更大的責任！」

麥克森的語氣，加上奧古斯塔帶有侵略的動作，衛兵們提高警覺，小心翼翼朝我們靠過來。

他們現在聽得見所有談話內容。

麥克森站起來，與他形成對立。「你無權左右我選妃的決定，沒什麼好說的。」

但這完全無法阻撓奧古斯塔，他往後退一點，雙手抱胸。「好！如果這個不行，我們選其他的。」

「誰？」

「快說。」

奧古斯塔翻個白眼。「在你剛剛的激烈反應後，你以為我會告訴你？」

「這個人或那個人並不重要，我們只希望未來的王妃完全了解這個計畫。」

「我是亞美利加，」我直視他的雙眼，狠狠地說，「不是這個人。我不是你小小的革命行動中的玩具。你一直不停說每個人都有機會過他們想過的生活。那我呢？我的未來怎麼辦？難道我不在這個計畫之中嗎？」

我在他的臉上尋找、等待答案。他們沉默片刻。我注意到衛兵們已圍繞在我們身邊。

我放低音量。「我全心全意支持廢除階級制度，但我不是你們的棋子。如果你們想找棋子，樓上有個女孩深愛著麥克森，她會達成你們全部要求，只要王妃競選最後一天，麥克森向她求婚。至於另外兩個……為了完成義務、擁有特權，她們也會願意成為棋子的。去找她們任何一位。」

不等他們同意，我便轉身離開，雖然穿著睡袍和拖鞋，但我仍像一陣旋風似地，以最快速度離開。

「亞美利加，等等！」喬智雅叫我，我已經走出門，她才抓住我。「等一下，一分鐘就好。」

「什麼？」

「很抱歉，我們以為你們愛著彼此。我們不知道他會堅決反對。我們原本確定他會答應。」

「你們不明白的。對於被別人指使、掌控，他已經覺得很累了。你們不懂他經歷過的事。」我感覺就要泛淚，於是我把淚水眨掉，緊盯著喬智雅外套的小細節。

「我知道的比妳想到的多，」她說。「也許我不知道所有事，但也夠多了。我們一直密切關注王妃競選，你們兩個感覺上處得很好，他在妳身邊的時候總是很快樂。然後……我們還知道妳救侍女的事情。」

過一會兒我才明白這些話的含意，誰在替他們監視我們？

「我們也看見妳為瑪琳起身對抗，然後還有妳幾天前的言論。」說到這，她停下來，大笑著，「妳可真有種，我們就需要膽大包天的女孩。」

我搖搖頭。「我並沒有要當個英雄。大多數的時候，我一點都不覺得自己稱得上勇敢。」

「那又怎麼樣？妳覺得妳自己是個什麼樣的人並不重要，重點是妳做了什麼事情。比起其他人，妳選擇做對的事，再去思考那對妳的意義。雖然麥克森還有其他優秀的王妃候選者，但是她們不會為了更好的未來，願意弄髒自己的雙手。妳和她們不一樣。」

「大多數是出於私心。瑪琳對我而言很重要，我的侍女也是。」

她更靠近我。「但那些行動不也對妳造成一些後果嗎？」

「是的。」

「妳其實心裡有數，但還是為那些無法發聲的人說話，亞美利加，這很特別。」

這與我過去接受過的讚美截然不同。我可以理解我爸說我歌唱得很好聽，或是艾斯本說我是他見過最美麗的女孩……但她這番話？真的令我受寵若驚。

「說真的，這麼多事情之後，我真不敢相信國王還肯讓妳留下。還有《報導》那件事……」說完她還吹了聲口哨。

我笑了。「他好生氣。」

「我很驚訝妳竟然在現場直播的節目說那些話！」

「我差點就被趕出去啦，我跟妳說，之後好幾天，我都覺得自己過不久就要被踢回家了。」

「但麥克森喜歡妳，對吧？他保護妳的樣子……」

我聳聳肩。「有時候我很確定，但有時我完全不知道他對我的感覺。老實說，今天不太好，昨天也不太好，前天也是。」

她點點頭。「嗯，我們會支持妳的，一如以往。」

「是我和另一個候選者，」我糾正她。

「沒錯。」

她依舊沒透露另一個他們喜歡的人選。

「妳在樹林裡向我行禮又是什麼意思？是想挑釁我嗎？」我問。

她露出一抹微笑。「我知道就我們平常的行動看來，那個舉動可能會讓妳覺得詭異，但是我

們眞的關心皇室，沒有皇室，南方叛軍就會獲勝。如果他們眞得到統治權……嗯，妳也聽見奧古斯塔剛剛說的話了。」她搖搖頭。「總之，我當時還滿確定自己正看著未來的王后，所以覺得至少該向妳行個禮。」

她的理由好傻氣，但我又笑了。「啊，能和不是競爭對手的女孩聊天有多好，妳能想像嗎？」

「妳覺得很累了嗎？」她一臉同情地問我。

「剩下的人越少，情況就越糟糕。我的意思是，我知道有天會這樣……只不過，我們不再努力成爲讓麥克森想選的女孩，反而只專注著否定其他人，確定其他人不是他想選的，我不知道這樣合不合理。」

她點點頭。「確實是。但別忘了當初自願簽下競選約定的人是妳。」

我輕聲笑著說：「其實不是。我是……被慫恿來參加的。我並不想當王妃。」

「眞的嗎？」

「眞的。」

她微笑著說。「不迷戀后冠或許代表妳才是最適合擁有它的人。」

我盯著她看，她雙眼睜大，我想她對這點深信不疑。我想繼續追問，但是麥克森和奧古斯塔已經走出主要活動室，兩個人看起來異常地鎮定。一名衛兵隔著一段距離跟著他們。奧古斯塔看著喬智雅，彷彿離開她幾分鐘便讓他心神不寧。也許這才是她今天在這唯一的原因。

「亞美利加，妳還好嗎？」麥克森問。

「很好。」我又無法直視他的雙眼了。

「妳應該去梳洗準備了，」他說。「衛兵們已經發過誓不會講出去，希望妳也一樣，我會很感謝的。」

對於我的冷淡，他似乎很不悅。那不然我現在應該怎麼辦呢？

「伊利亞先生，今天眞榮幸，我們再連絡了。」麥克森伸出手，奧古斯塔輕鬆地握著他的手。

「如果你需要什麼，儘管開口。我們眞誠地站在你這邊，王子殿下。」

「謝謝你。」

「喬智雅，我們走吧。有些衛兵看起來手很癢了。」

她輕輕地笑著。「再見了，亞美利加。」

我點點頭，我想我不會再見到她了吧，這讓我有點傷心。她快步走過麥克森的身邊，手滑進奧古斯塔的手裡。一名衛兵拖著他們走到皇宮側門，留下麥克森和我單獨站在大廳。

他看著我的雙眼，我喃喃自語說了些話，指向樓上，接著便逕自移動。在聽見只能選我的時候，他立刻拒絕，令我想起昨晚在圖書室那番令人心痛的言語。我以爲在安全密室的事情之後，我們兩個之間已經形成一種默契，但現在看來，情況比我當初確認自己對麥克森的心意還麻煩。

我不知道這對我們而言代表什麼意思。或許我只是庸人自擾，畢竟我們根本不算什麼。

7

我很快抵達我房間，但艾斯本更快，這也不意外，他對皇宮的每條通道早已瞭若指掌。

「嘿，」我先開口打招呼，卻不知要說什麼。

他張開雙臂，快快地抱了我一下。「這才是我的女孩。」

「小美，妳讓他們認清自己的立場了。」艾斯本冒著生命危險，用他的拇指撫著我的臉頰。「妳値得幸福快樂的生活。我們都値得。」

「謝謝你。」

他微笑著，移開我手上那條麥克森送我的手鍊，觸摸那條我用他送給我的釦子做成的手鍊，他看著我們小小的紀念品，神情悲傷。

「我們很快再見，認眞的談，還有很多事情要做。」

艾斯本丟下這句話之後便往走廊上移動。我嘆了聲，頭埋進雙手。難道他認爲我剛才的表態代表我會永遠拒絕麥克森嗎？他認爲我想和他重新來過嗎？

話說回來，我不是剛剛才拒絕麥克森嗎？

我不是昨天才想我的人生中必須有艾斯本嗎？

爲什麼這一切感覺那麼糟糕呢？

仕女房的氣氛有些陰暗。安柏莉王后坐著寫信，我偶爾會發現她抬頭偷瞄我們四個人。經過昨天的事情之後，我們避免做任何與彼此有互動的事情。賽勒絲帶來一疊雜誌，躺在沙發上看。克莉絲拿著筆記本，坐著書寫，舉手投足間充滿智慧，而且又離王后很近。我怎麼沒想到呢？愛禮絲拿出畫筆，在窗戶前作畫。我則坐在門邊的大椅上看書。

我試著專心閱讀，心思卻常飄往他處：如果我不當王妃，北方叛軍希望誰當選呢？賽勒絲很受歡迎，讓人民跟隨她是易如反掌，但他們知道她是控制狂嗎？如果他們知道我的事，應該就會知道這點。除了賽勒絲，我還會猜誰？

克莉絲是個甜姐兒，根據之前的民調，她是人民最喜愛的候選者之一。她的家庭並非權貴人士，但她卻比我們所有人都更像王妃。她有自己的氣質，也許這是她最吸引人的地方。她並不完美，卻惹人憐愛，有時候我甚至也想追隨克莉絲。

我猜最不可能的是愛禮絲。她承認她不愛麥克森，在這裡只是爲了盡身爲家族女兒與新亞細亞人的義務，而非爲了北方叛軍。除此之外，她太一本正經、也太鎮定，完全沒有反叛的特質。

想到這裡，我突然覺得愛禮絲或許是他們最愛的人選。整場競賽，她看起來最不努力，而且毫不諱言自己對麥克森感覺冷淡。**也許她根本就不需要努力**，因爲到了最後那天，有個秘密軍隊會支持她，替她戴上后冠。

「來吧，所有人過來這裡。」王后突然說，並推開小桌子，站了起來。我們緊張地靠過去。

「發生什麼事了嗎？大家如此心神不寧？」她問道。

我們看著彼此，沒有一個人想解釋，超完美小姐克莉絲只好代表大家回答。

「敬愛的王后，我們只是突然明白這場競選有多麼激烈。更清楚自己所處的位置，以及和王子的關係，我們很難忽略這點，所以再也沒有心思聊天了。」

王后理解地點點頭。「妳們常想起娜塔莉嗎？」她問。娜塔莉離開快一個星期，我幾乎每天想起她，也常常想起瑪琳，其他女孩也時不時會浮現在我的腦海裡。

「老是想到她，」愛禮絲輕聲說。「她總是讓人感到輕鬆愉快。」

她說這些話時嘴上也浮現一抹微笑。我還以爲娜塔莉總是讓她抓狂，因爲她向來保守，而娜塔莉又那麼鬼靈精怪。但也許她們就是屬於那種互補、互相欣賞的友誼。

「有時候連一點小事情她也能笑翻天，」克莉絲補充說。「這種情緒具有感染力。」

「沒錯，」王后說。「我也曾經歷這些，我知道有多困難。每一秒鐘妳都在想妳做的事、他做的事，每次對話都令妳再三揣測，連句子之間的呼吸都要加以分析，挺折騰的。」

這時候，我彷彿看見大家都鬆了口氣，因爲有人能理解我們了。

「記住一件事：妳們現在感受到的是彼此之間的競爭壓力，但是每次有人離開，都會令妳們心痛。除了經歷這些過程的女孩，沒有人能了解這個經驗，尤其剩下的妳們會更明白。妳們可能會有爭執，但是姊妹也是如此。這些女孩——」她指著我們每個人說，「競選結束之後，在皇宮的第一年，妳一定會每天想起彼此，妳會害怕犯錯，需要她們的支持。有宴會的時候，妳會把她們的名字放在賓客名單上，僅次於家人們的名字。因爲妳們現在就是如此，不會失去與彼此的關係。」

我們看著彼此。如果我是王妃，發生什麼事，我需要有人給我客觀意見，那我會先打電話給愛禮絲。如果我和麥克森吵架，克莉絲會提醒我他所有的優點。至於賽勒絲……嗯，我不大確定，但是如果有人告訴我手段要狠一點，那我應該會找她吧。

「所以慢慢來吧，」她安慰我們。「調適好自己所處的位置，放鬆心情，不是妳選他，是他選妳。妳們沒必要因爲這樣就憎恨對方。」

「妳知道他最想選的人是誰嗎？」賽勒絲問，我第一次聽到她的聲音流露出憂慮的感覺。

「我不知道，」安柏莉王后坦白說。「有時候我以爲我猜得到，但我不會假裝了解我懂麥克森的所有感受。我知道國王會選誰，但僅止於此。」

她露出一抹慈善微笑。「其實我眞的沒想過這問題，我愛妳們，就像愛女兒一樣，要我想像失去妳們，我無法承受。」

我低下雙眼，不太確定這番話究竟是不是安慰。

「我會說，妳們任何人加入這個家庭我都很開心。」我抬起頭，發現她慢慢地看著我們每個人的雙眼。「而現在，我們有些工作要做。」

我們站在原地不發一語，沉浸在她睿智的話語之中。我從來沒花時間看看上屆王妃競選裡其他候選者的照片或是資料。我知道許多人的名字，大抵是因爲我在許多宴會上獻唱時，年長女士們總會在談話中提起那些人。但對我而言，那從來不是什麼重要的事。我們已經有王后，而且那時我只是個小女孩，從來沒想過要當王妃。但我現在想知道，那些曾出現拜訪王后的女士，或是

來參加萬聖節派對的女士，有多少人曾經是候選者，現在則變成她最親密的好友。

賽勒絲第一個離開，朝著她舒服的沙發走過去。安柏莉王后的話對她來說似乎一點用都沒有。不知道爲什麼，這番話給了我重點提示。前幾天發生的事情浮現在我心頭，感覺再幾秒鐘，我就要崩潰了。

我行個禮。「不好意思，我先離開，」我喃喃說，然後輕輕走向門邊。我沒有計畫，也許可以先在洗手間坐會兒，或是躲進樓下無數房間的其中一間，也可以回自己的房間，大哭特哭。

不幸地，宇宙的計畫與我相背。因爲麥克森已經在仕女房外來回踱步，看起來像在努力思考什麼解答，我還來不及躲開，就被他看見了。

在所有想做的的事情中，這件事大概是排在最後吧。

「我正在考慮要不要請妳出來，」他說。

「做什麼呢？」我簡短地回答。

麥克森站在原地，鼓起勇氣說出那件顯然已經要令他發瘋的事。「所以妳說，有個女孩，毫無理由地愛著我？」

我的兩隻手臂交叉，這幾天來，我也該料到他要變心了。「是的。」

「不是兩個啊？」

我抬頭看著他，幾乎是生氣，他竟然要我解釋。*你不是已經知道我的感覺了嗎？*我想大叫。*你不記得我們在安全密室的事情了嗎？*

不過說眞的，現在我也需要再想一下，到底怎麼了？爲什麼我這麼快就感到不安？

是國王。他迂迴暗示我其他女孩的表現，他讚美她們，令我覺得自己很卑微，再加上這星期以來，我和麥克森的種種疙瘩，更讓我不安了。一直以來，王妃競選是連繫著我們的唯一理由，但現在看來，只要王妃競選存在，就沒有辦法確定彼此的感情。

「你說你不信任我，」我指控他。「而昨天，你笑我只會出醜；不到幾個小時前，他們要你娶我，你就發怒。請原諒我現在對我們的關係沒什麼安全感。」

「亞美利加，妳忘了我從來沒有這種經驗，」他誠懇地說，沒有一絲憤怒。「妳有個可以和我比較的人，而我甚至還不知道一段關係應該怎麼樣，我只有一個機會，妳至少有兩次機會了。我注定會犯錯的。」

「我不介意你犯錯，」我回他。「我介意的是這種不安的感覺。有一半的時間，我都不知道發生什麼事情。」

他沉默半晌，我明白我們來到一個交叉路口，必須認眞面對。我們婉轉地談了那麼多，但是這樣下去撐不了多久。就算我們眞的在一起了，那些不安的感覺還是會追著我們。

「每次都是這樣，」我吸一口氣，這個遊戲讓我筋疲力盡，「我們越來越親近，然後又會發生一些事，一切又功虧一簣，而且你總是無法決定。如果你眞的像你講的那麼喜歡我，爲什麼還不結束競賽？」

聽完我指責他不夠在乎，他臉上的挫敗瞬間化爲悲傷，他說：「因爲有一半時間我確定妳還愛著其他人，另一半的時間，我懷疑妳能否眞的愛我，」他回答我，這番話令我感覺糟透了。

「你說得好像我就沒理由質疑你。你對待克莉絲就像對個公主一樣，然後我還看見你和賽勒絲——」

「我解釋過了。」

「沒錯，但親眼看見還是很傷人。」

「看見妳這麼快就中途而廢我也很傷心。到底爲什麼會這樣？」

「我不知道。但也許你應該停止想我一段時間。」

突然間我們都沉默了。

「這是什麼意思？」

我聳聳肩。「這裡還有其他三個女孩。如果你這麼擔心自己唯一的機會，你可能會想確定自己不是在我身上浪費時間吧。」

說完我就走開。我很氣麥克森讓我有這種感覺……然後也很氣自己，怎麼讓事情變得這麼糟糕。

8

皇宮的景色幾乎是一夕之間有了改變，蒼翠的聖誕樹排滿一樓走廊的兩側，花環由上沿著階梯繫到下面，宮裡所有的花藝盆栽都變了，加上冬青或槲寄生。奇怪的是，若打開窗戶，依舊能感覺夏末的溫度。皇宮可以製造人工雪景嗎？如果我問麥克森，他或許會幫我查查。

話說回來，我可能不會問吧。

日子一天天過去。我試著冷靜不發怒，麥克森只是依照我的要求去做，但是隨著我們之間的氛圍降到冰點，我開始後悔自己的驕傲。我懷疑這可能是必然會發生的事吧，難道我注定要說錯話，做錯決定？即使麥克森眞的是我想要的，我也無法忍耐到一切成眞的那一天了。

我們的關係讓我覺得很疲憊。自從艾斯本離開皇宮的門口之後，我的問題一直是一樣的。這令我心痛，我感覺自己左右爲難，好困惑。

現在禁止去花園，仕女房又一天比一天擁擠、狹隘，所以我只能把握午後時光，繞著皇宮散步。

走路時，我發現好像有點不對勁，像是有個看不見的扳機，正瞄準皇宮裡的所有人。站哨的衛兵們，比之前更戰戰兢兢，侍女們走路的速度也比平常稍快。連我也確實感受到詭譎的氣氛，突然間我好像成了入侵者。還來不及搞清楚原因，我就看見國王繞過轉角，身後跟著一小群隨行人員。

我恍然大悟。國王的離開讓宮中上下變得溫暖，現在他回來了，我們又得忍受他的陰陽怪氣。難怪北方叛軍會這麼看重麥克森。

我對國王行個禮。他抬起手，後面的人留在原地。他走向我，刻意要和我單獨說話。

「亞美利加小姐，原來妳還在這裡。」他說，他的微笑和這番話有點不搭。

「是的，國王陛下。」

「我不在的時候，妳表現如何？」

我微笑說：「很安靜。」

「這才是好女孩。」說完他便闊步離開，但似乎是想起什麼似地，折返回來。「我突然發現，留在這的女孩中，只有妳還在接受競選津貼。自從停止發放津貼給第二、第三階級的女孩之後，愛禮絲也自動放棄權利。」

一點都不意外，愛禮絲來自第四階級，但是她的家人經營高級旅館，不用像卡洛林納省的小店家們那樣辛苦賺錢。

「我認爲應該停止發放津貼了，」他宣布這個消息，我瞬間回神。

我的臉色一垮。

「除非妳在這只是爲了津貼，不是因爲妳愛我的兒子。」他直視我，像是要燒了我的雙眼，挑釁我質疑他的決定。

「您說的有理。」我說，我討厭這些話在我口中的感覺。「這只是爲了公平起見。」

我看得出來他有點意外我沒有與他爭辯。「我會馬上處理這件事情。」

說完他便離去。我站在原地，試著說服自己要有骨氣。眞的，這樣才公平，如果我是這裡唯一收到支票的人，別人會怎麼看待呢？反正最後都會結束。我嘆了一口氣，走向我的房間，我唯一能做的是寫信回家，提醒他們以後不會再收到津貼。

我打開門，這是第一次侍女們完全沒注意到我回來。安、瑪莉和露西正在後面的角落，走來走去看著一件禮服，顯然是她們正在準備的禮服，一邊喋喋不休地討論著工作進度。

「露西，妳說妳昨天晚上會完成縫邊，」安說。「妳還提早離開去工作。」

「我知道，我知道，我耽擱了，我現在就縫。」她露出哀求的眼神說。露西向來有點敏感，我知道安的嚴格管理常常讓她受不了。

「妳最近這幾天都一直拖延工作，」安評論著她的表現。

瑪莉伸出手。「冷靜一點。趁妳還沒搞砸之前，禮服先給我吧。」

「我很抱歉，」露西說。「只要讓我現在縫，我會縫完的。」

「妳到底怎麼了？」安逼問地說。「妳最近的行爲好奇怪。」

露西抬頭看她，雙眼有如冰霜。無論是什麼秘密，她看起來很害怕說出口。

我咳了幾聲。

她們瞬間轉頭看我，並向我行禮。

「我不知道發生什麼事，」我邊說邊走向她們，「但是我很懷疑王后的侍女會這樣爭吵嗎？況且，如果眞有工作要做，爭吵只是浪費時間。」

安還是很生氣，伸出手指著露西。「但是她——」

我輕輕地比了個手勢，讓她安靜，很驚訝這個方法如此簡單有效。

「別吵了。露西，妳何不把禮服拿到工作室完成。然後我們大家都有空間思考一下。」

露西抱起那一團布料，滿懷感激，自己終於有辦法逃離這裡，她幾乎是用跑的離開房間。安看著她離開，嘴巴噘得高高的。瑪莉看起來很不安，但一句話都沒說，只是認眞地工作。

過了兩分鐘，我才明白這房間的氛圍太沉悶，完全無法專心。我拿了紙筆回到樓下。不知道自己這樣放任露西對不對。也許我讓她們發洩，說清楚發生什麼事，她們就沒事了。我干涉她們，只會動搖她們想幫助我的決心。畢竟我未曾像剛才那樣命令她們。

我在仕女房門外停下腳步，但感覺來這裡也不是，接著我往主要的走廊上移動，找到一個有長椅的小角落。偌大的窗戶可以看到花園，這個當下，皇宮看起來並沒有那麼小了。我看著鳥兒飛過窗戶，試著用最婉轉的方式告訴爸媽，以後不會再收到補助支票了。

「麥克森，我們不能來個眞正的約會嗎？在宮外的什麼地方，如何？」我立刻認出那是克莉絲的聲音。嗯，也許仕女房現在不會太擁擠吧。

「小甜心，希望我們可以，但就算現在很平靜，出宮還是很困難的。」他回答她，我聽見他聲音裡的微笑。

「我想看看你不是王子的時候，在哪兒都可以，」她嗲聲說，很惹人憐愛的樣子。

「啊，但是我走到哪都是王子啊。」

「你知道我的意思。」

「我知道，很抱歉無法滿足妳這點，眞的。我也想看看妳一般的樣子，但這就是我的生活。」

他的聲音變得有點哀傷。

「妳會後悔嗎？」他問。「妳往後的人生，很可能會像這樣。有美麗的圍牆，但是都一樣。我母后每年都秘密離開皇宮，而且不只一、兩次。」我隔著灌木叢厚厚的葉子看著他們走過去，他們絲毫沒注意到我。「而且如果妳現在就認爲每個人都睜大眼睛在看妳，等到只剩下妳，情況會更慘。我知道妳對我的感情很深，我每天都感受到。但是妳有想過和我一起生活是什麼樣子嗎？妳想要那種生活嗎？」

麥克森的聲音不再忽大忽小，他們似乎在走廊某個地方停下來。

「麥克森，」克莉絲開口說，「你說得好像留在這裡對我是個犧牲。但是每一天，我都好感激自己被選上。有時候我會想像如果我們沒遇見，又會是怎麼樣……我寧可現在失去你，也不願這一生沒經歷過這件事。」

她的聲音越來越凝重。我不認爲她在哭泣，但是很接近了。

「你得知道我想要你，不是因爲這些華服美寓，就算沒有那頂后冠，我還是想和你在一起。麥克森，我只是想和你在一起。」

這一瞬間，麥克森無言以對，我可以想像他緊緊抱著她，或是替她擦去已經掉下的眼淚。

「我無法向妳說明這番話對我的意義。我一直很希望有人能告訴我，我很重要，」他靜靜地坦白一切。

「你很重要，麥克森。」

他們之間再度沉默。

「麥克森？」

「怎麼樣？」

「我……我覺得我可能沒辦法再等了。」

雖然我知道自己會後悔，但是聽見那些話，我靜靜地放下紙和筆，穿上鞋，快步走到走廊的末端。我窺看四周圍，我看見麥克森的後腦勺，而克莉絲的手正伸進他的西裝領內。他們親吻時，她的頭髮掉到一邊。以她的初吻而言，算是順利了，可以肯定的是比麥克森的初吻好。

我偷偷潛過轉角，一秒鐘後聽見她銀鈴般的笑聲。麥克森出了聲，一半是出於勝利，一半是因爲放鬆。我很快走回座位，讓自己再度朝著窗戶，以防萬一。

「我們什麼時候能再來一次呢？」她輕聲問。

「嗯，從這裡到妳房間，看我們能親多少次，如何？」

他們走在走廊上，克莉絲的聲音忽近忽遠。我坐在那一分鐘後，拿起紙筆，我發現寫信這件事好像變得簡單了。

媽媽、爸爸，

最近這些日子好忙碌，所以我就簡短說明。為了證明我們對麥克森的真實情感，而非貪圖奢華生活，我已經放棄參加競選的津貼。我沒辦法解釋太多，但我很確定，到目前為止我們所擁有的已經足夠，不能再要求更多了。

希望這個消息不會令你們太失望。我想你們，希望我們很快再度相聚。

我愛你們。

亞美利加

9

沒有什麼新題材，所以接下來一個禮拜的《報導》平淡無奇。簡短報告完國王出訪法國的消息後，發言權換到蓋佛瑞身上，他正在訪問留下來的女孩們，很輕鬆的訪問，以這個階段的競選而言，他問的問題似乎無足輕重。

話說回來，上次他們問我們那些重要的問題，我提出廢除階級制度的想法，最後差點被趕出王妃競選。

「賽勒絲小姐，妳看過王妃套房了嗎？」蓋佛瑞愉快地問。

我不自覺露出笑容，感謝他沒有問我相同的問題。賽勒絲露出一個完美微笑，努力笑開，刻意將頭髮往後一撥，才回答問題。

「嗯，蓋佛瑞，還沒有呢。但是我很期待有這個特權囉。當然，克拉克森國王已經提供我們這麼美麗的住處，我無法想像比現在更高級的臥房。嗯……像是床鋪就……」

就在賽勒絲支吾說話的同時，兩名衛兵衝進攝影棚。由於座位的安排，我看見衛兵跑向國王，但背對著的克莉絲和愛禮絲沒看見這一幕。聽到動靜，她們謹慎地轉過頭，卻讓她們的表現扣了分。

「很奢華。比我能想像到的更……」賽勒絲繼續說，心思已經完全不在答案上。

顯然也不需她費心了。國王站起身，走過去，打斷她說話。

「各位先生、女士，抱歉打斷節目，但現在有緊急狀況。」他一手抓著一張紙，另一隻手順順領帶，冷靜沉著地說：「自我開國以來，反叛軍的力量一直是社會的禍害。多年來，他們變本加厲地攻擊皇宮，更別提對尋常百姓的騷擾了。

「近日情勢已經到最壞的情況。如你們所知，王妃競選留下來的四名女孩，來自不同的階級，有第二、第三、第四，和第五階級。我們很榮幸這個團體如此多元，但竟然更加刺激反叛軍的行動。」

國王回過頭看著我們，繼續說：「皇宮已經準備迎頭痛擊，若是反叛軍襲擊民眾，我們也會盡快制裁。身為你們的國王，我並不擔心自己無力保護你們，但是……

「反叛軍將依照階級順序，對民眾發動攻擊。」

他的話語迴盪在空氣中。賽勒絲和我互看一眼，同樣困惑，這時的我們終於有點連結，就像朋友一樣。

「長久以來，他們一直想終結君主王權的制度。最近他們攻擊這些女孩的家人，顯示出他們的決心。儘管我們已經派衛兵保護女孩的家人，但顯然這麼做已經不夠。如果妳是第二、第三、第四，或是第五階級，也就是說只要和這些女孩相同的階級，就會受到攻擊。」

我摀住嘴巴，還聽見賽勒絲吸了一口氣。

「從今天開始，反叛軍準備攻擊第二階級，再攻擊以下的階級。」國王嚴肅地補充說道。「太邪惡了。他們無法使我們爲了家人放棄王妃競選，所以就讓全國大多數人逼我們退出競選。我們撐得越久，人民會越憎恨我們，因爲我們讓他們身陷危險。」

「我的國王，這眞是個令人傷心的消息。」蓋佛瑞打破沉默說。

國王點點頭。「我們當然會尋找解決之道。但是我們已經接到報告說今天在五個省，發生八起攻擊事件，全部針對第二階級，每起事件至少有一人死亡。」

我瞬間愣住，手從嘴巴滑至胸口，心痛不已。今天已有人死亡，爲我們付出代價。

「現在，」克拉克森國王繼續說，「我們建議大家留在家中，盡可能採取安全措施。」

「我的國王，這是個必須奉行的好建議。」蓋佛瑞說。他轉向我們。「小姐們，妳們有沒有想補充的話？」

愛禮絲只是搖搖頭。

克莉絲深呼吸一口氣。「我知道現在的攻擊目標是第二、第三階級，但是你們的住所仍比下層階級住所還安全。如果你們能收容認識的第四、第五階級，我想這會是個不錯的方法。」

賽勒絲點點頭。「注意安全。照國王說的話做。」

她轉向我，我明白自己得說些什麼。錄《報導》時，如果我覺得有點迷失疑惑，我會望向麥克森，彷彿他不用言語就能給我建議。我依照往常習慣，搜尋著他的雙眼。但只看見他的金髮，因爲他正低頭沉思，沮喪地皺著眉。

他肯定是擔心他的人民。但這不只關乎保國衛民，他知道我們就要離開了。

難道我們不該離開嗎？有多少第五階級會失去性命？只因我在皇宮攝影棚的鎂光燈下、在這張椅子上。

但是我——或是其他的女孩——就應該承受這樣的壓力嗎？我不殺伯仁，伯仁卻因我而死。這時，我想起奧古斯塔和喬智雅所說的一切，我知道我們只有一個辦法。

「奮力抵抗吧，」我沒有刻意對誰說，接著才想起自己在哪，轉過去對著攝影機。「抵抗吧。反叛軍們都是暴民，他們想威嚇你們，要你們言聽計從。如果你們順了他們的意呢？你們覺得他們會帶來什麼未來？這些囂張跋扈的人，不會瞬間就停止暴力的。如果你們給他們力量，他們會變本加厲。所以奮力抵抗。盡你們所能，奮力抵抗。」

我感覺血液和腎上腺素在體內狂飆，好像自己已經準備攻擊反叛軍。我受夠了，他們陷我們所有人於恐懼之中，傷害我們家人，如果現在有個南方叛軍出現在我面前，我也不會逃跑。

蓋佛瑞再度開口，但是我太生氣了，只聽見耳裡傳來的心跳聲。在我全然不知的情況下，攝影機和燈光就關閉了。

麥克森走到他父親身邊，低聲說了些什麼，國王聽完搖搖頭。

女孩們站起來，準備離開。

「請先回房，」麥克森溫柔地說。「晚餐等一下會送過去，我很快會去看妳們。」

我走過他們，國王把一隻手指放在我的手臂上，這個小動作，讓我知道他要我停下來。

「那不是明智之舉。」他說。

我聳聳肩。「現在的作法根本沒用，繼續下去您將會失去人民。」

他輕輕揮手，要我離開，又一次受夠我了。

麥克森輕輕地敲著我的門，然後自己進來。我早早換上睡袍，在床上閱讀，等待他的拜訪，等到我開始懷疑他是否會現身。

「現在好晚了。」我低聲說，雖然他並沒有打擾到我。

「我知道。我得和其他的女孩說完話，這工作還眞費力。愛禮絲嚇得不停發抖，她覺得很罪惡，她如果明天或後天走，我也不會訝異。」

雖然他不只一次表示自己對愛禮絲沒什麼感覺，但我看得出來他有多受傷。我雙腳彎曲到胸前，讓他坐下。

「那克莉絲和賽勒絲呢？」

「克莉絲有點過度樂觀。她相信人民會小心安全，自己保護自己。我不知道如何辦到，畢竟我們沒辦法預測接下來叛軍會在何時何地發動攻擊。他們遍布全國。但是她很有信心，妳也知道她的個性。」

「是啊。」

他嘆著氣說：「賽勒絲還好。她當然很擔心，但是因爲克莉絲也說了，這些攻擊中，第二階級應該還是最安全的，而且她總是那麼堅定。」他盯著地板，笑著說。

「她比較擔心如果她選擇留下，我會生氣。好像如果她選擇競選，不回家，我會怪罪她。」

我也跟著嘆氣說：「這點很值得討論。你希望你的妻子不該擔心她的人民受到威脅嗎？」

麥克森看著我。「妳很擔心，只是妳太聰明了，跟其他人擔心的方式不一樣。」他搖搖頭，一邊微笑。「我真不敢相信妳竟然要大家奮力抵抗。」

我聳聳肩。「我們太畏畏縮縮了。」

「妳說的完全沒錯，但我不知道那麼做能潰散反叛軍，或激起他們的決心，但毫無疑問，妳改變了這場遊戲。」

我歪著頭。「我不覺得隨機殺害一群人是種遊戲。」

「不，不是！」他急忙地說。「我想不出更糟的詞來說明他們的行為，但我說的是王妃競選。」我盯著他。「無論好壞，今天晚上人民們終於見識妳真實的個性，彷彿能看見，妳帶著侍女們到安全密室；妳為對的事情起身對抗國王。我敢打賭，現在每個人都能用全新的角度看待妳當初守護瑪琳的事。在這之前，妳只是一個遇見我，會對我大吼的女孩。今晚，妳成了不害怕反叛軍的女孩。他們現在會以不同的角度看妳。」

我搖搖頭。「我並非刻意這麼做的。」

「我知道。我原本計畫在人民面前呈現妳真實的面貌，結果妳自己一衝動，就這麼做了，很有妳的風格。」他的雙眼裡閃現一絲驚訝，好像等這天很久了。「總之，我認為妳說的沒錯，是時候了，我們不能只是躲起來。」

我低頭看著床單，手指不停摸著縫邊處。我很高興他認同我，而他說話的方式令我感覺很親、很親，眞的是因爲我古怪的性格嗎？

「亞美利加，我和妳吵得好累了。」他靜靜地說。我抬頭看見麥克森眼神中充滿著誠懇，他繼續說：「我喜歡我們有時候會意見分歧——眞的，這是我最喜歡妳的一點——但是我不想再吵了。有時候，我的個性有點像我爸。我會抵抗，但有個底限，可是妳啊，」他笑著說，「妳一生起氣來可是威力強大！」

他搖頭嘆息，大概是想起我做過的一堆事情。用膝蓋攻擊他的鼠蹊部；提議廢除階級制度；賽勒絲談到瑪琳時，我讓她嘴唇掛彩的事。我從來不覺得自己是個容易發怒的人，但顯然我是。我們彼此會心一笑。現在回想起這一大堆事蹟，連自己都覺得很妙。

「我也必須坦白告訴妳，爲了公平起見，我也在考慮其他人選。但有時候一些舉動總讓我有點緊張。但最重要的是，我要妳知道，我也還在考慮妳。我想妳現在知道了，我就是拿妳沒轍。」他聳聳肩，這時的他看起來好男孩子氣。

我想說些什麼，讓他知道我還希望他考慮我。但是感覺不太對，所以我只是把手滑進他的手裡，讓彼此靜靜坐著，看著我們的手。他靜靜地把玩著我的手鍊，似乎很感興趣的樣子。握著手的時候，他用拇指搓著我的手背好一會兒。能有如此安靜的時刻，只有我們兩個人，眞好。

「明天我們何不整天在一起呢？」他問。

我微笑說：「我很樂意。」

10

「所以，長話短說。衛兵更多了嗎？」

「是啊，爸爸，又更多了。」我笑著對電話說，雖然情況一點兒都不好玩，但是爸爸總有辦法讓最困難的事變簡單。「反正，我們現在全都待在家，雖說他們從第二階級開始攻擊，但千萬不能掉以輕心，提醒透納家和坎佛薩斯家注意安全。」

「喔，小乖，大家都知道要小心安全啦！妳在《報導》上說了那番話之後，人民會更勇敢一點。」

「希望如此。」我低頭看著鞋子，回想以前的生活，挺有趣的。現在我的腳上穿了鑲著珠寶的跟鞋，而在五個月之前，這雙腳穿的是破爛的平底鞋。

「亞美利加，我爲妳感到驕傲。我也不知道爲什麼，但有時候妳說的話眞令我大吃一驚。妳總是比妳所想的堅強。」

爸爸的聲音有種眞誠，讓我覺得自己很渺小。我最在乎他對我的看法，其他人都比不上。

「謝謝，爸爸。」

「我現在是認眞的，不是每個王妃都會說出那樣的話。」

我翻了個白眼。「拜託，爸，我不是王妃。」

「遲早的事，」他開玩笑地回我一記。「說到這個，麥克森怎麼樣？」

「很好，」我說，一邊坐立不安地玩弄禮服。一片沉默。「我真的喜歡他，爸爸。」

「是嗎？」

「是啊。」

「為什麼這麼肯定？」

我想了一分鐘。「我也不是真的那麼確定，但我想部分是因為他讓我感覺可以當自己。」

「妳曾經不能當自己嗎？」爸爸開玩笑說。

「不，就像……我總是很在意自己的階級，那個數字。即使我進了宮，階級也困擾我一陣子。我究竟是第五階級還是第三階級？我想當第一階級嗎？但現在我完全不在乎這些了。而我覺得這是因為他。」

「他雖然常常搞砸事情，」聽我這麼說，爸爸發出笑聲。「但是當我和他在一起的時候，我感覺我是亞美利加，不屬於某個階級，也不在某個計畫中。我甚至不認為他的地位特別崇高，真的。他就是他，我就是我。」

爸爸沉默片刻。「小乖，這樣聽起來真的很好。」

「是啊，但也有美中不足的地方，」我補充說，這時候詩薇亞從門邊探頭進來。「我總覺得好像哪裡出了錯。」

她意有所指地看著我，用嘴型對我說早餐。我點點頭。

「嗯，那樣也沒關係。有錯代表這是真實的。」

「我會努力記住這點的。聽我說，爸爸，我得掛電話了，已經遲到了。」

「那可怎麼行。保重了，小乖，還有快點寫信給妳妹妹。」

「會的，我愛你，爸。」

「愛妳。」

早餐過後其他女孩都離開餐廳，只剩麥克森和我還留在餐廳。王后經過時，還朝著我的方向眨眨眼，我臉頰發紅。

但是過不久國王過來，他的眼神，帶走我臉上的紅潤色彩。

只剩下我們的時候，麥克森走過來找我，他的手指穿過我的手指。「我想問妳，今天想做什麼？但我們的選擇很有限。不能練習箭術、不能打獵、不能騎馬、不能做任何戶外活動。」

我嘆著氣說：「即使我們帶一大票衛兵也不行嗎？」

「亞美利加，我很抱歉。」他給我一抹哀傷的微笑。「看電影呢？我們可以看有壯觀景色的電影。」

「那不一樣。」我拉起他的手臂。「來吧，我們好好利用今天。」

「這才像話。」他說。不知怎麼地，我感覺好了很多，彷彿我們處境相同，我已經有段時間不這麼覺得了。

我們到走廊上，朝著階梯走去，到達電影院，這時我聽見窗戶邊傳來如音樂般的叮噹聲響。

我朝著聲音的方向轉頭，驚訝地倒抽一口氣。「下雨了。」

我放開麥克森的手臂，將我的手壓在玻璃上。進宮幾個月以來，這裡都還沒下過雨，讓我納悶這裡究竟會不會下雨。現在我看見了，才發現自己有多想念下雨天，我喜歡季節的更迭交替，以及自然萬物的變化。

「好美麗啊。」我低聲說。

麥克森站在我後面，一隻手臂繞在我的腰上。「在妳看來某件事可能很美麗，但其他人可能會說它壞了一整天。」

「希望我能碰到雨水。」

他嘆口氣。「我知道妳想，但這不只是──」

我轉向麥克森，想知道他的話為什麼說到一半。他上下打量整個走廊，我也照做。除了兩、三個衛兵之外，這裡就只有我們。

「來吧，」他說，並抓起我的手。「希望不要讓人看見。」

我微笑著，無論他心裡計畫著什麼樣的冒險，我都準備好了。我愛這樣子的麥克森。我們迂迴地沿著樓梯走上四樓。此刻的我相當緊張，擔心他會讓我看類似秘密圖書室的地方，畢竟上次的結果不太好。

我們走到那層樓的中間，經過一名正在值班的衛兵，但就沒有其他人了。麥克森拉著我進入一間偌大的接待室，引我走向一面牆，旁邊有個寬敞、停止使用的壁爐。他的手伸進壁爐內側，果其不然，找到一個藏起來的門。他推開牆壁上的門板，門板後連接的是另一個秘密通道。

「抓住我的手。」他向著我伸出手說。我照他的話做，跟著他往昏暗的樓梯向上爬，直到我們碰見一扇門。麥克森解開那道簡單的鎖，拉開門……迎面而來的是雨水形成的牆。

「這是頂樓？」我大聲問著，盡量不被雨聲蓋過。

他點點頭。頂樓入口處周圍仍然是高牆，但中間是戶外空間，大約像我的臥房一樣大，可以行走。即便只能看到高牆和天空也沒關係，至少我在戶外。

欣喜若狂的我，向前一步，碰到雨水，雨水滴飽滿而溫暖，積聚在我的手臂上，然後滑下落到禮服上。我聽見麥克森發出笑聲，然後他把我往外推到那傾盆大雨中。

我倒抽一口氣，不出幾秒鐘，有一半的地方都濕透了。我轉過去，抓起他的手臂，他露出微笑，作勢要跟我槓上，他的髮絲掉到眼睛周圍，因爲我們很快就全身濕透。他拉著我到牆壁邊，還是嘻嘻笑著。

「聽著，」他在我的耳邊說。

我轉過頭，第一次注意到我們眼前的景色。我盯著眼前蔓延開來的城市，這景色令我由衷敬畏。密密麻麻的街道，幾何形狀的建築物，色彩的排列——即使在這灰暗矇朧的雨中，依然如此動人。

我發現自己與這個景色緊緊相連，不知怎麼地，它彷彿是我的一部分。

「亞美利加，我不想讓反叛軍奪走一切，」他刻意讓音量大過雨聲，好似能理解我的內心。

「我不知道死傷的狀況有多慘重，但我看得出來我父王有事情瞞著我。他很擔心我會取消王妃競選。」

「有辦法找出眞相嗎？」

他猶豫地說：「如果能連絡到奧古斯塔，他應該知道怎麼辦。我可以捎封信給他，但是又怕寫得太多，而且我不知道能不能把他接進皇宮。」

我思考一下。「那如果我們去找他呢？」

麥克森笑出來。「妳覺得我們該怎麼找他？」

我開玩笑地聳聳肩膀。「我會好好研究一下。」

他靜靜地看著我，過了一分鐘。「能大聲把事情說出來，眞好。我總是很小心自己說的話。但是在這麼高的地方，沒人能聽見我說什麼，只有妳。」

「那你先隨便說幾句來聽聽吧。」

他嘻嘻笑著。「妳也答應說些什麼就可以。」

「好啊，」我回答說，我樂意奉陪。

「嗯，那妳想知道什麼。」

我擦擦額頭前面的濕髮，先從重要卻不私人的事情問起好了。「你以前就知道那些日記的事情嗎？」

「不，但我現在瞭若指掌了。父王要求我全部看完。如果奧古斯塔在兩個星期前來，我會覺得他是謊話連篇，但現在不會了。那讓人很震驚，亞美利加。妳讀到的部分還只是表面皮毛而已。我想告訴妳內容，但是還不行。」

「我明白。」

他低頭看著我，堅定地問：「那些女孩是怎麼發現妳為我脫去襯衫的事情？」

我看著地板，很猶豫。「那時候，我們在看衛兵們操課練習。我說你沒穿襯衫的樣子和他們一樣好看。就這樣不小心說出口的。」

麥克森頭往後仰著大笑。「我想我沒辦法為此生氣。」

我微笑著。「你有帶任何人上來過這裡嗎？」

他看起來很傷心。「奧莉薇亞，就一次，如此而已。」

仔細想想，我其實記得這件事。那時他在這上面親吻她，然後她告訴我們全部人這件事情。

「我吻了克莉絲，」他脫口而出，視線望向其他地方。「最近的事。是第一次。我認為妳應該要知道，這樣才對。」

他低著雙眼，我對他輕輕點頭。如果沒親眼看見他們親吻、如果是現在才發現，我可能會崩潰吧。儘管我早就知道了，聽他親口說出，還是很傷。

「我討厭這樣約會。」我煩躁不安，禮服因為雨水變重。

「我知道，但情況就是如此。」

「一點都不公平。」

他笑著說：「我們的人生何時公平了？」

那我就不客氣了。「我不應該告訴你這些——我很確定，如果你說出去的話，你知道，他只會更變本加厲——嗯……你父親有找我談過話，還拿走我們家的津貼。因為其他女孩都沒拿，總之，就是很糟糕的感覺。」

「我很抱歉。」他說。他看著向外延伸的城市。我看見他的襯衫黏在胸前的樣子，這個畫面暫時讓我分心。「但我不覺得有辦法撤銷這個決定，亞美利加。」

「你不必這麼做。我只想讓你知道發生這件事，而我可以承受這件事。」

「妳對他來說太強悍了，他不了解妳。」他伸過來探尋我的手，我主動碰他。

我想著自己還對什麼好奇，但大部分與其他女孩有關，而我並不想費心在這些事上。我很確定，此時此刻的我能猜到的，大概八九不離十，那如果我想錯了，我也不希望因爲那些事毀了這一切。

麥克森低頭看著我的腰。「妳想……」他抬頭看我，似乎要重新想想他的問題。「妳想跳舞嗎？」

我點點頭。「但我跳得很差。」

「我們慢慢來。」

麥克森將我拉近他，一隻手放在我的腰上。我一隻手扶著他的腰，另一隻手拉起那濕透的禮服。我們搖擺著，幾乎沒有移動。我的臉頰放在麥克森的胸前，他的額頭在我的頭上休息，我們隨著雨水的樂音旋轉。

他把我抓得更緊一點，彷彿所有壞事都煙消雲散，麥克森和我只是很單純的兩個人，只剩下這段關係中的核心。

我們是彼此很重要的朋友，不想生命中缺少對方。在很多方面，我們是那麼不同，但又那麼相像。我無法說我們的關係是命中註定，但確實比我以爲的還要深刻。

我抬起臉對著麥克森，一隻手放在他的臉頰上，拉下他，給他一個吻。他濕潤的嘴唇，碰觸著我的嘴唇，給我一抹溫熱。我感覺他雙手繞著我的背，攬著我，讓我靠近他，彷彿不這麼做的話他會裂成兩半。雨水敲打著屋頂，全世界變的寂靜。彷彿還想擁有多點的他，多點接觸、多點空間、多點時間。

經過這幾個月，我試著理解自己的想要與希望——但在這個麥克森為我們創造的專屬時刻——才了解到那完全不合情理。所以我只能懷抱希望向前進，無論我們漂流到哪裡，也總能找到路，回到彼此的身邊。

而且，我們必須如此。因為……因為……

我們花了這麼久的時間才到這裡，但那份感覺說來就來。

我愛他。

我無法確切說是什麼讓我如此確定，我就是知道，如同對我的姓名、天空的顏色、書本上的知識一樣肯定。

他也能感覺到嗎？

麥克森停止吻我，並看著我。「妳一團亂的時候，眞是美。」

我緊張地笑了笑。「謝謝你，給我這一切，還有這場雨。而且你沒有放棄。」

他的手指沿著我的臉頰、鼻子、下巴撫摸。「妳值得的，但我不認為妳會懂，總之，妳對我而言是值得的。」

我的心臟彷彿要爆裂了，我只希望一切就在今天結束。我的世界已經有了新的中心軸，而且

感覺唯有如此，才能平衡我們終於眞的在一起的那種暈眩感。我感覺很確定那一刻就要到來臨，必須如此，不遠了。

麥克森親吻我的鼻尖。「我們去擦乾身體，再來看場電影吧。」

「聽起來很不錯。」

我小心翼翼地將我對麥克森的愛藏回心裡面，有點害怕這個感覺。最後，我還是會把這感受告訴他，但現在這是我的秘密。

我在門口的篷子下，試著擰乾禮服，但是結果令人失望透底，看來我回房間的路上，勢必會留下水跡。

麥克森在前面帶路，我們走下樓梯。「我投喜劇片一票，」我說。

「我投動作片一票。」

「嗯，你剛剛才說我值得，所以我想這次我會贏吧。」

麥克森笑著說：「好樣的。」

他再次咯咯笑著，然後推開門板，我們回到那間接待室，但是一秒鐘後他停下腳步，一動也不動。

我的視線越過他的肩膀窺看，發現克拉克森國王就站在那，看起來是氣到要發瘋了。

「我想這是你的主意吧。」他對麥克森說。

「是的。」

「你有沒有想過，你這樣做有多麼危險？」他厲聲問道。

「父王，反叛軍不會在頂樓上等著，」麥克森反駁說，他試著讓自己聽起來理智，但是他身上濕透了的衣服，讓他看起來有點可笑。

「麥克森！只要子彈瞄得夠準就能要你的命了。」他的話在空中盤旋。「你知道我們現在人力減少，許多衛兵都被派去保護菁英候選者的家人，還有好幾十名被派去的衛兵擅離職守，我們很容易受到攻擊。」他憤怒的眼神越過他兒子看向我。「為什麼最近以來每件事都跟她有關？」

我們站在原地，不發一語，反正我們也無話可說。

「去弄乾淨，」國王命令道，「你有工作要完成。」

「但是我——」

他的一個眼神就告訴麥克森，今天原本所有的計畫都結束了。

「好。」麥克森說，他投降了。

克拉克森國王拉起麥克森的手臂，推開他，把我留在後面。麥克森回過頭，越過他的肩膀，用嘴形對我說：對不起。然後我給他一抹微笑。

我並不害怕國王或是反叛軍。我知道麥克森對我而言有多重要。我很確定，無論如何，我們都能克服一切。

11

瑪莉爲我重新梳洗，我忍受著她的沉默訕笑，然後回到仕女房，很高興外面還在下著雨。現在起，下雨對我而言永遠有著特別的意義。

雖然麥克森和我能短暫逃離現狀，但若離開了只屬於我們的世界，反叛軍的最後通牒，讓身爲菁英候選者的我們，背負沉重壓力。所有的女孩都心煩意亂並感到焦慮。

賽勒絲在附近的一張桌子前，不發一語塗著指甲油，我偶爾會看見她的手微微顫抖。我看著她擦去塗錯的部分，然後繼續塗。愛禮絲手裡拿著一本書，但她的雙眼望著窗戶，迷失在傾盆大雨之中。我們之中甚至沒人能完成最簡單的任務。

正在繡織錦的克莉絲，停下來，手擱在枕頭上問我：「妳覺得外面的情況如何？」

「我不知道，」我輕聲回答。「他們都做出那麼嚴重的威脅，似乎不會善罷甘休。」

我在幾張樂譜紙上寫出腦海中浮現的旋律，最近半年來，我幾乎都沒寫過什麼原創的東西了。但其實也不必要，畢竟，宴會上人們最喜歡的還是經典樂曲。

「妳覺得他們會隱瞞我們死亡的人數嗎？」她好奇地問。

「有可能，如果我們離開，反叛軍就贏了。」

克莉絲又縫了一針。「無論如何我都要留下來。」這句話好像是特別針對我，似乎想告訴我，她不會放棄麥克森。

「我也是，」我向她保證。

隔天情況也差不多，只是我以前從未因爲出太陽而感覺失落。我們憂心忡忡，能做的只有留在原地。我好想盡情跑步，想發洩一下能量。

午餐過後，我們三三兩兩地回到仕女房。愛禮絲在讀書，我坐著，樂譜就放在旁邊，但克莉絲和賽勒絲消失了。大約過了十分鐘，克莉絲雙手抱滿許多東西走進來。她坐下來，攤開畫紙，擺好一系列的色鉛筆。

「妳要做什麼？」我問。

她聳聳肩說：「能讓我保持忙碌的事情都好。」

她坐著一段時間，手裡的紅色鉛筆在紙上盤旋。

「我不知道我在做什麼，」最後她說。「我知道人民正處於危險之中，但我愛他，我不想離開。」

「國王不會讓任何人死的，」愛禮絲安慰她說。

「但是已經有人死了。」克莉絲的語氣裡沒有爭辯，只有擔心。「我只是需要想點其他的事情。」

「我打賭詩薇亞已經爲我們準備工作了。」我說。

克莉絲發笑了一聲。「我還沒那麼絕望。」她把筆尖放到紙上，畫下一個圓滑的曲線，從這裡開始。「我很確定會安然度過這一切的。」

我揉揉眼睛，看著我的樂譜，我得轉換一下心情。

「我去一趟圖書室，很快就回來。」

愛禮絲和克莉絲粗略地對我點點頭，因爲她們試著專注在手邊的工作上，然後我起身離開。

我晃到樓下的走廊，到這層樓末端，進入其中的一個房間。那些書架上有幾本我一直想讀的書。接待室的門悄悄打開，我才發現這裡還有其他人，有個人在哭泣。

我尋著聲音的來源，找到賽勒絲，她雙手抱著膝蓋，坐在寬敞的窗台上。當下我覺得很尷尬，賽勒絲從來不哭。甚至到這一刻，我都還不確定她是否在哭。

我唯一能做的就是離開，但是她拭淚時看見我。

「啊！」她哀聲說。「妳想做什麼？」

「沒什麼，抱歉，我只是來找本書。」

「嗯，拿了就快點走。反正妳要什麼有什麼。」

我站在原地，愣了一會兒，不太懂她的意思。她深呼吸並嘆了一口氣，把我用力推開，回到她的座位上。她從好幾本雜誌中抓起一本，把那光澤的雜誌頁面丟向我，我笨手笨腳地接住。

「妳自己看看。妳在《報導》上的小演說把妳推到高峰。他們喜歡妳。」她的聲音裡帶著憤怒，指控我說，彷彿這一切都是我策畫好的。

我翻到雜誌的右頁，發現有半頁是四個還留著的女孩的照片，照片旁邊還有圖表。圖片的上面有一句優雅的標語：你希望誰當王后？在我的臉旁邊有一條明顯的粗線，說明有百分之三十九的民眾選了我。這個數字比我心中當選應有的數字要低，但已經比其他女孩高出許多！

圖表旁邊也放上投票民眾的意見，有人說賽勒絲的表現是十足的王室風範，不過她排名第三。愛禮絲看起來太鎮定了，但她也只獲得百分之八的支持率。我照片旁邊的評語令我感動得想哭泣。

亞美利加小姐就像個王后。她是個鬥士。我們不只想要她，更需要她！

我盯著那些文字。「這是……眞的嗎？」

賽勒絲把雜誌搶回去。「當然是眞的。所以，去吧，嫁給他啊，隨便妳。去當妳的王妃。大家都愛這種故事，出身第五階級的悲慘少女獲得后冠。」

她轉身準備離去，酸溜溜的情緒毀了我的好心情，這可是我競選以來最好的消息。

「妳知道嗎？我一點也不明白這件事情對妳爲什麼那麼重要。反正會有第二階級的人娶妳。而且，當這一切結束，妳也還是一樣有名。」我振振有詞地說。

「大家只會記得我是前任候選者，亞美利加。」

「天哪，妳是個模特兒耶！」我大叫道。「妳已經擁有一切了。」

「但會持續多久？」她冷不防回我，接著又安靜下來，「多久？」

「什麼意思？」我說，我的聲音變得更溫柔。「賽勒絲，妳很美麗，而且妳永遠都是第二階級。」

我還沒說完話，她就開始搖搖頭。「妳以為只有妳被階級困住嗎？是啊，我是個模特兒，但我不會唱歌、不會演戲，所以我的臉不那麼好看的時候，他們就會忘了我。我大概只剩五年，幸運的話可能是十年。」

她看著我說：「妳把大部分時間用在妳的專業領域上，我看得出來，有時候妳很想念那份工作。而我的時間呢，都是在鎂光燈下度過的，也許妳覺得蠢得可怕，但那對我來說很眞實，我不想失去這一切。」

「嗯，妳的話有幾分道理。」

「是嗎？」她按一按雙眼，看向窗戶外面。

我走過去，站在她旁邊。「是啊，賽勒絲，但是妳喜歡過他嗎？」

她的頭歪到一邊想著，然後說：「他很可愛啊，而且接吻技巧很不錯。」她邊說邊微笑。

我也露齒一笑回應她：「我知道。」

「我知道。我發現你們的關係進展時，我的計畫受到嚴重打擊，我還以為他在我的手掌心，我想讓他想像我們的未來。」

「別人的心是妳無法強求的。」

「我不需要他的心，」她坦白說。「我只需要他對我的渴望足夠支撐我。好吧，這不是愛。比起愛情，我更需要的是名聲。」

頭一次，她不再是我的敵人。沒錯，為了王妃競選，她很不擇手段，但那是因為她很絕望，她覺得只要能嚇唬我們退出就好，我們是很想要有個好結果，但是她卻是需要這一切。

「首先，妳需要的是愛，每個人都需要，妳想要藉由愛得到名聲也沒關係。」

她翻個白眼，但並沒有打斷我的話。

「其次，我所認識的賽勒絲．紐桑並不需要男人給她名聲。」

聽到我這麼說，她大聲笑出來。「我以前是有點壞，」她說，開玩笑的口氣多過羞愧的感覺。

「妳還扯我的禮服！」

「嗯，時勢所逼囉，我必須那麼做！」

突然間，一切都變得可笑。所有的紛爭，邪惡的臉孔，下流的伎倆——感覺就像是一個很長的笑話。我們站在原地一分鐘，笑看過去幾個月發生的事情，我發現我想照顧她，就像瑪琳那樣。

令人驚訝地是，她的笑聲很快漸漸褪去，她開口說話，視線移到其他地方。

「亞美利加，我做了好多事情。太可怕了。有一部分是因爲我無法調適這一切帶來的壓力，但大多數是因爲，我不顧一切想得到那頂后冠和麥克森。」

我看著自己的手舉起來，拍著她一邊的肩膀，對於這個舉動自己也有點驚訝。

「其實，」我開口說，「我不認爲妳需要麥克森才能得到人生中想要的。妳有企圖、有才華，而且最重要的或許是妳有能力。這個國家有半數的人，願意用一切來換取妳擁有的。」

「我知道，」她說。「我並不是不知道自己有多幸運，只是很難接受自己竟然可能……該怎

麼說呢，沒那麼幸運吧。」

「那就別接受。」

她搖搖頭。「我完全沒有機會，對吧？一直以來，都是妳。」

「不只我，」我坦承說。「克莉絲，她也是最可能的人選。」

「妳要我去打斷她的腿嗎？我可以做這件事。」她開懷地笑著。「我開玩笑的。」

「妳想和我一起回去嗎？現在要坐在那一整天也很難，妳回去的話，多點人作伴。」

「晚點吧。我不想讓其他人看見我哭。」她對我露出懇求的表情。

「我保證，我不會說的。」

「謝謝。」

接著是令人緊張的沉默，彷彿我們其中一人應該再多說些話。這是意義重大的一刻，我終於看見眞正的賽勒絲。我不確定自己能否眞的不在意她對我做的一切，但至少我現在明白。其實也無須多說，於是我向她輕輕揮手之後就離開了。

關上門後我才發現忘了帶本書出來。我想到那泛著亮光的圖表，我微笑的臉，還有旁邊斗大的數字，今天晚餐時我一定要拉耳朵，一定要讓麥克森知道這件事。希望也許在他知道人民如何看待我之後，能表現出多點眞實的感覺。

我接近轉角，轉向仕女房時，一張熟悉的臉孔提醒我，現在還有一個更重要的計畫等我去想。我得告訴麥克森我想到連絡奧古斯塔的方法了，而且，我很確定我們唯一的機會就要來臨。

艾斯本出現在走廊上。相較於上次看見他，現在的他個頭更高、更壯。

話。

我環顧四周，查看是否只有我們。有幾名衛兵剛經過他，也在走廊上，但是聽不見我們說

「嘿，」我說，並示意他過來。我咬著嘴唇，希望艾斯本和我預期中的一樣厲害。「我需要你的幫忙。」

他眼睛都不眨一下就回我說：「使命必達。」

12

我猜的沒錯。艾斯本記住了皇宮的每個角落，他確實知道怎麼讓我們出去。

隔天傍晚，麥克森和我在我的房間換衣服，他說：「妳確定這樣行嗎？」

「我們得知道外面的情況，我相信我們會安全回來。」我向他保證。

麥克森脫下西裝，放在地板上，我們隔著浴室門的空隙說話，接著，他穿上第六階級才會穿的丹寧及棉布材質的衣服。艾斯本的衣服對麥克森而言有點大，但是還能穿。還好艾斯本幫我向一位較爲矮小的衛兵借衣服，但即便如此，我還是得把褲管邊捲好幾次，才看得見我的腳。

「妳似乎很信任這名衛兵。」麥克森說，我無法辨別他語氣中的情緒，也許他很焦慮吧。

「我的侍女說，他是這裡最好的衛兵之一。而且那次南方叛軍來的時候，是他帶我去安全密室的，那時大家都來不及反應，他卻像是隨時準備好離開，即使周遭一片安靜、沒有異狀。所以，我相信他是個不錯的衛兵，相信我。」

一陣衣服磨擦的聲音傳來，他繼續說：「妳怎麼知道他能帶我們出宮？」

「我不知道，我問他的。」

「然後他就告訴妳？」麥克森驚訝地問。

「嗯，當然啦，我說這是爲了你。」

他發出一個聲音，像在嘆氣。「我還是覺得妳不應該過來。」

「我要進去囉，麥克森，你好了嗎？」

「好了，我還要穿鞋子。」

我打開門，很快看我一眼之後，麥克森開始大笑。「抱歉，我還是比較習慣妳穿禮服的樣子。」

「你自己不也是，沒穿西裝，看起來就很不一樣啊。」他是不一樣，但不是好笑的那種。雖然艾斯本的衣服太大，但是麥克森很適合這種樸素、老舊的丹寧材質。這是件短袖襯衫，我得以看見那強壯的手臂，之前，只在安全密室中見過一次而已。

「這褲子太重了，妳爲什麼特別喜歡牛仔褲啊？」他問，想起了我在宮中第一天做出的要求。

我聳聳肩。「我就是喜歡牛仔褲啊。」

他對我微微笑，搖搖頭，走到我的衣櫥，沒問我能不能打開。「我們得找個東西把妳的褲管拉起來，不然今天晚上的事情會很難看，比現在還慘。」

麥克森拉出深紅色飾帶，回到我面前，將它穿過我的皮帶繫好。

我無法說明，但這個舉動感覺意義重大。我的心怦怦跳著，那一分鐘，我猜想他搞不好能聽見我的心在狂跳，大喊著我愛他。假如是這樣，他可能是藉著手邊的工作，假裝沒聽見吧。

「聽著，」他說，並將飾帶打個小結，「我們要做的事情非常危險。如果發生什麼事，我希望妳逃跑，也別回皇宮了。去找個人家，讓他們借妳藏身，度過今晚。」

麥克森看著我擔心的雙眼，我則是歪著頭說：「現在要一戶人家藏我，幾乎就像面對叛軍一樣危險，民眾可能會憤怒，爲什麼我們還不快點結束王妃競選。」

「如果賽勒絲給妳看的那篇文章沒錯，那民眾應該會以妳爲榮吧。」

我想告訴麥克森我不同意這個說法，但一陣敲門聲傳來打斷我們。他走過去應門，很快地，艾斯本和第二名衛兵走進我這燈光昏暗的房間。

「王子殿下，」艾斯本微微彎腰說。「亞美利加小姐通知我你得到皇宮圍牆的外面。」

麥克森深深地嘆口氣。「沒錯。我聽說你就是要協助我的人。嗯……」他看著艾斯本的名牌。「萊傑軍官。」

「該怎麼做？」

「嗯，我必須假定你們今晚的行動是爲了某個理由，而且如果我們被問到，也不能讓國王知道，」艾斯本說，然後他看向另一名衛兵，「但我不認爲我們可以騙他。」

「我也不會要求你這麼做。我希望很快能向父王說明，但是今晚，我們還是得小心謹慎。」

「這應該不是問題。」艾斯本猶豫地說。「但我覺得這位小姐不應該去。」

麥克森看著我，表情像在說：**我就說吧！**好像他贏了我們之間的辯論。

我盡可能站高。「我可不只是會坐在這裡，我還有一次被叛軍追趕，而且我平安歸來。」

「但那些可不是南方叛軍。」麥克森反駁說。

「我要去，」我說。「我們現在是在浪費時間。」

「說明白點，沒人同意妳去。」

「說明白點，我不在乎。」

麥克森嘆一口氣，拉下針織帽，蓋過頭髮。「所以我們得做些什麼？」

「計畫其實很簡單，」艾斯本果斷地說。「每星期我們會派卡車出去兩次，運回糧食雜貨。有時候，廚房的人可能臨時缺貨，卡車就會再出去補貨，通常是派遣廚房的人，還有幾名衛兵。」

「沒有人會懷疑嗎？」我問。

艾斯本搖搖頭。「運送工作通常是晚上進行。如果廚師說我們早餐還要多一點蛋，那我們最好在天亮前出發。」

麥克森到他的西裝褲前面，翻找著口袋。「我找到奧古斯塔的紙條，他說我們可以到這個地址找他。」麥克森把紙條遞給艾斯本，艾斯本將紙條拿給另一名衛兵。

「你知道這是哪裡嗎？」艾斯本問。

那名衛兵——有著深色肌膚的年輕人，我總算注意到他的名牌上寫「艾佛瑞」——點點頭。「不是最好的點，但很接近儲糧的區，應該不會讓人起疑心。」

「好，」艾斯本說，他看著我，「把妳的頭髮塞到帽子下。」

我抓起頭髮往上盤，希望能全部藏進艾斯本給我的帽子裡。我把最後一綹頭髮藏也進去，然後看著麥克森。「怎麼樣？」

他笑到噎住。「很好。」

我開玩笑地打了他的手臂一下，然後轉過去照著艾斯本下個指示做。

看見我和麥克森如此輕鬆自在地相處，他的眼神有種受傷的感覺。也許不只是受傷，畢竟，我們在樹屋躲了兩年，但現在，我卻要在宵禁的時間上街，而且身旁的男人還是南方叛軍最想置於死地的人。

這個時刻彷佛打了我們的過去一巴掌。

雖然我已經不愛艾斯本，但他對我而言仍然重要，我並不想造成他的痛苦。

趁著麥克森還沒注意，艾斯本整頓一下自己的神情，然後說：「跟我們來。」

我們溜進走廊，艾斯本和艾佛瑞軍官帶著我們下樓梯，正是通到皇室專屬安全大密室的樓梯，只是我們不是朝著大鐵門走去，而是採與皇宮平行的方向迅速移動，然後登上另一座旋轉式的階梯，我以爲這裡會通到一樓，但是出去之後才發現是廚房。

很快地，一大片溫暖的煙霧迎面而來，還有麵糰發酵的香甜氣息。這一秒鐘，感覺好像在家裡。我原以爲宮中廚房會是專業廚房，像實驗室的感覺，就像我們卡洛林納鎮上高級區的大型烘培坊的廚房。但是在這裡，我看見一張寬敞的木桌，上頭擺放著需要處理的蔬菜，到處貼滿紙條，提醒下一位輪班的人該做什麼事。這個廚房雖然很大，但也很舒適。

「頭低下來，」艾佛瑞軍官對著麥克森和我低語。

我們看著地板，這時艾斯本叫著：「黛莉亞？」

「等等，親愛的！」某個人大聲回應。她的聲音很圓潤，而且有點南方口音，我在卡洛林納省有時也會聽見這樣的口音，沉重的腳步聲繞到轉角，但是我並沒有抬頭看那個女人的臉。「艾斯本，你這可愛的傢伙，最近怎麼樣？」

「很好。我剛才聽說貨車要出去載東西，我在想妳有什麼清單要給我嗎？」

「要補貨啊？我不知道耶。」

「這可有趣了，我很確定。」

「也是可以開車出去，」她說，語氣並沒有任何的擔心與懷疑。「可別少了什麼東西才是。」

「說的對，應該不會太久，」艾斯本回答說。我聽見他立刻取下一串鑰匙的聲音。「晚點見啦，黛莉亞。如果妳睡了，我會把鑰匙掛在鉤上。」

「好，親愛的。你快點來看我啊，真的太久了。」

「會的。」

艾斯本已經走上前，我們也不發一語地跟在後面，我自顧自地微笑著。那個名叫黛莉亞的女人，有著一副低沉的嗓音，聽起來很成熟，但她對艾斯本也是輕輕柔柔的感覺呢。

我們繞過一個轉角，走上一個寬斜坡，看見幾扇寬門。艾斯本解開鎖，把門推開，在安傑拉斯香甜的空氣中，一輛黑色大卡車等著我們。

「雖然後頭沒什麼東西可以握，但你們在那裡會安全些，」艾佛瑞說。我看著寬敞的貨物區，至少我們不會被認出來。

我繞到後面，艾斯本已經打開門站在那了。「小姐請——」他向我伸出手說，我接過他的手。我上去之後，他對麥克森說：「王子殿下請——」但麥克森決定自己爬上去。

卡車裡有幾個條板箱、幾個架起的層板，還有幾個空蕩蕩的金屬箱子。麥克森經過我，檢查這個地方。

「亞美利加，過來這裡，」他指著角落說。「我們就擠在層架上吧。」

「我們會盡量保持平穩。」艾斯本大聲說。

麥克森點點頭。艾斯本嚴肅地看著我們，之後便關上門。

在一片漆黑之中，我讓自己靠著麥克森。

「妳害怕嗎？」他問。

「不。」

「我也不害怕。」

但我很確定我們彼此都在說謊。

13

我感覺不出來究竟開了多久，卻能清楚意識到這輛大卡車向前推進的動作。為了讓我們身體不會搖晃，麥克森努力一推，背靠著層板，一腿跨過我撐在牆上，將我固定。但即便如此，每次轉彎，我們仍然會往下滑落碰到金屬板。

「我不喜歡不知身在何處的感覺，」麥克森說，試著穩住我們。

「你在安傑拉斯曾來到戶外嗎？」

「有，但也都在車上，」他據實回答。

「如果我說：比起娛樂義大利皇室的女性成員，進入叛軍巢穴這種差事比較好，這樣會很奇怪嗎？」

麥克森笑著說：「只有妳會這樣覺得。」

卡車的引擎隆隆作響，車輪還不時發出刺耳、尖厲的聲音，要在這樣的干擾下談話很困難。黑暗之中，所有的聲響都顯得巨大，我深呼吸一口氣，試著專注在自己身上，這時，我發現空氣中瀰漫著一絲咖啡香氣。我無法辨別那是殘留在大卡車裡的味道或是我們正經過某家店。感覺過了很久很久，麥克森的雙唇靠在我的耳朵上。

「我希望妳好好留在家裡，但也真的很高興妳在這裡。」我靜靜地笑著，懷疑他是否聽得見這笑聲，但他或許能感覺到吧，我們好靠近彼此。「只是妳得答應我，必要時就逃跑。」

我找到他的耳朵，嘴唇湊近，對他說：「我答應你。」畢竟如果眞有什麼壞事，我大概幫不上麥克森的忙。

這時，卡車經過一處隆起，用力撞了一下，他抓住我。黑暗之中，我們的鼻子互相碰觸，忽然間，一股想親吻他的衝動無預警襲來，好想！雖然我們三天前才在皇宮頂樓親吻過，但感覺像是過了永恆那麼久。他將我拉近，抱著我，我感覺到他的呼吸輕觸著我的皮膚。就是現在，我很確定，就是現在了。

麥克森用鼻子輕搔著我的臉頰，讓彼此的嘴唇更靠近。黑暗之中，我還是一樣能聞到咖啡的香氣，聽見小小的嘎吱聲響。缺少光線的情況下，我更專注聞著麥克森身上散發的潔淨氣味，我感覺到他的手指壓著我，往我的頸部移動，觸摸到我帽子下露出來的一綹髮絲。

在我們雙唇碰觸的那一秒，卡車突然剎車，我們兩人往前拋去，我的頭撞上邊邊，麥克森的牙齒則撞上了我的耳朵。

「噢！」他大叫，黑暗中，我感覺到他在調整姿勢。「妳受傷了嗎？」

「沒有，頭髮和帽子幫我擋住了。」若不是我太想要接吻，這時候我一定會大笑。

停下來之後，我們開始慢慢倒退。幾秒鐘之後，卡車再度停下，然後就熄火了。麥克森換個姿勢，感覺像是彎腰蹲下，面對著車門，低身潛伏。我也採取類似的姿勢，這時麥克森的雙手又回到我身上，保護我，以防萬一。

街燈的光線竄進車廂，好刺眼，我瞇著眼睛看向前方，這時候有個人爬進卡車後面。

「我們到了，」艾佛瑞軍官說。「請跟我來。」

麥克森站起來，向我伸出一隻手。他先跳下去，接著伸手拉我下去，我下去之後，他又很快地握緊我。我馬上注意到在這個小巷中，有一大片磚牆圍住我們，接著某種東西腐爛的刺鼻味道撲鼻而來。艾斯本站在我們面前，手中握著槍，槍口朝下，急切地四處張望。

他和艾佛瑞開始朝著建築的後門移動，我們緊緊跟在他們後面。周圍的牆壁高聳，令我想起家鄉的公寓式建築，這種建築的火災逃生口是從大樓兩側蜿蜒而下，不過這裡看起來不像有人住的區域。艾斯本敲著那扇髒兮兮的門，等待著。門打開，但是門縫有個鎖鍊，用來保護裡面的人，我看見奧古斯塔的雙眼，然後門倏地被關上。第二次門才完全打開，奧古斯塔領著我們所有人入內。

「快點。」他輕聲說。

一個年紀較輕的男孩和喬智雅在昏暗的房間裡。看得出來她和我們一樣緊張，我忍不住跑過去抱住她，她也擁抱著我，我很高興自己結交了一位意想不到的朋友。

「你們有被人跟蹤嗎？」她問。

艾斯本搖搖頭。「沒有，但是你們得快點。」

喬智雅拉著我到一張小桌前，我旁邊坐的是麥克森，麥克森旁邊是奧古斯塔，然後是那位年紀較輕的男孩。

「情況有多糟糕？」麥克森問。「我總感覺父王隱瞞我實情。」

奧古斯塔驚訝地聳聳肩。「我們目前最多只能說，傷亡數字還算少。南方叛軍發動典型的破壞行動，但是特別針對第二階級。傷亡人數應是少於三百。」

我倒抽一口氣。三百人？這怎麼能說是少呢？

「亞美利加，整體而言這不算糟。」麥克森安慰我說。

「他說的沒錯。」喬智雅說，她的表情很溫暖。「情況是有可能更壞的。」

「他們的作法和我猜的差不多：從上層階級開始往下破壞，過不了多久，他們就會大肆行動了。」奧古斯塔插話說。「攻擊行動似乎還只是針對第二階級，但還在觀察，若有變化，會通知你。每個省都有我們的夥伴，他們會盡力監看，但在不曝露身分的條件下，能做的有限，畢竟，如果身分曝光，下場會如何也不用說了。」

麥克森冷靜地點點頭。當然，他們必死無疑。

「我們應該屈服嗎？」麥克森提議說。我很驚訝地看著他。

「相信我們，」喬智雅說。「就算你投降，他們也不會善罷干休。」

「但一定有什麼我們能做的事情吧。」麥克森堅持地說。

「你們已經做了一件很了不起的事。基本上，是她做的。」奧古斯塔說，他的頭朝我的方向點了點。「我們可以告訴你，現在農夫們若要離開田地，他們會隨身攜帶斧頭；女裁縫師若要上街，也會抓著她們的剪刀；而且你們會看見第二階級帶著防衛噴霧到處走動，以防萬一。你的人民並不想生活在恐懼之中，他們也不是這樣的人，他們正在反擊。」

我想哭。這可能是王妃競選以來，我第一次做出正確的事情。

麥克森握緊我的手，替我感到驕傲。「這眞是令人感到安慰，」他說。「但光是這樣好像還不夠。」

我點點頭。我很高興人們並沒有反對我，但一定得想個辦法，根本解決這件事情。

奧古斯塔嘆了口氣。「我們在想，我們有沒有辦法攻擊他們。他們看起來並沒有接受過任何訓練，就只是跟在人民後面攻擊。我們的支持者很害怕被認出來，但是敵方無處不在，而且他們可能最擅長突擊戰。」

「許多方面看來，我們已經像軍隊一樣，但其實我們並沒有武裝。我們大多數人還用磚塊、架子當作武器，但假如一直這樣，我們就不可能打贏他們。」

「你想要武器？」

「我們不會傷及無辜。」

麥克森想了一會兒。「有些事情皇宮沒辦法做，但你們可以。但我並不想讓我的人民出這種任務，去對付這些暴徒，肯定是凶多吉少。」

「確實很有可能。」奧古斯塔坦白說。

「而且我也有點擔心，我怎麼知道你會不會用我們提供的武器對付我們？」

奧古斯塔哼了聲。「我不知道該怎麼讓你相信，我們是站在你這邊的，但這是實話。我們想要的只是廢除階級制度，我們準備好支持你直到那天。我從來都無意要傷害你，麥克森，我想你知道這點。」他和麥克森意味深長地看了彼此一眼。「假如你不懂，你今天就不會在這了。」

「王子殿下，」艾斯本說。「抱歉打斷你們。我們有些人也和你們一樣，想把南方叛軍趕走。我個人自願提供訓練，教導他們類似拳擊的技巧。」

我的胸口驕傲地挺起來。這才是我的艾斯本，總試著解決問題的艾斯本。

麥克森對他點點頭，然後轉回去看著奧古斯塔。「我需要一點時間想想。我或許可以提供訓練，但是不能提供武器。即使我很確定你們的意圖，假如我們之間有任何關聯，我無法想像我父王會怎麼樣。」

說到這，麥克森背上的肌肉一陣收縮。自從我認識他以來，他似乎就常常這樣，只是我不明白這動作的意義，即使現在，他背上的秘密依然讓他隱隱作痛。

「確實是。對了，你應該差不多要離開了。一旦我們有更多消息，我會通知你，但至少現在看起來還好。嗯，至少是我們預期中的好現象。」奧古斯塔遞給麥克森一張紙條。「我們有支電話。如果有什麼緊急事件，你可以打過來，這位是米卡，這些事情他會負責。」

奧古斯塔指著那位從頭到尾都不吭一聲的男孩。他用力抿著嘴唇，然後對我們微微點頭。他的姿勢說明了他既是個害羞，也是個積極的人。

「很好。我會斟酌使用。」麥克森將紙條收進口袋裡。「很快再跟你連絡。」他站起來，我也跟著站起來，同時望向喬智雅。

她繞過桌子，走向我。「回去的路上小心。妳也可以打那個號碼，妳懂的。」

「謝謝妳。」我給她一個擁抱，然後走向麥克森、艾斯本，以及艾佛瑞軍官。我看著我們奇妙的朋友最後一眼，接著，身後的門關起並上鎖。

「離那輛卡車遠一點，」艾斯本說。我們與卡車還有段距離，所以，我轉過頭才明白他的意思。

艾斯本並不是在和我說話，因爲車子被一群人圍起來。其中一個人手上拿著扳頭，似乎是想偷輪胎。另外兩個男人在後面，試著打開金屬門板。

「給我們一點食物吧，我們就走。」一名男子說，他看起來比其他人都年輕，大概和艾斯本年紀差不多，他的聲音冷淡並且帶著絕望。

在皇宮時，我沒注意到這輛卡車的側邊，有個巨大的伊利亞王國國徽，我站在那裡，看著這群發狂的人，這個疏忽眞是笨得不可思議。雖然麥克森和我穿得並不像平常的樣子，但只要很靠近看，根本沒辦法假裝。雖然我對武器一竅不通，但我眞希望手上有武器。

「這裡沒有食物，」艾斯本冷靜地說。「就算有，也不是你們該拿的。」

「看他們把走狗訓練得多好，」另一個男人評論地說。他對我們露出一抹不懷好意的笑容，我看見他少了幾顆牙齒。「你以前是第幾階級？」

「滾！離卡車遠一點。」艾斯本命令地說。

「你一定不是第二或第三階級，你肯定是買通才變這樣的。說嘛，小伙子，你以前是第幾階級？」那個沒有牙齒的男人奚落他說，並上前一步。

「往後退，滾開。」艾斯本伸出一隻手放在前面，另一隻手往臀部伸。

那個男人停下來，搖搖頭。「小老弟，你不知道你今天碰上的是誰。」

「等一下！」有個人開口說話。「是她。是其中一個女孩。」

我朝著那聲音轉過去，同時也暴露了自己的身分。

「快去抓她！」那個年輕的男人說。

我還來不及思考，麥克森便猛然把我往回拉，我的頭撞到麥克森強壯的手臂，模糊之中，我看見艾斯本和艾佛瑞軍官抽出配槍。我側著身走，腳步踉蹌，努力看著艾斯本和艾佛瑞軍官拖住那些男人。很快地，麥克森和我碰到一面磚牆，我們被困住了。

「我不想殺你，」艾斯本說。「滾，現在就給我滾！」

那個沒有牙齒的男人發出邪惡的咯咯笑聲，他的手舉起在前，彷彿示意自己不會造成傷害。接著他下一個動作迅速，我幾乎看不見，他把手往下伸，抽出自己的槍。艾斯本開槍，但是另一枚子彈又打回來。

「快走，亞美利加。」麥克森緊急地說。

我心想：去哪？我的心帶著恐懼砰砰跳著。

我看著他，看見他將雙手手指交叉，作爲我雙腳的支架。突然間我明白了，我的鞋子踩在他手上，他將我往上一推，我抓住牆壁，穩定身體，我爬到最上面，然後翻過去，這時我的雙臂有個很奇妙的感覺。

我將身體用力往上拉，跨過牆壁，盡可能壓低身體，然後再往水泥地上躍下。我掉到一邊，很可能會弄傷臀部或雙腳。但麥克森曾說過，只要有危險，我就趕緊跑，於是我聽從他的指示。

我不知道爲什麼自己覺得他會在我後面，但是當我到達街道的盡頭時，我才發現他不在那裡，這才想到，沒人可以拉他翻牆過來。這個時候，我發現手臂上那股奇妙的感覺開始變得炙熱。在微弱的街燈光線下，我低頭看，袖子的裂口處滲出一些水。

我中槍了。

我中槍了？

現場有槍，而且我也在那，但這感覺並不眞實。然而，那燒灼痛苦的感覺，每分每秒都變得更強烈，我用手擰起來看，但卻只是更糟糕而已。

我環顧四周，城市依舊安靜。

當然是安靜的，現在是宵禁時間。過慣了皇宮生活，早已忘記外面的世界在十一點過後就停止了。

如果一名警察走過來，我就會被送進大牢，那我又該如何向國王解釋？**妳要怎麼解釋這個槍傷，亞美利加？**

我開始移動，躲在陰影下，我不知道該去哪裡，我不知道試著回去皇宮是不是個好主意，就算是，我也不知道怎麼回去。

天啊，好痛，根本無法思考。我走過兩幢公寓建築之間一條窄小的後街，光看這點就知道，這裡並不是鎮上最好的區域。一般來說，只有第六階級和第七階級才必須擠進公寓裡。

我沒有地方可去，所以我沿著昏暗的巷子走下去，藏身在好幾個緊密擺放的垃圾桶後面。今晚很涼爽，但在這之前都是典型的安傑拉斯熱天，垃圾桶散發出陣陣惡臭。這個氣味加上我的傷，我幾乎要吐出來。

我把右邊的袖子拉下來，盡量不再刺激傷口。我的雙手顫抖著，可能是出於害怕，也可能是因爲腎上腺素。而光是彎曲手臂的動作，就令我想尖叫，我咬緊牙關，讓自己不要叫出來，但即便如此，夜晚中還是能隱約聽見我嗚咽的聲音。

「發生什麼事了？」一個微弱的聲音問。

我猛力抬起頭，尋找聲音的來源。在這小巷中更黑暗的深處，一雙閃閃發亮的眼睛正看著我。

「誰在那裡？」我用顫抖的聲音問。

「我不會傷害妳，」她邊說邊爬出來。「我今晚也衰爆了。」

如果讓我猜，這女孩大概十五歲吧，她從陰暗處爬出來，看到我的手臂，當下深呼吸一口氣。

「那看起來眞的超痛的。」她同情地說。

「我被槍打到。」我開口說，快要哭了，我的傷好痛。

「槍傷？」

我點點頭。

她猶豫地看著我，好似在想也許她應該快逃。「我不知道妳做了什麼事，或者妳是誰，但妳不該惹叛軍，好嗎？」

「啊？」

「我出來這裡並沒有很久，但是我知道只有叛軍能拿到槍。不管妳對他們做了什麼，別再做這種事了。」

他們攻擊我們這麼多次，但我從未想過這點。除了軍警人員之外，沒有人能取得槍械。只有反叛軍才會完全藐視規定。就連奧古斯塔都說北方叛軍基本上是沒有武裝的。不知道他能不能度過今晚。

「妳叫什麼名字？」那個女孩問。「我知道妳是個女孩子。」

「小美。」我說。

「我叫作佩姬。妳似乎才剛剛加入第八階級的樣子，衣服還滿乾淨的。」她輕輕地將我的手臂轉過去，看著那滲出液體的傷口，好似她能做些什麼，但其實我們心知肚明。

「可以這樣說吧。」我呼嚨地回答。

「如果妳獨自一人，可能會餓死在外面，妳有地方可以去嗎？」

我痛苦地滾動、顫抖著。「應該沒有吧。」

她點點頭。「我家只有我爸和我，我們是第四階級，我們家是經營餐廳的，但是我奶奶決定，爸爸死後餐廳由我姑姑繼承，不是我。我想她是擔心我姑姑無法擁有那樣的工作吧。嗯，但我姑姑向來如此討厭我。她繼承了餐廳，就必須養我，但她不喜歡這樣。

「爸爸死後兩個星期，她開始打我。她說我變胖，所以不給我東西吃，我只能用偷的。我想過去住朋友家，但我阿姨還是會來找我，抓我回去，所以我離開了。我拿了些錢，但是不夠，就算夠，我在外面的第二個晚上還被打劫了。」

佩姬說話的時候，我望著她。我看得出來，那層層髒汙之下，那個女孩曾經是個溫室花朵。但現在她試著堅強，她必須堅強，她還有什麼故事？

「就在這個星期，我遇見一群女孩，我們一起工作，共享所得。如果妳有遺忘的能力，日子會好過一些。但是，我還是會情不自禁地哭，所以我躲在這裡。我不能讓其他女孩看見我哭，我得快點習慣這一切比較好，不過還是很受傷。

「總之，妳很漂亮，有妳加入，她們會很高興的。」

我的胃翻動著，仔細思考她的提議。大約在幾個星期之內，她失去了她的家、家人，還有她自己。

但是她仍然坐在我面前——我是個被叛軍追趕，一無所有，可能只會帶來危險的女孩——但她仍如此和善。

「我們可以替妳找個醫生，但得先找個止痛的東西，他們會幫妳縫個幾針，不過妳一定會沒事的。」

我專心呼吸著。雖然她試著讓我分心，但我們的對話也止不住痛的感覺。

「妳不太說話，是嗎？」佩姬問。

「中槍時不太說。」

她笑了，這輕鬆的感覺也讓我笑了一下。佩姬在我旁邊坐了好一會兒，我很高興我不是獨自一人。

「如果妳不和我一起來，我了解。但這裡很危險，我會很難過。」

「我……我們能不能安靜一分鐘？」我問。

「可以啊。妳想要我陪著妳嗎？」

「麻煩妳了。」

她不假思索地坐在我旁邊，像隻老鼠一樣安靜無聲。

感覺好像過了永遠那麼久，但其實應該只有二十分鐘。痛苦的感覺越來越沉重，我已經呈現絕望的狀態。也許我可以找醫生，當然，我一定會找到醫生。皇宮會為我支付醫藥費，但我卻不知道該如何找到麥克森。

麥克森還好嗎？那艾斯本呢？

他們人數較多，而且有攜帶武器。如果叛軍這麼快就認出我，他們也會認出麥克森嗎？若是如此，他們會對他做出什麼事？

我坐著不動，試著說服自己別擔心，唯一能做的事是專注在自己身上。但如果艾斯本死了，那該怎麼辦？或者是麥克森——

「噓！」我命令說，雖然佩姬並沒有發出任何聲響。「妳有聽見嗎？」

我們把耳朵對著街上聽。

「……麥克斯，」有個人大聲叫著。「出來吧，小美，是麥克斯。」

麥克斯？小美？用這些小名，肯定是艾斯本的主意。

我勉強爬起來，走到巷子的邊邊，佩姬則在我的後面。我看見那輛卡車以龜速行經街道，有人從窗戶探出頭來，四處尋找著。

我轉過去。「佩姬，妳想跟我一起來嗎？」

「去哪？」

「我保證妳會有一份真正的工作，會有食物，而且沒人會打妳。」

她沉重的雙眼填滿淚水。「不管是哪裡我都願意去。」

我用沒受傷的手拉著她，外套的袖子依然掛在我受傷的手臂上。我們走到路上，緊緊靠著建築物前進。

「麥克斯！」我大叫著，我們越來越靠近。「麥克斯！」

巨大的卡車煞住，停下來，麥克森、艾斯本，以及艾佛瑞軍官都跑出來。

看見麥克森張開雙臂，我放下佩姬的手。他擁抱著我，碰到我的傷口，我大叫一聲。

「怎麼了？」他問。

「我被槍打中。」

艾斯本將我們分開，抓著我的手臂，親自看清楚。「傷勢可能會變得更糟糕。我們得送妳回去，想辦法治療妳。我想，我們應該不想讓醫生管這件事吧？」他看著麥克森。

「我不想她受苦，」他堅持說。

「王子殿下，」佩姬說，兩個膝蓋跪在地上，肩膀開始顫抖像是在哭泣。

「這位是佩姬，」我只簡短介紹。「我們去後面吧。」

艾斯本對佩姬伸出手。「妳很安全，」他向她保證。

麥克森一隻手臂護著我到卡車後面。

「我已經準備好花上整晚搜尋妳，」他大聲說，很擔心的樣子。

「我也是。但是我太痛了，走不了多遠。還好有佩姬幫忙。」

「我保證我們會好好照顧她。」

麥克森、佩姬和我爬上卡車後面，怪的是，我們加速駛回皇宮的途中，金屬板顯得特別舒適。

14

艾斯本將我從卡車上抱下來，連忙跑進一個小房間，這個房間比我的浴室還小，裡面放著兩張窄小的床鋪和櫃子，牆壁上貼了張紙條和照片，爲這個房間增添一點個人的溫度，否則這裡就只剩沉悶無趣，加上艾斯本、艾佛瑞軍官、麥克森、佩姬還有我，把這裡擠得一丁點兒都不剩，眞不可思議。

艾斯本將我放在床上，他盡可能輕柔，但我的手臂仍然刺痛。

「我們應該找個醫生。」他說，但我聽得出來他不太肯定，因爲找艾許勒醫生表示我們得完全坦白，不然就得撤下瞞天大謊，而這兩件事我們都不想。

「不要。」我央求著，聲音很虛弱。「我不會因爲這樣死的，只是會留下難看的疤而已。清乾淨就好。」我露出難受的表情。

「得找個東西幫妳止痛。」麥克森提議。

「她可能會感染，那條巷子眞的很髒，而且我碰過她。」佩姬自責地說。

傷口突然一陣疼痛，我發出哀號。「安，去找安來。」

「誰？」麥克森問。

「她的侍女領班，」艾斯本向他解釋。「艾佛瑞，去找安，帶個急救箱來，我們得處理一下。也得替她安排一下。」他補充說，然後朝著佩姬點點頭。

麥克森擔憂的視線從我流血的手臂移開，看著佩姬不安的臉龐。

「妳是罪犯嗎？妳在逃跑？」他問她。

「不是你想的那種罪犯，我確實是從某個地方逃跑出來的，但是並沒有人在找我。」

麥克森思考著她的話。「歡迎妳來。跟艾佛瑞下去廚房，告訴伍達德女士，王子下令，妳在她手下工作，然後請她立刻到衛兵休息區來。」

「伍達德，是的，王子殿下。」佩姬慎重地對他行個禮，跟著艾佛瑞軍官走出去，留下我、麥克森，以及艾斯本。整個晚上我都和他們兩人在一起，但這是第一次只有我們三人，我可以感覺到沉重的秘密已經快塡滿整個房間。

「你們怎麼擺脫他們的？」我問。

「奧古斯塔、喬智雅，還有米卡聽到槍聲就跑出來，」麥克森說。「他說他絕不會傷害我們，原來一切都是眞的。」他頓了一下，眼神看起來有點疏離、悲傷。「但是米卡沒有活下來。」

我別過頭。我對他一無所知，但今晚他因爲我們失去生命，我好自責，彷彿奪走他生命的人是我。

我想擦掉眼淚，卻忘記左手有傷，痛得我又哭了出來。

「亞美利加，鎭定一點。」艾斯本說，但他忘記不該直呼我的名字。

「一切會沒事的。」麥克森保證說。

我點點頭，咬緊嘴唇，以免哭得更厲害，太耗神了。

我們靜默片刻，但又像是過了很久，也許是痛讓時間感覺變長了。

「能有這樣的情感，眞不錯。」麥克森突然說。

起初，我還以爲他是在說米卡，但艾斯本和我看著他，才發現他正凝視著我身後那面牆壁。

我轉過去，很高興能轉移注意力，暫時不想手臂上灼熱的槍傷。牆壁上貼著一張畫作，那是艾斯本的妹妹的作品，隔壁是他父親的照片，照片中的人約莫艾斯本現在年紀，接著還有一張字條。

我會永遠愛你。我會永遠等你。無論如何，我和你在一起。

那是去年我留在窗邊、刻意讓艾斯本找到的字條，那時候我的字跡有點潦草，旁邊還加上一堆蠢愛心的圖樣。現在的我絕對不會這樣寫情書，但還是能感受到那些文字的重要性。那是我第一次寫下這種字句，我也很害怕，一旦把這些話寫到紙上，我的感受會更深刻。我也記得自己有多害怕媽媽會發現這張字條，那種害怕，甚至超越被她發現我愛的人正是艾斯本。

現在我則害怕麥克森認出我的字跡。

「能有個寫信的對象肯定很好，我從來沒收過這種奢華的情書，」麥克森臉上浮現哀傷的微笑。「她有遵守承諾嗎？」

艾斯本從另一張床鋪上拿來枕頭，塞在我頭部下方，他避開麥克森的視線，也避開我的視線。

「要寫信給她很難，」他說。「但我相信她和我在一起，無論如何，我從不懷疑。」

我看著艾斯本深色的短髮（我也只能看見這樣）。這時，我又覺得一陣難過，這種感覺和以往不同，彷彿我相信他說的沒錯，我們永遠無法眞正離開對方。但是……字條上那些字呢？那圍繞在我身邊、總是將我淹沒的愛，已經不再了。

艾斯本依舊深信不疑嗎？

我雙眼一閃，看著麥克森，他臉上的悲傷看起來有點像是在嫉妒。我並不驚訝，我記得曾經告訴麥克森，我談過戀愛，那時他看起來就像是遭到背叛，他不確定自己是否也會愛上另一個人。

若他知道我提起的那段戀情，與艾斯本方才分享的故事其實是同一件事，他肯定會大受打擊。

「快點寫信給她，」麥克森建議說。「別讓她忘記。」

「他們怎麼那麼久還沒回來？」艾斯本喃喃自語說著，便離開房間，不想回應麥克森的話。

麥克森看著他離開，再轉過來看我。「我好沒用，完全不知道該怎麼幫妳，所以我想至少該幫他的忙，畢竟，今晚他救了我們。」麥克森搖搖頭。「不過看來我只是惹他生氣。」

「大家只是因爲擔心而已，不是你的問題。」我向他保證。

他勉強地笑了笑，走過來跪在床前說：「這傷口都在滲血，妳根本就在騙人，而且還努力安慰我，眞的太好笑了。」

「我先給你一個提示，或許你可以寫封情書給我。」我開玩笑說。

他微笑著。「我沒辦法爲妳做任何事嗎？」

「握住我的手，別太用力。」

麥克森用他的手指輕輕握著我的手掌，雖然這並不會改變什麼，但光是感覺到他在這裡，就好多了。

「應該不大可能，我是說寫情書，太難爲情了，我盡可能不做這種事。」

「你不想策畫戰爭，不會下廚，還拒絕寫情書！」我揶揄地說。

「沒錯。我的缺點清單還會不斷增加。」他的手指在我的手掌中扭著，我很感謝他幫我轉移注意力。

「好吧。那我只好繼續猜你對我的感覺。因爲你拒絕寫字條送我，更別說在上面加個紫色小愛心。」

「那不正是我會做的事嗎？」他認眞說，很諷刺的感覺。我咯咯發笑，但這令我再度感到傷口灼痛，於是我停止不笑。「但是我認爲妳不需要猜測我的感覺啊。」

「嗯，但基本上，」我開口說，我越來越難呼吸，「你也從來沒有大聲說出口過啊。」

麥克森本想反駁，但隨即沉默下來。他盯著天花板，試著回想過去，想找出他明確向我表達愛意的時刻。

在安全密室裡，他以各種說法暗示我，他總是將那種感覺化爲浪漫的行動，或是用迂迴婉轉的字句表達……但是他並沒有眞正說過。如果他有對我說，我會記得，而那也會成爲我不再懷疑的原因，我也會因此而表白我的感受。

「小姐，」安的聲音穿過門，不久後，她憂心的臉孔也出現了。

麥克森放開我的手，往後退，挪出一點空間給她。

安聚精會神地看我，看到我的傷。接著，她輕輕觸碰，檢查傷勢的嚴重性。

「傷口需要縫合。我不確定我們是否有麻醉藥物。」她說。

「沒關係，妳盡力就好，」我說。有她在這，我感覺比較鎮定。

她點點頭。「找個人去拿熱水。醫藥箱應該有抗菌的東西，但我也想拿點水。」

「我去拿。」瑪琳站在門口說，她的臉上畫著幾分擔憂。

「瑪琳！」我開始嗚咽，失去控制。原來伍達德太太是這麼一回事。想當然爾，只要他們還躲在國王的地方，就不能繼續使用伍德渥克這個姓氏。

「我很快就回來，亞美利加，撐著。」她快速跑開。知道她會和我在一起，我鬆了一口氣。

瑪琳的出現令安大吃一驚，但是她並沒有表現出來，她大步移動，從醫藥箱內拿出針線，我很安慰，因為我所有的衣服幾乎是她縫的，我的手臂應該不是什麼大問題。

瑪琳以驚人速度拿了一大壺冒著熱氣的水回來，她抱著一大堆毛巾，還有一瓶琥珀色液體。她將水壺和毛巾放在櫃子上，走向我的時候，一邊旋開瓶蓋。

「這可以讓妳不那麼痛。」她抬起我的頭，讓我喝下去，我照著她的話做。

瓶子裡的東西讓我感到一陣灼熱，我邊喝邊咳。她催促我再喝一小口，我也照做，雖然真的很討厭。

「好高興妳在這裡。」我低聲說。

「亞美利加，我永遠都會在妳身邊的，妳知道的。」她微笑說。這是我們認識以來，她頭一次看起來比我成熟，她好平靜、好篤定。「妳到底做了什麼？」

我做個鬼臉。「這似乎是個很不錯的主意啊。」

她的雙眼流露同情。「亞美利加，妳什麼都不會，盡出些餿主意，善良可愛的餿主意。」

她說的沒錯，現在我當然也更明白了。有她在這裡，即便她只是說我有多蠢，我都覺得事情沒那麼糟了。

「這牆壁的隔音好嗎？」安問。

「滿好的，」艾斯本說。「這裡是皇宮深處，樓上聽不到什麼。」

「很好，」她說。「請大家先到走廊上，我需要一點空間。瑪琳小姐，請留下來陪我。」

瑪琳點點頭。「好，安，我不會妨礙妳做事的。」

艾佛瑞第一個離開，艾斯本緊跟在後，最後離開的是麥克森，他的表情讓我想到那次我提起以前挨餓的事，是個哀傷卻無力改變的眼神。

門喀啦一聲地關上。安很快開始動作，她擺好一切需要的物品，伸手向瑪琳要那個瓶子。

「大口喝下。」她命令，並抬起我的頭。

我鼓起勇氣，因爲會咳嗽，我得分成好幾口喝，但我還是努力地喝下許多，至少是個另安滿意的量。

「握住這個，」她遞給我一條毛巾。「如果很痛，就用力咬。」

我點點頭。

「清潔傷口比縫線還痛。我從這裡就能看到髒東西，所以得清乾淨才行。」她嘆口氣說，又看了一次傷口。「會留疤，但我盡力讓疤小一點。痊癒之前，還有幾個星期，我們會讓妳穿寬鬆袖子的禮服遮掩，不會有人知道。不管妳做的是什麼事情，我相信一定很重要。」

「我也這麼認爲。」但其實我已經不那麼肯定了。

她弄濕毛巾，摀住我的嘴，希望我叫小聲點。我想走廊上的每個人都聽見我的淒厲叫聲了，但除此之外，應該沒人聽得見。那感覺彷彿我手臂上每個神經都被抽動著，瑪琳爬到我上面，壓制我，讓我盡量維持不動。

「很快就會結束，亞美利加。」她保證說。「想點快樂的事情，想想妳的家人。」

我努力想，奮力把玫兒的笑聲和爸爸熟悉的微笑，放進腦中，但他們不肯久留。他們只能帶來短暫安慰，在下一波痛苦襲來時離開。

瑪琳到底是如何撐過鞭刑，然後活下來？

傷口清理完畢之後，安開始替我縫傷口，她說的沒錯，縫線反而不那麼痛。我無法分辨是因爲真的比較不痛，或者是她們給我喝下的東西開始發揮功效。但是我覺得這個房間似乎開始變得朦朧了。接著，大家回到房間，討論關於我的事情，誰該留下，誰該離開，早上該怎麼說……很多細節，我根本記不住。

「妳覺得怎麼樣了？」

「你的眼睛看起來像巧克力。」我模模糊糊地說。

他微笑著。「那妳的眼睛看起來像早晨的天空。」

「我能喝個水嗎？」

「可以，要喝多少都有，」他保證說。「我抱她上樓吧，」他對旁邊的人說，我在他穩健的步伐中沉沉睡去。

15

我帶著頭痛起床，一面哀號，一面揉揉太陽穴，但這個動作讓我的手臂感到一陣尖銳的痛楚。

「我們在這。」瑪莉說，她走到我的床邊坐下，拿出兩顆藥丸和一杯水。

我緩緩推著身體起來，接過藥，頭還是陣陣作痛。「現在幾點了？」

「快十一點，」瑪莉說。「我們說妳身體不舒服，不能去吃早餐。如果動作快點，或許能趕上和其他女孩一起用午餐。」

和其他女孩用餐聽起來不太誘人，但回到正常作息才是明智的決定。我們昨天晚上冒了很大的險，我並不想讓別人有任何懷疑的理由。

我對著瑪莉點頭示意，接著兩人一同起身。我的腳步不若以往穩定，但還是朝著浴室勉強走去。安在門外清潔打掃，露西坐在寬敞的椅子上縫禮服，這件禮服大概是爲了遮住我的傷疤而設計的。

她停下手邊工作，抬頭看。「小姐，您還好嗎？嚇了我們一跳。」

「眞抱歉。我想我應該沒事了，我會努力。」

她對著我微笑。「我們已經準備好盡全力協助您，小姐，您有什麼吩咐儘管說。」

我不太懂她的意思，但只要能幫我平安度過接下來的幾天，任何協助我都接受。

「喔，萊傑軍官來過，王子也來過。他們都希望妳醒來後，讓他們知道妳的最新狀況。」

我點點頭。「午餐過後我會處理。」

然後，有個人毫無預警地舉起我的手臂，是安，她湊近看我的傷勢，輕輕地拉起繃帶窺看傷口情況。

「看來沒有感染。只要我們保持清潔，應該會順利癒合。眞希望我縫得好一點，這樣肯定會留下疤。」她哀聲嘆氣說。

「別擔心。好人身上總會有些疤。」我想起瑪琳的雙手和麥克森的背，因爲他們勇敢面對，身上留下了永久的傷痕，我很榮幸能加入他們的世界。

「亞美利加小姐，洗澡水已經準備好了。」瑪莉站在浴室門口附近說。

我看著她的臉，再看著露西，再看看安。我與她們如此親近，我永遠信任她們。昨天晚上的意外事件，讓我們的關係首次受到考驗，然而到早上，她們還在這裡，堅強地成爲我的支柱。

我不確定能否證明我對她們的眞誠，如同她們對我，但我希望若有機會我的心意能不證自明。

我需要全神貫注，才能面不改色地將叉子舉到嘴邊。這得費點心力，以至於我吃到一半便汗流不止。於是，我決定專心啃麵包，用左手拿麵包就好了。

克莉絲問我的頭痛好點了嗎——應該是其他人幫我編的理由吧——我告訴她我現在很好，雖然我壓根兒無法忽略頭部和手臂隱隱作痛。幸好，她問題到此為止，沒人發現有異狀。

我嚼著麵包，心想：若昨晚換作她們，表現會如何？我想只有一個人會做得比我好，那就是賽勒絲。毫無疑問，她肯定會想盡辦法反擊。這一刻，我有點嫉妒她，恨自己不像她這樣。

早餐用畢，我們的餐盤被收走，端出仕女房。接著，詩薇亞走進來要我們聽她講幾句話。

「最近又到各位表現一下的時間了。一個星期之內，我們會舉辦小型茶會，妳們所有人當然都受邀參加！」我暗自嘆息，不知道這次又要娛樂誰，眞是擔心呀。「在這場特別的茶會上，妳們不需要負責任何準備工作，但是必須以最好的表現出席，因為全程會被拍攝，播放給人民。」

我的精神一振，這樣的話我還應付的來。

「這場茶會上，妳們必須邀請兩名私人的賓客，這是妳們唯一的責任。做好妳們明智的選擇，星期五告訴我妳們要連絡的人。」

說完她便離開，留下一團混亂的我們。我們知道這是個考驗。看看在這個房間裡誰擁有最強而有力、有價值的人脈？

也許是我太過偏執，但這任務好像針對我設計的，國王肯定想方設法要提醒大家我是個沒用的人。

「賽勒絲，妳要選誰？」克莉絲問。

她聳聳肩。「還不確定，但我保證絕對讓大家眼睛一亮。」

如果我手邊有賽勒絲的朋友名單可以用，我就不用那麼緊張了。我該邀請誰來啊？我媽？

賽勒絲轉向我，用關心的口吻說：「亞美利加，妳會邀誰來呢？」

我試著隱藏自己的訝異。雖然昨天我們在圖書室裡有點進展，但這是她第一次用朋友的口氣對我說話。我咳了聲，「我不知道。我不確定有沒有認識適合邀約的人。不邀可能還好些。」也許我不應該如此開誠布公，表明自己的處境有多惡劣，但反正其他人大概也是這麼想的。

「嗯，如果妳眞的找不到任何人，就跟我說一聲。」賽勒絲說。「我肯定有兩個以上的朋友會想造訪皇宮，而且他們小有名氣，妳一定認識。如果需要幫忙，就說一聲囉。」

我雙眼睜大，瞪著她看，想問她葫蘆裡到底賣什麼藥。但我看著她的雙眼，不覺得這其中有什麼把戲。她對我眨眨眼，愛禮絲和克莉絲沒瞧見這一幕，這時我才肯定她是好意。向來充滿鬥志的賽勒絲正在爲我加油打氣。

「謝謝妳。」我說，心懷感謝。

她聳聳肩。「沒問題。如果要辦宴會，就要辦個好玩的。」她往後靠著椅子，露出微笑，想必她把這場宴會當作自己最後的盛大演出。另一方面，我其實想告訴她別放棄，但我無法，因爲最後只有一人能和麥克森在一起。

到了下午，我的計畫已經大概有個輪廓，但是有個決定性的關鍵：我得請麥克森幫忙才行。我很確定在這天結束前，我們會再見面，所以我要自己別太擔心。現在的我急需休息，於是我回到房間。

安在房間裡，拿著更多的藥和水等著我。面對這整件事，她臨危不亂的態度令我大感佩服。

「我欠妳一個人情。」我說，並吞下那些藥。

「別這麼說。」安謙虛地說。

「眞的是這樣！昨晚如果妳不在，事情會完全不同。」

她輕輕地把我手中的玻璃杯拿走。「只要妳沒事，我就很高興了。」

她走向浴室，把水倒掉，我跟著她後面。「有什麼我能替妳做的事嗎？任何事情都可以，有嗎？」

她站在洗手檯前，心裡肯定想到了什麼。

「眞的，安。能幫妳的話，我會很高興的。」

她嘆了口氣。「嗯，是有件事……」

「請告訴我。」

安的視線從洗手檯裡抬起來。「但妳不能對任何人提起，瑪莉和露西一定會拿這件事情取笑我。」

我蹙著額頭。「這話什麼意思？」

「這是……一件非常私人的事情。」她雙手扭捏，坐立難安，我從沒見過這樣的她，可見這件事情對她多重要。

「來吧，和我說說看。」我鼓勵她，並用沒受傷的手臂摟著她的肩，拉她到桌子和我一起坐著。

她的腳踝交叉，雙手放在膝蓋上。「我想，您跟他一定處得很好，他似乎很欣賞您。」

「妳是說麥克森嗎？」

「不是。」她低聲說，雙頰顯得火紅。

「我不懂。」

她深呼吸一口氣。「萊傑軍官。」

「噢，」我說，我無法表達自己有多麼驚訝。

「妳覺得我沒有希望，是嗎？」

「不是這樣的。」我說。只是我不知道如何要一個承諾永遠爲我奮戰的人，轉而追求她。

「他對您說話時總是很友善。我想也許妳可以向他提起我，或是問問他在家鄉有沒有女朋友……」

我嘆了一口氣。「我會試試看，但無法保證結果。」

「喔，我知道，別擔心。我已經不斷告訴自己不可能的，但我還是不停地想起他。」

我歪著頭說：「我明白妳的心情。」

她把一隻手放在前面，接著說：「不是因爲他是第二階級，就算他是第八階級，我也會欣賞像他這樣的人。」

「很多人都會欣賞他。」我說。這是事實。賽勒絲注意到他，克莉絲說他風趣幽默，甚至那個叫黛莉亞的女人聽起來也像深深迷戀他。還不包括家鄉那些愛慕他的女孩們。我對於這些事情，已經不那麼困擾，即便像安這麼親近的人也沒關係。

這也證明我對艾斯本的感覺已經有了變化。如果我能快樂地想著某個人應該取代我的位置，那我眞的不該和他在一起。

雖然如此，我還是無法開口討論這個話題。

我的手越過細緻的木桌，握著她的手。「安，我發誓，我會試試看的。」

她露出微笑，但焦慮地咬著嘴唇。「但千萬不能告訴其他人。」

我把她的手握得更緊。「妳總是替我保守秘密，我也會永遠守著妳的秘密。」

16

幾個小時之後，艾斯本敲著我的房門。侍女只行個禮，就退出房間，她們知道無論我們要說什麼，其他人都不許在場。能發展出如此的默契，眞的很奇妙，但我也不太懂，爲何自己反倒希望她們別這麼貼心。

「妳覺得怎麼樣？」

「不算太差。」我說。「手臂還是有點刺痛，頭也會痛，但除此之外一切都好。」

他搖搖頭。「我不應該讓妳去的。」

我拍拍床鋪邊。「過來坐下吧。」

他躊躇了一會兒。我認爲現在應該不會有人對他起疑心。麥克森和侍女們知道我們在談話，而且昨晚帶我們出宮的人是他。還有什麼危險嗎？他最終還是坐了下來，但保持禮貌的距離，以免有新的狀況。

「艾斯本，我不能置身事外，躲在後面，我這麼做並沒有錯。坦白說我欠你一個人情，你昨天晚上救了我。」

「如果我慢一點，或是麥克森沒把妳推到牆的另一側，妳現在會淪爲階下囚，還不知道在哪裡。我差點就讓妳死去，差點就讓麥克森死去。」他對著地板搖頭。「妳知道如果你們沒平安回來，艾佛瑞和我會怎麼樣嗎？妳知道嗎——」他頓了下，像把眼淚吞回去。「如果我沒找到妳，妳知道我會怎麼樣嗎？」

艾斯本看著我，望進我的雙眼，他眼裡的痛苦顯而易見。

「但是你找到了，你找到我了，你保護我，還幫了我。謝謝你。」我把手放在艾斯本的背上，輕輕地撫拍著，安慰他。

「只是我發現，小美，無論發生什麼事情……妳和我之間彷彿總繫著一條線。我永遠無法不去擔心妳，絕不會不關心妳在做什麼，妳對我來說永遠重要。」

我伸出手，勾著他的手臂，把頭靠在他的肩膀上。「我明白你的意思。」

我們維持這個樣子好一會兒，我猜艾斯本或許和我一樣，腦中可能也不斷重播著過往的每件事。孩童時期的我們總是避開彼此；長大一點之後，我們的視線則無法離開對方的身上；還有在樹屋裡偷偷約會的時光，一切種種造就了那樣的我們。

「亞美利加，我得跟妳說些事。」我抬起頭，艾斯本轉過來面對我，輕柔地扶著我的手臂。「我告訴妳我會永遠愛妳，是認真的，而我……我……」

他說不出口，其實我很感謝他沒說出來。是的，我們緊緊相繫，但我們已經不再是樹屋裡那對情侶。

他發出虛弱的笑聲。「我想我得睡一下，我無法清楚思考。」

「我們都需要休息，而且有很多事要想清楚。」

他點點頭。「聽著，小美，我們不能再那樣了。別跟麥克森說我會幫他這麼危險的事情，別期望我會帶你們偷偷離開皇宮了。」

「我也不確定這麼做值不值得，但麥克森應該不會再這麼做了。」

「很好。」他戴上帽子，站起來。然後拉起我的手，落下一吻。「我的小姐，」他帶著戲弄的語氣說。

我微笑並握緊他的手，他也握緊我。就這樣，每隔一秒，我就握得更緊，因爲我明白自己很快得放開手了，眞的得放手了。

我看著艾斯本的雙眼，感覺眼淚就要落下來。*要我怎麼跟你說再見？*

他的拇指壓著我的手背，把我的手放在我的膝蓋上，他彎下腰，親吻我的頭髮。「放輕鬆點，我明天再來看妳。」

晚餐時我迅速拉拉耳朵，所以麥克森知道我今晚會等他過來。我坐在鏡子前面，希望時間走得快點。瑪莉安靜地替我梳頭髮，還一邊哼著歌，我依稀記得那是我在某個人的婚禮上演奏過的歌曲。剛參與王妃競選時，我恨不得可以回到過去的生活，希望能活在充滿音樂的世界，那個我永遠熱愛的世界。

然而，說眞的，那已經不再是我的堅持了。現在，無論我選擇什麼生活方式，音樂可能只是宴會上我用來娛樂賓客的方法，或是週末放鬆的方式。

我看著鏡子裡的自己，明白這種改變並不令我難過，這與我原先預期的不同。我還是會想念那樣的生活，但那只是我的一部分，並非我的一切。無論王妃競選的結果如何，眼前的未來充滿著可能性。

我真的超越了階級。

麥克森輕敲著房門，把我從思緒中拉回來，瑪莉去應門。

「晚安。」麥克森進來時對著瑪莉說，她也行禮回應。

「王子殿下。」瑪莉輕聲打招呼。接著，她準備離開房間，但這時麥克森舉起一隻手。

「不好意思，但可以告訴我妳的名字嗎？」

她盯著他看好一會兒，看著我，然後又專注地看著麥克森。「王子殿下，我叫作瑪莉。」

「瑪莉，還有安，我們昨晚見過面。」他對她微微點頭。「那妳呢？」

「露西。」她的聲音很小，但我知道她很高興王子向她打招呼。

「太好了。安、瑪莉，還有露西。很高興能正式認識妳們。安肯定有告訴妳們昨天晚上的事情，讓妳們能盡心盡力地服侍亞美利加小姐。我想謝謝妳們的付出與謹慎。」

他的雙眼依序看著她們。「我知道由於我的關係，妳們的處境無奈，如果有人問發生什麼事情，別擔心，直接把他們交給我。這是我的決定，妳們不應該為這些事情造成的後果負責。」

「謝謝王子殿下。」露西說。

我向來覺得，我的侍女們對於麥克森相當忠誠，但今晚我感覺那並非只是出於義務。過去我總以為人民對國王忠心耿耿，但現在我懷疑是否真的如此。從一些小事情來看，我越來越覺得，人民比較喜歡他的兒子。

也許不只我認爲克拉克森國王的手段野蠻、想法殘忍，或許不只反叛軍期待麥克森繼位，還有其他人也在期待未來。

侍女們行禮之後便離開，留下麥克森站在我身邊。

「怎麼了？你怎麼突然想知道她們的名字？」

他嘆著氣。「昨晚，萊傑軍官提到安的名字，而我完全不知道他在說誰……眞的很糗。比起隨便一名衛兵，我不是更應該知道照顧妳的人是誰嗎？」

他才不是什麼**隨便一名衛兵**。「說眞的，侍女都會討論衛兵的八卦，如果說衛兵也會八卦她們，我一點都不意外。」

「不過，她們每天和你在一起，我應該幾個月前就要知道她們的名字。」

我淺淺一笑，準備起身，他卻焦慮地看著我。

「我沒事的，麥克森。」我堅持說，接過他伸出來的手。

「亞美利加小姐，我沒記錯的話，妳昨晚被槍擊中，怎能要我別擔心。」

「這又不是多嚴重的槍傷，只不過是劃過去罷了。」

「都一樣。我還忘不了安替妳縫合傷口的時候，妳那淒厲的叫聲。來吧，妳該休息了。」

麥克森帶領著我到床邊，我爬上床，他爲我蓋好被子，自己則躺在一旁，正面對著我。我等待他跟我說後來發生的一切，或是警告我接下來會有什麼影響，但是他不發一語。他躺在我身旁，輕輕撫順我的頭髮，指尖有時會在我的臉頰徘徊。

那當下感覺彷彿整個世界只有我們兩人。

「如果出什麼事——」

「但是沒有。」

麥克森給我一記白眼，聲音變得認眞嚴肅。「幾乎要出事了！妳流著血回到這裡，我們差點就在那條街上失去妳。」

「聽著，我不後悔做這個決定。」我試著讓他鎭定下來。「我想去，我想親自聽到那些消息。再說，我也不會讓你一個人去，我一定要陪著你。」

「眞不敢相信我們竟然什麼都沒準備，也沒帶更多衛兵，就這樣搭著大卡車出宮。而且反叛軍都在街上亂晃，畢竟他們從來不躲，是吧？他們的槍究竟是哪來的？我覺得好無助，一點線索都沒有。每天一點一點地失去我的國家，但我愛這個國家。而且我還差點失去妳，但我——」

麥克森停下來，挫敗轉爲另一種情緒，他的手移回我的臉頰。「昨天晚上，妳說了……關於我們的事。」

我低下雙眼。「我記得。」我努力克制臉色發紅。

「有趣的是，常常以爲自己說過某些話，其實根本就沒有。」

我咯咯地笑著，我感覺他接著就要說出那些話了。

但是他又接著說：「也很有趣的是，常常以爲自己聽見某些話，但其實也沒有。」

所有的幽默在這一刻都消失無蹤。「我知道你的意思。」我嚥下口水，看著他的手從我的臉頰上移動，手指穿過我的手指，我們看著彼此緊握的手。「也許，對某些人來說，坦白是很難的，因爲他們害怕結果。」

他嘆出一口氣。「又或者，令人難以開口是因爲，你擔心對方並不想要有個那樣的結果……因爲她可能永遠無法放棄另一個人。」

我搖搖頭。「不是這樣……」

「好。」

比起在安全密室裡說過的一切，我們對彼此坦白過的一切，以及我心裡面堅定確認的一切，這些微妙的話語，是我們之間最讓人害怕的問題。一旦說了，可能就收不回來了。

我不太懂他爲何遲疑，但我知道我的理由。如果我掏心掏肺地表明一切，但他最後跟克莉絲在一起，我會因爲他生氣難過，但我會恨我自己。這個險太大了，我擔不起。

眼下的沉默令人不自在，似乎是太沉重了，於是我開口說。

「也許等我好一點的時候，我們再談這件事。」

他嘆著息。「當然，我眞是太不貼心了。」

「不，不。我還有另一件事情要問你。」現在，我們還有更重要的事情要思考。

「說吧。」

「我已經想過接下來的茶會要邀請誰來，但我需要你的同意。」

他看著我，一臉困惑的樣子。

「而且我想讓你知道我想和他們討論的所有內容。我們可能會違反幾條法律規定，所以如果你反對，我就不那麼做了。」

彷彿聽見什麼有趣的事情，麥克森坐直身體，洗耳恭聽。「告訴我吧。」

17

這天，拍照的背景是淺藍色的布幕。侍女爲我東拼西湊，做了件禮服，微露肩設計，正好遮住手臂上的傷。現在起，只能穿無肩帶禮服的日子正式結束。

雖然我看起來滿不錯的，但與妮可塔相比是相形見絀，就連喬智雅穿上禮服之後，整個人也閃閃發亮。

「亞美利加小姐。」相機旁的工作人員叫我。「我們記得妮可塔公主，上次義大利皇室的女性成員拜訪皇宮時，我們見過，但另一名貴賓是哪位呢？」

「這位是喬智雅，是我很好的朋友。」我甜甜地回答她。「目前爲止，我從王妃競選中學到一件事情：向前邁進，意謂著融合進宮的生活與眼前的未來，希望藉著今日過去與未來的結合，我能再更進一步。」

附近圍觀的人發出贊同的聲音，相機繼續捕捉我們三人的畫面。

「太好了，小姐們。」攝影師說。「妳們可以好好享受宴會了。我們等下會趁妳們交談時再拍些照片。」

「好的，聽起來挺有趣的。」我回答說，並示意我的賓客們跟著我。

麥克森已經很明白說，這幾天裡面，今天我必須要盡全力。我希望能成爲楷模，表現出菁英候選者該有的樣子，但是要我努力表現完美眞的很難。

「亞美利加，柔和一點，否則彩虹都要從妳的眼睛射出來。」雖然我們認識的時間不長，但我很喜歡的一點是，喬智雅很懂我。

我笑了，然後妮可塔也加入這個話題。「她說的沒錯，妳今天看起來有點太鋒芒畢露。」

我嘆氣並微笑說。「眞抱歉，今天是攸關勝負的一天。」

我們走進房間更裡面，喬智雅攬著我的肩膀。「妳和麥克森經歷了那麼多的事情，我很懷疑他會因爲一個茶會就把妳送回家嗎？」

「也不完全是這個意思，我們之後再談這個吧。」我轉過去面對她們說：「現在，如果妳們可以幫我一個忙，先熟悉彼此。等就定位之後，我們需要討論一些嚴肅的事情。」

妮可塔看著喬智雅，然後又看著我。「妳今天究竟要介紹什麼朋友給我啊？」

「我發誓，絕對是個值得的朋友，晚點我會解釋。」

喬智雅和妮可塔爲我添了不少光采。身爲一位公主，妮可塔或許是在場最佳貴賓。克莉絲的眼神中好像在說，她希望自己也能想到這點。當然啦，她不像我一樣有義大利皇室的連絡電話，那是妮可塔親自給我的號碼，告訴我有任何需要就連絡她。

沒人知道喬智雅是誰，但是當他們聽見我的台詞（麥克森特別爲我想出來的理由），關於把過去融入未來的想法，他們也覺得很棒。

愛禮絲的賓客一如預期。有權有勢，但沒有什麼驚喜。她邀請兩名來自新亞細亞、非常遙遠的表親，象徵著她和該國領導階級的連結，他們穿著該國的傳統服裝，走在她兩旁，進到會場。克莉絲邀請他父親工作上認識的另一名教授，以及她的母親。我很擔心我的家人聽到這個消息，如果媽媽和玫兒知道她們有機會進宮卻沒來，肯定會在信中表達她們有多麼失望。

賽勒絲遵守諾言，請來兩位專業級名人。一位是曾在賽勒絲去年的生日宴會上獻唱的天后級歌手泰莎，她穿著美麗的短禮服現身。另一位也是位藝人，是以古怪風格演唱會而聞名的克斯蒂，她身上的衣服比較像戲服，我猜這件衣服可能是她平常的表演服，或者她想實驗彩繪皮革的效果如何。但無論如何，我很驚訝她竟然能走進皇宮大門，畢竟她穿成這樣子，而且距離三十公分以內的人都能聞到她身上的酒味。

「妮可塔。」安柏莉王后邊說邊走近我們。

「能再見到妳眞好。」

她們互相在彼此的臉頰上留下一吻，然後妮可塔說：「我才覺得開心呢，我一收到亞美利加的邀請就高興的不得了。上次來這裡，眞的玩得很開心。」

「很高興聽見妳這麼說。」王后說。「但今天恐怕沒有那麼熱鬧。」

「我也不知道。」妮可塔似乎不這麼覺得，指著兩名藝人，她們正高聲談話。「我想那兩個人，肯定能讓我至少帶個好故事回家。」

她說完我們都笑了，雖然王后的眼神流露出一絲擔憂，但是她說：「我想我應該去自我介紹一下。」

「您總是勇氣可嘉。」我開玩笑說。

她微笑著。「請好好放鬆，享受這個茶會，我希望妳們能認識些新的朋友，但坦白說，多花點時間和妳們的朋友相處吧。」

我點點頭，安柏莉王后離開去見賽勒絲的賓客們。泰莎看起來還好，但是克斯蒂似乎拿起她附近那張桌上每塊小三明治來聞，我心裡默默做下筆記：千萬別拿她附近的食物吃。

我環顧這個房間，每個人似乎都忙著在吃東西或是講話，所以現在應該是最好的時機。

「跟著我來。」我邊說邊朝著後面一張小桌走去。我們坐下來，一名侍女替我們端了茶。只剩下我們時，我開始進入重點，希望一切順利進行。

「喬智雅，首先，我還沒有機會告訴妳，我對米卡的事情感到遺憾。」

就連我說話時，她也不停地搖頭嘆息。「他一直想當英雄，我們都有心理準備，有一天會……這樣。但我想他是覺得很驕傲的。」

「我還是覺得很抱歉。我們能幫上什麼忙嗎？」

「不用，一切都已經安排妥當。相信我，他也只會選擇這樣的結果。」她堅持說。

我想起那天晚上房間角落裡那個像老鼠般的男孩。他自願為我和我們所有人衝鋒陷陣。勇敢總是藏在令人驚訝的地方。

我把話題轉回當前重要的事。「嗯，喬智雅，如妳所見，妮可塔是義大利的公主，幾個星期以前，她來拜訪我們。」我看著她們兩位。「在那時候，她清楚向我表明，如果伊利亞王國願意改變，義大利很樂意與我們結盟。」

「亞美利加！」妮可塔噓聲說。

我舉起一隻手。「相信我，這位喬智雅是個朋友，但並不是我在卡洛林納省認識的。她是北方叛軍領導階層的一員。」

妮可塔在她的位置上坐起來，喬智雅戒慎恐懼地對她點點頭，確認我說的完全屬實。

「最近她曾經協助我們的行動，結果過程中失去了對她來說很重要的一個人。」我解釋說。

妮可塔將一隻手放在喬智雅的肩膀上，她說：「我很遺憾。」然後她轉向我，很驚訝這一切能如此串聯起來。

「我們說的話，不能讓其他人知道，但我想今天說的，對大家都有好處。」我解釋說。

「你們想試圖推翻國王嗎？」妮可塔問。

「不是，」喬智雅向她保證。「我們希望能與麥克森的政權結盟，努力廢除階級制度。也許在他的人生中能完成，他對他的人民似乎有較多的憐憫。」

「確實如此。」我附加說。

「那你們為何要攻擊皇宮？還有那些人呢？」妮可塔嚴正指控。

我搖搖頭。「他們和南方叛軍不同，他們不殺人，有時候也會做一些他們認為正義、正確的事情——」

「我們會把未婚媽媽從監獄裡救出來，諸如此類。」喬智雅插話說。

「他們雖然闖入皇宮，但從來沒有殺人的意圖。」我補充說明。

妮可塔嘆了聲。「這我不擔心，但是我不確定為何妳要我認識他們。」

我深呼吸一口氣。「南方叛軍行徑越來越囂張跋扈。單是過去幾個月，他們的攻擊行動就增加了，而且不只針對皇宮，而是橫跨全國。他們毫無惻隱之心，我和麥克森都擔心，他們很快就會有大動作，而且可能造成無法改變的情勢。他們想根據王妃競選菁英候選者們的階級，逐一攻擊民眾，相當激進，我們都很擔心攻擊的緊張情勢會逐漸升高。」

「已經比之前嚴重了。」喬智雅說，大多是對著我，而非對著妮可塔。「妳邀我來這裡時，我想到能告訴妳這個消息，我就不虛此行了。南方叛軍已經開始對第三階級發動攻擊。」

我用手摀住嘴巴，很驚訝，沒想到他們那麼快就有進一步的動作了。「妳確定嗎？」

「嗯。」喬智雅肯定地點點頭。「他們從昨天開始改變攻擊對象。」

妮可塔因為憂心而沉默了一陣子，接著她開口問：「他們為什麼要這樣？」

喬智雅轉向她。「基本上，他們想嚇走菁英候選者，想恐嚇皇室成員。他們似乎認為如果能在王妃競選結束前，終止競選，孤立麥克森，再擺脫他，就能接手掌管這個國家。」

「而這才是讓人憂心的事。如果他們獲得掌控國家的權力，麥克森就無法成為國王，照顧百姓。而南方叛軍對人民的壓迫只會更加嚴重。」

「所以妳有什麼計畫？」妮可塔問。

我試著放輕腳步，走進眼前的犯罪區域。「比起我們這些住在宮中的人，喬智雅和北方叛軍更有機會阻止南方叛軍的作為。他們很容易就能觀察他們的行動，也有機會與他們正面交鋒……但是，他們沒有受過訓練，而且手無寸鐵。」

她們繼續等待著，似乎不知道我在暗示什麼。

我降低音量。「麥克森無法從皇宮內部取得資金，協助他們購買武器。」

「我明白了。」妮可塔最後這麼說。

「希望妳完全了解，這些武器只能用在對抗南方叛軍，不能用來對抗任何一名政府機構的衛兵。」我看著喬智雅說。

「這沒問題。」從她的眼神我看的出來她有多認真，我內心已經很明白了。如果她真有那個意圖，在樹林發現我時，就可以把我帶出去了，或是選擇不進去巷子，從後面追上營救我們。但這些都不是她的目的。

妮可塔的手指漫不經心地撫弄著嘴唇，一面思考。我知道我們的要求太多，但我不知道還有什麼其他的方法，能讓我們前進一步。

「如果東窗事發……」她說。

「我知道。我已經想過這件事。」如果國王知道這件事，就我的情況，一陣鞭刑肯定是不夠的。

「只要我們確定一切能不著痕跡。」妮可塔的手繼續玩弄著她的嘴唇邊，坐立不安的樣子。

「至少必須是現金。這點又更難。」喬智雅提議。

妮可塔點點頭然後把手放在桌上。「我說過，如果可以，我會盡力幫忙。我們原本可以有個強而有力的盟友，但如果你們輸了，我擔心我們只會招來更多敵人。」

我對她露出一抹苦澀的微笑。

她轉向喬智雅。「我今天就能拿到現金，但是得換一下。」

喬智雅微笑說：「我們有方法。」

我看到她肩膀後面，一名攝影師正緩緩靠近我們，我拿起茶杯，低聲說：「有相機。」

「我總以為亞美利加會是個優雅的小姐。有時候，我們會忽略人們還有其他不同的特質，像我們總認爲第五階級就是表演者，而第六階級就是管家。但是看看安柏莉王后，她完全超越第四階級了。」喬智雅友善地說。妮可塔和我不約而同地點頭。

「也許妳會留下來和她一起！」妮可塔對我眨眨眼說。

「笑一個，小姐們！」攝影師對我們說，我們同時對他露出最耀眼的表情，希望掩蓋那最危險的秘密。

18

妮可塔和喬智雅離開的隔天，我發現自己常不安地回頭看。總覺得有人知道我講了什麼話，或是發現在那個短暫的下午，我交給反叛軍什麼東西。於是我不斷告訴自己，如果眞有人聽見我們的談話，我大概也早已被逮捕。但我依然還能和其他菁英候選者及皇室成員一起享用美好早餐，我得相信一切都沒事的。而且，如果必要，麥克森也會出面保護我的。

早餐過後，我回房間補妝。我在浴室，替自己再擦上一層唇膏的時候，傳來一陣敲門的聲音。這裡只有露西和我，她去看是誰來，我繼續完妝。一分鐘後，她在角落邊探出頭來。

「是麥克森王子。」她低聲說。

我倏地轉過頭。「他在這裡？」

她點點頭，笑得燦爛。「他記得我的名字。」

「他當然記得。」我微笑回答說。我把所有東西放下來，手梳過頭髮。「帶我出去，然後安靜離開。」

「是的，小姐。」

麥克森試探地站在門邊，很不尋常地等我邀請才入內。他拿出一個小小的淺盒，敲敲那盒子，有點煩躁不安的樣子。「抱歉打斷妳，能不能說個話。」

「當然可以，」我走過去說。「請進來吧。」麥克森和我坐在我的床邊。

「我想先見妳，」他馬上進入正題。「想在其他人還沒有向妳炫耀之前，先向妳解釋。」

解釋？不知道爲什麼他的話令我緊張萬分。如果是其他人能炫耀的事情，那表示我即將被排除在什麼事情之外。

「你這麼說是什麼意思？」我發現自己正咬著才剛上好唇蜜的嘴唇。

麥克森遞給我那個盒子。「我保證會說明一切。但首先，這是給妳的。」

我接過盒子，解開前面的一個小小的裝置，打開盒子一看，我想我大概要把房間裡每一絲空氣都吸盡了。

盒子裡面裝著一副美的令人震懾的耳環，還有成套的手鐲，它們的設計美麗而相襯，細緻的花樣設計，織入藍色和綠色珠寶。

「麥克森，我好愛，但是我不能拿。這太……太……」

「相反地，妳非拿不可。這是禮物，而且依照傳統，妳一定要帶著它們出席審判大會。」

「出席什麼？」

他搖搖頭。「詩薇亞會解釋一切。但重點是，傳統上，王子會送菁英候選者珠寶當作禮物，菁英候選者必須戴著這個禮物出席儀式。現場會有一些官員，妳們必須保持最完美的狀態。這跟妳們目前爲止收到的東西都不同，這些是眞的，屬於妳們，妳們可以留著。」

我微微一笑。當然啦，他們怎麼可能給我們戴眞的珠寶。我很好奇有多少女孩把東西帶回家，想著如果得不到麥克森，至少多拿點珠寶首飾。

「這些眞的太美了，麥克森。完全是我喜歡的。謝謝你。」

麥克森伸出一隻手指。「不用客氣，而且我也想跟妳討論一下這件事。這些禮物是我親自爲妳們挑選的，我希望能公平。然而，妳比較喜歡戴妳父親的那條項鍊，我也覺得在審判大會那種重要的場合上，戴著妳父親的項鍊，或許妳會覺得舒坦些。所以其他人的禮物是項鍊，妳的是手鐲。」

他伸過來拉起我的手。「我明白妳很喜歡妳的小鈕釦手鍊，我也很高興妳還是很喜歡我從新亞細亞帶回來的禮物，但是它們眞的不恰當。試試看這個，看看妳戴起來怎麼樣。」

我拿下麥克森的手環，把它放在床頭櫃邊。接著脫下艾斯本的手環，將它和那枚一分錢幣一起放在我的小罐子裡，從現在起，那手鍊似乎應該得一直放在那裡了。

我轉過頭發現麥克森正盯著那個罐子，他的雙眼流露出一種難受的感覺，但是很快就消失無蹤，他繼續將手鐲從盒子取出。他的手指輕輕撫著我的肌膚，移開的時候，我幾乎又倒抽一口氣，這份禮物眞是美極了。

「麥克森，這眞是份完美的禮物。」

「我也希望妳這麼覺得。但這就是爲什麼我要跟妳談談的原因。我原本打算花相同的錢在妳們每個人的禮物上，我想要公平。」

我點點頭，這聽起來很合理。

「但問題是，比起其他人，妳喜歡的向來都比較簡單，而且妳的是手鐲，不是項鍊。最後，妳的禮物我只花了比其他人少一半的金額購買，我希望妳在看到我給她們的禮物之前，先知道這點。我想讓妳知道，這是因爲我想給妳我認爲妳最喜歡的東西，不是因爲妳的位階或其他無聊的理由。」麥克森好眞誠。

「謝謝你，麥克森，無論如何我都不會那樣想的。」我邊說邊把手放在他的手上。如同往常，他很高興我的小動作。「我也這麼猜想，但很感謝妳告訴我，我很害怕這麼做會傷了妳。」

「完全不會。」

麥克森露出開朗的笑容。「當然，我還是希望能公平一點，所以我有個主意。」他的手伸進口袋，拿出一個信封。「也許妳會想把差額寄給妳的家人。」

我瞪著那個信封。「你是認眞的嗎？」

「當然。我想公平，而且我覺得這是解決差別最好的方法，我希望妳會很高興。」他把信封放在我的手中，我收下來，還是很驚訝。

「你不需要這麼做的。」

「我知道。但有時候我只是想這麼做，不是需不需要的問題。」

我們的雙眼交會，我明白到他爲我做的許多事，都只是因爲他想。送我褲子，但我明明就不能穿褲子，還爲我從世界的另一端帶回一條手鍊……

他想必是愛我的，對吧？爲什麼他就是不說呢？

現在只有我們了。麥克森，如果你說，我也會回應你。

但他什麼都沒說。

「麥克森，我不知道該如何謝你。」

他微微一笑。「聽見妳這麼說就很好了。」他咳了聲，然後說：「我總是最想聽見妳表達自己的感覺。」

不，不，絕對不要。我才不要當那個先說的人。

「嗯，一如以往，我很感激。」

麥克森嘆口氣。「很高興妳喜歡。」但似乎還不滿足的樣子，他看了地毯一眼，說：「我得走了，還得送禮物給其他人。」

我們一同站起來，我送他到門口，離開前，他轉過來在我的手上落下一吻，友善地點個頭，接著消失在轉角處，繼續拜訪其他的女孩。

我走回床邊再看一下我的禮物，無法相信自己能永遠保有這如此美麗的物品。我在內心發誓，即使最後打道回府，花光所有的錢，家庭窮困，我也絕對不會把它們賣給別人，他從新亞細亞買回來的那條手鍊也是，無論如何，我會一直收藏。

隔天下午，我們跟著詩薇亞前往主要活動室。「審判大會其實滿簡單的，」她對我們說。「聽起來複雜，實際很簡單，它的象徵意義比較重要。」

「這會是個盛大的活動，現場會有幾位地方法官，不用說也會有皇室家族的其他成員們，還會有許多攝影機，搞得妳頭昏眼花。」詩薇亞轉頭大聲說。

目前爲止聽起來都還滿簡單的。我們繞過轉角，詩薇亞打開主要活動室的門，安柏莉王后正站在中央處，指揮工人將競技場用的座椅排成好幾排。另一個角落邊，某個人正在想哪一面地毯要移開，還有兩位花藝專家正在討論哪些花材比較恰當。他們顯然不認爲應該保留聖誕節的裝飾。發生太多事情了，我幾乎忘記聖誕節就快到了。

室內的後方已經架起一座舞台，正前方有階梯通到上面，舞台的正中央擺著三張偌大的王位。我們的右側有四座小平台，上面各放一張椅子，看起來很美麗，但也很孤單的感覺。光是這些就足夠布置整個室內了，我無法想像，一切就緒會是怎樣盛大的光景。

「王后陛下。」詩薇亞行禮說，我們也跟著行禮。王后朝著我們走過來，她的臉上漾起一抹微笑。

「太好了，各位小姐們，讓我向妳們說明王妃競選程序的下一個活動。」她示意我們跟著她進入主要活動室。「審判大會是個象徵妳們歸順我國法律的儀式。妳們其中一個人會成爲我們的新任王妃，有天會成爲王后。法律是我們生活的方式，妳不只要以法律作爲生活的標準，也必須支持法律，這是妳的義務。因此，」這時候她停頓一下，面對著我們，「審判大會就是個開始。」

「犯法的人，大部分是小偷，會被帶進來這裡。像這樣的案子，可能得遭到一陣鞭刑，但這些人會在牢裡度過一段時間，而妳們必須把他們送進牢裡。」

面對我們困惑的表情，王后露出淺淺的微笑。「我知道這聽起來很嚴厲，但其實不會。這些人，每個人都犯了罪，比起身體的磨難，他們寧可以時間還債。妳們也曾親眼見過鞭刑有多痛苦。被鞭打並沒有比較好，妳們這樣是在幫助他們，」她帶著鼓勵的語氣說。

但我還是不怎麼喜歡這種感覺。

那些會偷竊的人，基本上都已經一窮二白。第二、第三階級若是犯法，付個錢就能免於身體的磨難，但窮人卻只能以肉體或時間來換取。我記得艾斯本的弟弟傑米，之前被壓在大街上，一個男人一面鞭打他，一面從他背後拿出食物。雖然我討厭這樣，但還是比把他們關起來好多了。即便他年紀尚輕，萊傑家還是需要他去工作。但第四階級以上的人似乎都會忘記這些事情。

詩薇亞和安柏莉王后陪我們一次次排練整個儀式，直到我們的台詞背得完好無缺。每次，我都努力像愛禮絲和克莉絲那樣優雅地唸出來，但我的語氣聽起來就是很單調乏味。

我並不想把人關進牢裡。

結束之後，其他女孩朝著門口一起走過去，但我走向王后，她剛和詩薇亞說完話。我應該趁這時，想想怎麼說會比較有力。但詩薇亞一離開，王后對我說話，我心裡的想法就這麼脫口而出了。

「拜託別要我這麼做。」我求著她說。

「不好意思，妳說什麼?」

「我可以歸順我國法律，我發誓。不是我難搞，只是，我眞的沒辦法把一個人送進大牢，畢竟他沒有對我做什麼事。」

她伸出手，撫摸著我的臉，表情相當和善。「他有的。親愛的女孩，如果妳成爲王妃，妳將代表著法律，即使某個人犯了微不足道的罪，那也等於是傷害妳。唯一能止血的方法是，穩定立場，對抗傷害妳的人，這麼一來其他人才不會厚顏無恥。」

「但我還不是王妃！」我哀求地說。「沒有人傷害我。」

她微笑著，低著頭看我，悄聲說：「今天妳還不是王妃，但如果說這只是暫時的狀態，我也不會驚訝的。」

安柏莉王后退後一步，並對我眨眨眼睛。

我發出一聲嘆息，很絕望。「那帶其他人給我，不要帶那種可憐的小偷，他們偷東西多半只是因爲肚子餓。」她的臉色僵硬。「我不是在說偷東西就是正當的行爲，我知道那不正當，但是請帶眞的犯下滔天大罪的犯人給我。像有次反叛軍攻擊我們，有個衛兵帶麥克森和我到一間安全密室，但他後來卻遭到殺害，請把兇手帶給我，那個人應該被永遠關進大牢裡，而且我會很樂意宣布這件事，但是我沒辦法對那些吃不飽的第七階級這麼做，我辦不到。」

我看得出來她想盡量保持溫柔的態度，但也看得出來，這件事情她無法改變。「亞美利加小姐，請恕我直言，在所有女孩之中，最需要做這件事情的正是妳。人們看過妳企圖阻止鞭刑，在全國的電視節目上建議廢除階級制度，還在人民生活陷入危險的時候要他們奮力抵抗。」她和善的面孔瞬間化爲嚴肅。「我不是說妳做這些不對，但這些事情讓民眾們認爲妳是個容易失控的人。」

我的手動來動去，坐立難安，我知道這番話意思是，無論我說什麼，都得執行審判大會上的工作。

「如果妳想留下來，如果妳在乎麥克森——」她停頓一下，讓我考慮一會兒——「那麼妳必須做這件事。妳必須顯示出自己有服從的能力。」

「我在乎啊。我只是不想把某個人送進監獄。那不是王妃的工作，那是法官的工作。」

安柏莉王后拍拍我的肩膀說：「妳辦得到的，而且妳一定會那麼做，如果妳想和麥克森在一起，妳就必須完美。我想妳明白自己有個對手吧。」

我點點頭。

「我會照妳的話做。」

說完她便離開，留下我一個人在主要活動室裡。我走上我的座位，基本上是個皇室的座椅，然後我再一次喃喃自語地唸著台詞，試著告訴自己這沒什麼大不了的，總是會有人違法，然後被關進大牢，那只是幾千個人裡面的其中一個。我必須完美呈現。

完美是我唯一的選擇。

19

審判大會當天，我坐如針氈，害怕自己會跌倒或忘記要說什麼。或者更糟糕，我害怕自己會失敗。我唯一不擔心的只有服裝。我的侍女們和首席服裝設計師討論過，要做件合適的禮服給我，但坦白說，合適並不代表樸素無聊。

又是因為傳統，所有禮服必須是白色或金色。我的禮服採高腰設計，左邊無肩帶，右邊露肩設計，遮掩傷疤之餘亦兼顧美觀。上半身的線條比較貼身，下半身的部分薄透而輕蓬，金色蕾絲的荷葉裙襬碰觸地板，背部採短褶設計，皺摺從背後落下。我看著鏡中的自己，這是第一次我覺得自己看起來像個王妃。

安拿著我必須帶著的橄欖樹枝，固定在我的腋下。我們得將樹枝放在國王腳下，表示我們與領導者之間的關係和睦，且願意效忠我國法律。

「小姐，您看起來美麗極了，」露西說。我不得不說，最近的露西看起來好沉著、充滿自信。我給她一個微笑。

「謝謝妳，真希望妳們都在現場。」我說。

「我也希望。」瑪莉嘆著氣說。

「小姐，請別擔心，妳會有完美表現的。我們和其他侍女也會看著電視。」向來正經嚴肅的安，把大家的注意力轉回我身上。

「妳們會嗎？」雖然她們不在樓下，但這還眞是個激勵人心的消息。

「我們不會錯過的。」露西向我保證。

尖銳的敲門聲打斷我們的談話。瑪莉去開門，是艾斯本，眞高興能見到他。

「亞美利加小姐，我來護送妳去審判大會。」他說。

露西提高分貝說：「萊傑軍官，您覺得我們的作品如何？」

他露出一個俏皮的微笑。「妳們太認眞了，無懈可擊。」

露西呵呵地笑著。安替我再調整一下髮型，一面噓她，要她別笑。在知道安對艾斯本的感覺之後，我也開始明白，她在他面前總是力求完美。

我深呼吸一口氣，想起樓下還有民眾們在等著我。

「準備好了嗎？」他問。

我點點頭，重新調整樹枝，走到門邊，最後再回頭偷看一眼侍女們快樂的表情，我勾起艾斯本的手臂，和他一起到走廊上。

「你最近還好嗎？」我一派輕鬆地問。

「我不敢相信妳竟然要做這件事。」他冷不防地說了這句話。

我嚥一下，馬上又感到緊張萬分。「我別無選擇。」

「小美，妳永遠都有選擇。」

「艾斯本，你知道我不喜歡這樣。反正就一個人而已，而且他是有罪的。」

「所以同情叛軍的人也有罪，被國王降階是罪有應得，瑪琳和卡特一樣。」我不用抬頭看就知道他的表情有多麼厭惡。

「那是不同的……」我喃喃自語說，聽起來完全沒有說服力。

艾斯本走到一半停下來，強迫我看著他。「對他來講那些人沒有差別。」他的口氣認眞。艾斯本知道的比大多數人更多，因為會議時他在旁邊站崗，傳達命令也是他分內的工作。他手裡正握著一個秘密。

我們繼續前進。我低聲問：「全部的人都是小偷嗎？」

「是，他們的罪無足輕重，根本不需要受幾年的牢獄之災，但是他們今天要被判罪，如果這不是殺雞儆猴，那什麼才是？」

「你說這話什麼意思？」

「小美，他們是國王的眼中釘，是同情反叛軍的人，只不過大聲說了幾句他是暴君之類的話，這件事已經傳遍各地。他們試圖影響某些人，讓他們看見這個審判，警告他們若想反抗國王會有什麼下場，這是刻意安排的。」

我立刻把手抽出來，小聲對他說：「你和我在這裡的時間幾乎一樣長。這麼長的時間裡，你從未接受命令，傳達任何一個判決結果嗎？」

「不，但是——」

「那你就別批評我。如果他不用這些理由把敵人關進大牢，你覺得他會對我做出什麼事？他討厭我！」

艾斯本露出哀求的眼神。「小美，我知道很可怕，但是妳已經——」

我舉起我的手。「做好你的工作，帶我到樓下。」

他嚥下一口氣，轉向前方，並向我伸出手臂。我抓著他的手臂，我們安靜無聲地向前走。走到樓梯中段的時候，我們聽見人們說話的嘈雜聲，他又開口說。

「我總是在想妳會不會因爲他們而改變。」

我沒有回答，還能說什麼呢？

大廳裡，其他女孩盯著遠方看，靜靜動著嘴唇，複誦台詞。

我的手抽離艾斯本，走過去，加入她們。

愛禮絲已經形容過無數次這件禮服，所以我感覺它似曾相識，這是一件金色、米色交織而成、輪廓纖細、無袖設計的禮服，搭配那雙金色手套，看起來效果十足。麥克森送她的禮物是深色暗系的寶石，更襯托她光滑的秀髮和深色的眼珠。

克莉絲似乎又一次以不費吹灰之力的方式，顯盡皇室的象徵與風采。她的禮服在腰際以上採合身設計，下半身則像盛開的花朵般蓬開，延伸到地面。麥克森爲她挑選的項鍊及耳環是彩色的，圓潤的線條，完美無缺，美麗動人，有一瞬間，我眞的覺得自己的珠寶被比了下去。

至於賽勒絲的禮服……嗯，當然是令人難忘。禮服的領口很低，似乎不太適合這個場合。她發現我盯著她看，於是雙唇一噘，還動動肩膀。

我笑了，我把手放在額頭上，覺得有點不舒服。我深呼吸一口氣，試著讓自己鎭定下來。

賽勒絲在中途碰到我，她邊走邊晃著樹枝。「妳怎麼了？」

「沒什麼，我想只是有點不舒服。」

「千萬，別，吐。」她命令說。「尤其別吐在我身上。」

「我不會吐啦。」我向她保證。

「誰吐了？」克莉絲加入我們的對話，愛禮絲也跟在她後面。

「沒有人吐，」我說。「我只是有點疲倦之類的。」

「不會很久的，」克莉絲再三保證。

但是我會永遠記得，我心裡這麼想。我看著她們的臉，她們來到我的身旁，難道我不會爲她們這麼做嗎？或許吧……

「妳們眞的覺得這麼做好嗎？」我問。

她們不是看著彼此就是看著地板，但沒有人回答我。

「那就別做了吧。」我慫恿她們說。

「別做？」克莉絲問。「亞美利加，這是傳統，我們必須這麼做。」

「不，不用，只要我們決定不做。」

「那我們要做什麼？拒絕進去裡面？」賽勒絲問。

「那是一個方法。」我說。

「妳要我們坐在裡面，然後什麼都不做？」愛禮絲聽起來怕得要命。

「我還沒想那麼多，我只是覺得這不是個好主意。」

我看得出來克莉絲認眞考慮我的話。

「妳在玩什麼把戲吧！」愛禮絲指控地說。

「什麼？」她怎麼會這樣想？

「她是最後進去的人。如果我們什麼都不做，她跟著我們，她看起來也只是合群，但我們其他人看起來就很蠢了。」愛禮絲說話的時候，還拿著她的樹枝朝我揮動。

「亞美利加？」克莉絲看著我，眼神充滿失望。

「不，我發誓我沒有想過要那樣！」

「小姐們！」我們循著詩薇亞糾正的聲音看過去。「我明白妳們很緊張，但也不能大叫。」

她看著我們每個人，我們交換眼神，她們正考慮是否該和我一起行動。

「好吧，」詩薇亞開口說。「就照我們排練的，愛禮絲，妳是第一個；賽勒絲和克莉絲，妳們接在後面；亞美利加，妳最後。一次一個人，帶著妳們的樹枝，走上紅地毯，放在國王腳邊，然後回到座位上。國王會講幾句話，接著典禮就開始。」

她走到檯子上的小箱子前，把箱子轉過來，原來是個電視螢幕，透過螢幕能看見主要活動室裡所發生的一切。眞是壯觀。紅色地毯把整個室內區分成媒體和賓客的座位區，還有那四個代表我們的座位，後面則是王位，等待著皇室家族。

我們看著螢幕，這時候主要活動室側門打開，在一片喝采聲與響亮的喇叭聲之中，國王、王后和麥克森走進來。他們坐定位之後，緩慢而尊貴的旋律開始響起。

「總算到這一刻了。現在，把頭抬高。」詩薇亞指導我們。愛禮絲特意看了我一眼，然後闊步繞過轉角。

數百台相機拍攝她而發出聲響點綴在背景音樂之中，這個段落，形成一種特殊的節奏。她做得很好，我們透過詩薇亞看的那台電視，看得一清二楚。賽勒絲跟在後面，離開前，她又順順頭髮。克莉絲在走道上闊步行進，她的微笑展現出絕對的眞誠與自然。

「亞美利加，」詩薇亞小聲說，「輪到妳了。」

我努力抹去臉上的憂慮，專心想著正面的事情，但完全沒有什麼正面的事。我即將懲罰某個人，但我根本不覺得他犯了那麼重的罪，爲此，我將抹煞部分的自己，輕輕一揮，我將很快就能給國王他想要的。

相機聲響個不停，閃光燈此起彼落，我輕輕走向皇室成員，人們交頭接耳稱讚著。我看著麥克森，他還是一派鎮定的樣子，這是出於長年的訓練或是眞實的快樂呢？他的表情令人安心，但我很確定，他一定看得出來我的眼神有多焦慮。我看見放橄欖樹枝的地方，於是先行禮，再將我的橄欖樹枝放在國王的腳下，不過我沒辦法正眼看他。

我坐定位之後，音樂完美地在一個段落結束。克拉克森國王向前走，站在舞台邊，樹枝在他的腳邊繞成一圈。

「各位伊利亞王國的先生、女士們，今天，我們王妃競選中，最後四位年輕貌美的候選者，來到我們所有人面前，宣示自己臣服於法律之下。我們偉大的法律是鞏固國家的根本，是我們長久以來享有和平的基礎。」

和平？你開玩笑嗎？我心裡這麼想。

「很快，其中一位年輕女性會在你們面前，但她將不再是平民百姓，她會成爲王妃。而身爲皇室成員，她的工作是堅守正確眞理，這不是爲了她自身的利益，而是爲了你們的福祉。」

……那現在我該怎麼做？

「請和我一起鼓掌，表揚她們謙卑歸順於法律之下，以及她們支持法律的勇氣。」

國王開始拍手，全場的人也和他一起拍手。他走開之後，掌聲依然持續著，我瞄了我們一排的女孩，但只看得見克莉絲的臉，她聳聳肩，對我半露微笑，然後再次對著前面，盡力挺直身體。

門邊一名衛兵大聲宣布：「我們有請克拉克森國王陛下、安柏莉王后陛下、麥克森王子殿下，以及罪犯雅各·迪格。」

雅各緩緩地走進主要活動室，毫無疑問，這種公開的場面令他相當難為情。他的雙手銬上手銬，相機的閃光燈令他退縮，他勉強在愛禮絲面前彎腰。我得將身體傾得非常前面，才能清楚看到她。所以我微微轉過去，聽著她唸出我們都會輪到的台詞。

「雅各，你犯的是什麼罪？」她問。她真的把聲音表現得很好，比平常還好。

「小姐，我犯了竊盜罪，」他溫順地說。

「你的判決是多久？」

「小姐，十二年。」

克莉絲不自覺緩緩朝我的方向轉過來，表情幾乎沒有改變，但彷彿在向我求救，而我只是點點頭。

竊盜是很輕微的罪，眾所周知，若他真犯下竊盜罪，他會在鎮上的廣場挨一頓毒打，或者，他會被送進大牢，但頂多兩年、三年的刑期。簡單來說，雅各證實我內心害怕的事情。

我微微把頭轉向國王。他顯然很開心。不管這個男人是誰，他一定不只是個小偷，國王樂見這名男子淪為階下囚。

愛禮絲站起來，走向那名男子，手放在他的肩膀上，直到這個時候，他才真正看著她。

「去吧，忠心耿耿的國民，把你的債都還給國王。」安靜無聲的室內只有她的聲音。

雅各點點頭。他看著國王，我看得出來他想做些什麼，他想最後一搏，想指控，但是他沒有。很顯然，有人可能會因為他今天的作為付出代價。

下一個男人行動困難。他轉過來走上地毯，朝著賽勒絲走過去，他中途絆倒，跌落在地，這時室內傳來一陣群體驚呼的聲音，他還來不及博得眾人同情，兩名衛兵即上前，帶著他走向賽勒絲。依照賽勒絲過去的表現看來，她在命令那個男人償還債務時，聲音不若以往篤定。

克莉絲看起來像平常一樣鎮定，直到罪犯靠近她。這名罪犯比較年輕，和我們相差無幾，他踏著穩定的步伐，幾乎像帶著決心。他站在地毯上面對克莉絲的時候，我看見他脖子上的刺青。那個刺青看起來像個十字架，不過幫他刺青的人似乎搞砸了。

克莉絲說出她的台詞，表現得很好。不認識她的人，無法聽出她聲音裡那一絲後悔的暗示。全場掌聲響起，她坐回位置上，臉上的微笑只比平常遜色一些。

接著衛兵喊出亞當．卡佛這個名字，輪到我上場。亞當、亞當、亞當，我得記住他的名字，因為我現在必須這麼做，對吧？其他女孩都做了。如果我失敗了，麥克森或許會原諒我；至於國王，反正他老是不喜歡我；但是我肯定也會失去王后的支持。想到這，我就不由自主害怕。如果我想要機會，我就得大聲說出台詞。

亞當比較年長，大概是我爸的年紀，他的腳似乎不太對勁。他沒有跌倒，但是花了很長一段時間才到我這裡，因此，這整個情況又更糟了，我只想快點結束。

亞當在我面前跪下，我專心想著自己必須唸的那幾句台詞。

「亞當，請問你犯了什麼罪？」我問。

「竊盜罪，小姐。」

「請問你的判決是多久？」

亞當咳了一聲。「無期徒刑。」他怯懦地說。

室內一片窸窸窣窣，人們確信聽見的資訊是不對的。

我真的很討厭這樣偏離原本的台詞，但我必須再確認。「你說多久？」

「無期徒刑，小姐。」很顯然，亞當的聲音聽起來像要哭了。

我偷瞄麥克森一眼，他看起來不大舒服。我默默無語請求他的協助，他的眼神訴說著他無法引導我，真的很抱歉的感覺。

在我把視線回到亞當身上之前，迅速瞄了國王一眼，他很快換個姿勢，我看著他的手放在嘴唇上，難掩笑意。

他真的會把我惹毛。

也許他發現我會很討厭王妃競選的這個部分，所以計畫讓我看起來叛逆、不服從。但即使我通過王妃競選，把一個人送進終身監獄，這樣的我又是什麼樣的人？現在沒人會喜歡我了。

「亞當，」我溫柔地說。他抬頭看我，眼淚隨時隨地都有可能落下。我注意到室內的輕聲耳語都停下來了。「你偷了多少東西？」

人們努力聽他說，但是不可能聽得見的。

他噓了一下，看向國王一眼。「一些衣服，要給我女兒的。」

我很快說：「但是不只如此吧？」

他的動作很微小，我差點就沒看見，亞當剛剛對我搖頭。

所以我不能這麼做，我不能這麼做，但我得做些什麼啊。

當下我腦中浮現一個想法，很確定這麼做能解決我們的窘境。我不確定這是否能替亞當爭取到他的自由，我也試著不去想自己有多悲傷，只要是正確的，我就得去做。

我站起來，走向亞當，碰碰他的肩膀，他一陣退縮，等著我告訴他即將入獄。

「站起來。」我說。

亞當看著我，眼裡盡是困惑。

「請。」我說，並拉著他銬上手銬的雙手，將他拉起。

亞當和我一起到走道上，我們到了皇室成員坐著的高檯區。走上階梯的時候，我轉向他，並嘆了聲。

我脫下麥克森送我的美麗耳環，先脫一邊，再脫另一邊，然後將兩只耳環放在亞當的手上。他站在那，驚訝地說不出話。接著是那個漂亮的手鐲。接著——如果我眞的要這麼做，就得給予我的一切——我伸手到脖子後面，解開爸爸給我的那條鳴鳥項鍊。我希望他正看著電視，並且別恨我把他的禮物送出去。我把它放在亞當的手上，讓亞當的手握好那些珠寶，我退到一邊，這麼一來他就正對著克拉克森國王。

我指向王位，然後說：「去吧，忠心耿耿的國民，把你的債都還給國王。」

室內一片譁然，大家交頭接耳說話，但我無視這一切。我只看見國王臉上難看的表情。如果他想利用我的個性玩什麼把戲，那我也準備好回應他了。

亞當慢慢地爬上台階，我看見他眼神裡有害怕也有欣喜。他接近國王，跪在地上，伸出滿滿珠寶的雙手。

克拉克森國王使了我一個眼色，讓我知道事情不會這麼結束，但接著他伸出手，拿走亞當手上的珠寶。

群眾們歡聲雷動，但我回頭看，其他女孩的表情看起來五味雜陳。亞當立刻從國王的跟前退開，大概是害怕國王會突然改變心意。現場有這麼多鏡頭，這麼多人會報導這件事，我希望也許某個人會持續追蹤，確認亞當安全地回到家。亞當下來的時候，即使雙手還被銬著，他依然試著擁抱我。他感激涕零，全場就他看起來最幸福了。

20

皇室成員從側門出去，其他菁英候選者和我走原路離開，攝影機在旁拍攝，群眾們鼓掌叫好。

詩薇亞看著我們從門口走出來，眼神毫無疑問地空洞死寂。她感覺用盡全身最後一絲力氣克制才沒掐死我。她領著我們繞過轉角，到一個小小的接待室。

「進來，」她命令道，彷彿再發生什麼事情，她就要崩潰了。她關上門，似乎完全不想加入我們。

「妳非得每次成為焦點才甘心嗎？」愛禮絲怒氣沖沖說。

「我什麼都沒做，只是做了我要求妳們做的事情。是妳自己不相信我的！」

「妳表現得好像聖人。他們是罪犯，法官不會做的事情，我們就不能做，我們能做的只是穿上漂亮禮服。」

「愛禮絲，妳有看到那些人嗎？他們有些人都生病了，而且判決的刑期太長了，」我央求地說。

「她說的沒錯。」克莉絲說。「竊盜罪判無期徒刑？除非他把整個皇宮帶走才可能吧，他到底偷了什麼，得接受這種刑期？」

「根本就沒什麼，」我信誓旦旦說。「他為家人偷衣服。聽著，妳們很幸運，出生在比較好的階級，如果來自比較低階的家庭，一旦妳失去家裡的經濟支柱……日子就很難過了。我沒辦法把他送進大牢，這樣等同把他的家人貶爲第八階級，我辦不到。」

「亞美利加，妳的自尊在哪？」愛禮絲懇求地說。「妳的責任感和榮譽感在哪？妳只是個女孩，甚至連王妃都不是。如果妳是王妃，絕不可能任妳這樣做決定的，妳在這裡就得遵從國王的規定，但妳從來沒有！從第一天晚上就沒有！」

「也許那些規定是錯的！」我大吼著。

說這話的時機眞是太糟了，因爲此時，門倏地打開，克拉克森國王如旋風一般疾步進來，安柏莉王后和麥克森王子站在走廊上。國王用力抓起我的手臂，把我強行帶離。幸好，他抓的不是受傷的那邊。

「你要帶我去哪裡？」我問，恐懼的感覺令我的呼吸急促。

他沒有答話。

我轉頭看著其他的女孩們，國王把我拖到走廊上。賽勒絲雙手懷抱在胸前，愛禮絲伸出手握著克莉絲的手，雖然她很生氣，但似乎也不希望見到我離開。

「克拉克森，你慢一點。」王后輕聲細語要求他。

我們繞過轉角，我被強行推入一個房間，王后和麥克森跟著我們後面進來，國王把我推到一個小沙發上。

「坐好，」他命令說，實在有點多此一舉。他來回踱步，像個在籠子裡面的獅子。然後他停下來面對著麥克森。

「你發過誓！」他大聲斥喝。「你說她會乖乖聽話。先是在《報導》上亂說話，然後又害你差點在頂樓沒命，現在又這樣？麥克森，到此爲止了。」

「父王，你有聽見人民歡呼的聲音嗎？人民感謝她的惻隱之心，她現在是你最有價值的資產了。」

「抱歉，你說什麼？」他的聲音宛如冰山，緩慢而死沉。

他的冷漠令麥克森頓了一會兒，但是他繼續說。「當她建議人民應該要保護自己的時候，民眾的回應很正面。我敢說很多人能免於一死都是因爲她。至於今天的事情，父王，我沒辦法因爲一個人犯了那麼微不足道的罪，而將他送進無期徒刑的大牢中。你怎麼能期待她這麼做？畢竟她見過其他犯同樣的罪的人，接受合理的刑期。她是如此與眾不同。我們的人口大多數由低下階層的人組成，他們覺得和她有共鳴。」

國王搖搖頭，然後又開始踱步。「我讓她留下來，是因爲她救了你一命，你才是我最寶貴的資產，不是她。如果我們失去你，就等於失去一切，我說的失去不單是說死亡。如果你對你的人生不夠堅定，如果你失去重心，一切都會崩潰。」他邊說，手一邊揮過偌大的房間，沉默在空中迴盪著。

「你被洗腦了，」國王指控說。「你每天逐漸改變，這些女孩毫無用處，尤其是這個。」

「克拉克森，也許——」他一個眼色就讓王后安靜下來，無論她的意見爲何，都聽不見了。

國王轉回去看著麥克森。「我有個提議你聽聽看。」

「我沒興趣知道，」他回答。

克拉克森國王在他面前舉起雙臂，表示這個提議無傷大雅。「聽聽看吧。」

麥克森嘆了一口氣。

「這些女孩就像一場災難。就算能藉此與亞洲建立關係，也沒什麼用；那個第二階級又太愛慕虛榮；至於另外一位，若你問我，我認爲她不算完全沒救，但是不夠好。最後這一個，」他指著我說：「不管她有什麼價値，她就是個無法克制自己的人，光這點就夠糟糕了。」

「這一切已經錯得太離譜了。我了解你，我知道你害怕錯過什麼，所以我有個想法。」

我看著國王繞著麥克森。「結束這一切吧，放棄這些女孩。」

麥克森張開嘴巴想反抗，但是國王舉起一隻手。「我不是要你單身，我只是說，我們還有全國那麼多美麗的女孩子，可能正坐在某個地方等你。如果你有機會親自挑選幾位入宮，那不是很好嗎？也許找一個長得像法國公主的，記得你有多喜歡她嗎？」

我放低視線。麥克森從未提過什麼法國女孩。

這感覺就像是某個人拿著一個鑿子往我的心頭上鑽，鑽出一個裂縫。

「父王，我辦不到。」

「喔，你可以的。你是王子。我們已經受夠這些突發狀況，這些人其實都不適合當王妃。這次，你可以自己選。」

我再次抬頭看。麥克森的雙眼盯著地板，我看得出來他很掙扎。

「或許還能暫時緩和叛軍。你自己想想吧！」國王補充說道。「如果我們把這些女孩送回家，等幾個月，先取消這次王妃競選，然後再挑選一群豔冠群芳、知書達禮的好女孩……如此就能改變很多事情。」

麥克森欲言又止。

「要不然，你應該問問自己，」他再度指著我說，「你眞的能和那個人共度餘生嗎？情緒化、自私自利、汲汲營營，而且坦白說，她的外表還眞普通。兒子，你自己看看她！」

麥克森的雙眼放低看著我的眼睛，定定地看了好幾秒鐘，我受不了，於是別過頭，不想被羞辱。

「我會給你幾天時間考慮。現在要來應付媒體了，安柏莉。」

王后疾步過去，勾著國王的手臂。留下我們單獨在這，無言以對。

短暫停頓之後，麥克森過來扶我起來。

「謝謝。」

麥克森只是點點頭。「我應該跟他們去了，他們肯定有些問題要問我。」

「他的提議還挺好的。」我評論地說。

「也許是他目前爲止最寬宏大量的提議了。」

我並不想知道他是否認眞考慮這件事，沒有其他的好說了，於是我經過他，走回我的房間，希望能跳脫當下的感覺。

我的侍女通知我，今天晚餐我們自己用。這時候我眞的沒心情跟她們說話，他們也很貼心地自行離開，我躺在床上，迷失在思考裡。

今天我做了對的事情，是吧？我相信正義，但是審判大會不是正義。然而，我不斷地想自己眞完成了什麼嗎？如果那個人無論如何都是國王的敵人，我也相信他是，那他肯定會被施以其他的懲罰。那這一切都不值得了嗎？

我仔細思考著每件事情的發展，而且還很無聊，不停地想到那個法國女孩的事情。為什麼麥克森從未提過這個人呢？她很常來這裡嗎？為什麼他要把她的事情當作秘密？

忽然一陣敲門聲，我猜想是晚餐，雖然看起來有點早。

「進來。」我大聲喚著，不想離開床鋪。

門一打開，我先看見賽勒絲深色的髮絲閃過。

「想要有人作伴嗎？」她問。克莉絲從她身後窺看，然後我看見愛禮絲的手臂藏在後面。

我坐起來。「好啊。」

她們從容地進入房間，沒關門。每當賽勒絲露出這麼眞誠的笑容，還是會令我嚇一大跳，她沒有問我就爬上我的床，我倒也不在意。克莉絲跟著她動作，坐在我的腳邊，愛禮絲坐在邊邊，姿勢平穩，永遠的優雅。

克莉絲輕聲問：「他有傷到妳嗎？」我確定這也是其他人想了解的問題。

「沒有。」說完我才發現也不盡然。「他沒有對我怎樣，只是有點粗魯地把我拉走而已。」

「他說了什麼？」愛禮絲說話時還不自覺地捏緊禮服的一角。

「他很不滿我的突發狀況啊。如果是由國王來選，我肯定早就離開了。」賽勒絲碰碰我的手臂。「但選擇的人不是國王。麥克森喜歡妳，人民也喜歡妳。」

「我不知道這樣是否足夠讓我當上王妃。」不只我，換成妳們也一樣，我在心中默想著。

「抱歉，我對妳大吼。」愛禮絲輕輕地說。「我覺得好挫折，努力保持冷靜和自信的態度，但努力根本不算什麼，妳們都讓我相形見絀。」

「不是這樣的，」克莉絲反駁她。「事到如今，我們對麥克森而言都有某種重要性，否則我們就不會在這裡了。」

「他只是害怕選出最後三個人。」愛禮絲反對地說。「王妃競選只剩下三個人的時候，他就得在四天還是幾天之內，選出王妃。他把我留在這，只是因爲他不想做決定。」

「他也可能是因爲不想做決定才留我的啊？」賽勒絲提出看法。

「聽著，」我說，「今天過後，下個回家的人可能就是我。這遲早都會發生的，我不適合。」

克莉絲呵呵地笑著。「我們都不是安柏莉，對吧？」

「我太搶鋒頭，讓人太驚訝。」賽勒絲帶著一抹微笑說。

「王后所做的事情，我連一半都做不到，我寧可躲起來。」愛禮絲低頭說。

「我太野了。」我聳聳肩說，欣然坦誠自己的錯誤。

「我不可能像她那樣有自信。」克莉絲哀傷地說。

「所以啊，我們都搞砸了，但是麥克森還是得從我們之中挑選，就沒必要再擔心什麼了。」

賽勒絲玩弄我的毯子。「但我想，我們都同意，妳們任何人都比我好。」

一陣凝重的沉默之後，克莉絲開口說：「妳這話什麼意思？」

賽勒絲看著她。「妳知道，大家都知道的。」她深呼吸一口氣，繼續說：「我和亞美利加大概聊過這件事情。前天，我又在侍女面前崩潰了。但我從來沒有眞正向妳們道過歉。」

克莉絲和愛禮絲很快看彼此一眼，視線才又回到賽勒絲身上。

「克莉絲，我搞砸了妳的生日派對，」她突然地說。「妳是唯一一個能在皇宮內慶生的人，我把妳的重要時刻搶走了，很抱歉。」

克莉絲聳聳肩。「最後結果也還好，因爲妳，麥克森和我聊了很多。我很久以前就原諒妳了。」

賽勒絲看起來眞的像要哭了，但她緊咬著嘴唇，露出一抹苦澀微笑，「妳眞大方，畢竟連我都很難原諒自己。」賽勒絲擦擦她的睫毛。「我只是不知道如何取得他的注意力，只好奪走他對妳的注意力。」

克莉絲深呼吸一口氣。「當下感覺眞的很糟糕，但事後想想也還好，我沒事，至少不是像安娜那樣。」

賽勒絲不好意思地翻個白眼。「別提這件事了。有時候我會想，如果我沒有那麼做，她能留到什麼時候……」她搖搖頭，視線轉向愛禮絲。「我眞的不知道妳是怎麼不在意我做的那些事情，甚至還有一些妳不知道是我做的。」

總是泰若自然的愛禮絲，並沒有現場爆發，換作是我早就發飆了。「妳是說在鞋子裡面的玻璃，衣櫥的禮服被搞砸，還有在洗髮精裡加漂白水那些事嗎？」

「漂白水！」我驚呼地說，賽勒絲疲憊的臉露出肯定的表情。

愛禮絲點點頭。「有天早上我不在仕女房，讓我的女傭把頭髮染回來。」原本對著我的她轉向賽勒絲。「我知道是妳，」她平靜坦白地說。

賽勒絲愣在那兒，非常困窘。「妳沒說出來，妳不動如山。在我看來，妳是最簡單的目標，我很驚訝妳竟然沒中途退出。」

「我絕對不會中途放棄，讓我家人蒙羞，」愛禮絲說。我欣賞她有如此的信念，即使我完全不了解。

「妳的家人對於妳如此堅忍不拔，一定覺得驕傲。如果我家人知道我墮落到什麼地步……我不知道他們會說什麼。如果麥克森的爸媽知道，我很確定他們一定現在就把我踢出去。我不適合這裡。」她呼出一口氣，坦白是多難的事。

我傾身向前，握著她的手。「賽勒絲，我相信改變想法之後，事情也會不同。」

她歪著頭，對我露出一抹悲傷的微笑。「都一樣的，我不覺得他想要我，就算他想，」她補充說，然後把手抽出來，整理一下臉上的妝。「最近，某個人跟我說，我不需要靠一個男人來獲得自己想要的生活。」

我們心領神會地對彼此露出笑容，然後，她轉過去看著愛禮絲。

「我真的不知道該從哪一件我對妳做過的事情向妳道歉，但妳必須知道，我真的很後悔。愛禮絲，我很抱歉。」

愛禮絲一動也不動，低頭看著賽勒絲，我準備好，她可能會用邪惡的言語罵賽勒絲，如今賽勒絲終於肯低頭認錯了。

「我可以告訴他的。亞美利加和克莉絲會是我的證人，麥克森會送妳回家。」賽勒絲嚇了一下，如果因爲這樣回家，會多難看！

「但是我不會那麼做，」愛禮絲最後說。「我絕對不會爲難麥克森，我想以正直的方式贏。所以，忘記以前的事，向前看吧。」

雖然愛禮絲沒有表示原諒她，但是她的回應超越賽勒絲的預期，她僅能振作精神，點點頭，然後對愛禮絲輕聲道謝。

「哇，」克莉絲說，試著改變話題，「賽勒絲，我的意思是，我也不想舉發妳……但我倒是沒想過榮譽感這個理由。」克莉絲轉向愛禮絲，思考著她說的話。

「我心裡總是這麼想的，」愛禮絲坦白說。「無論如何我都必須堅持下去，如果我沒贏，我會令我的家人們蒙羞。」

「如果選擇的人是他，那錯的怎麼會是妳呢？」克莉絲問，她換個姿勢，再往後靠著。「那怎麼會讓妳在家人面前丟臉呢？」

愛禮絲再轉過來一點，臉上又出現另外一種擔憂的表情。「因爲在媒妁之言的世界裡，最好的女孩會得到最好的男孩，反之亦然。麥克森代表的是極致的完美。如果我輸了，就表示我不夠好，我的家人並不會想到他的選擇有什麼情感的考量，但我相信這點確實在他的考量中。我家人總是用邏輯理性看待一切。我的教育、我的才華——我從小到大所受的教養，讓我值得最好的，所以如果我沒贏，那離開時還有誰會要我呢？」

我想過贏或是輸會帶給我的人生什麼改變，想過數百萬次，但我從未想過那對其他人而言的意義是什麼。經過賽勒絲的事情之後，我真的該好好想想。

克莉絲一手放在愛禮絲的手上。「幾乎所有回家的女孩都已經和很不錯的男人訂婚了。成爲王妃競選的一分子，光是這件事，就足以讓妳成爲大獎。而且妳還是最後四位菁英候選者之一，是少數人中的少數，相信我，愛禮絲，追妳的人排到巷口都排不完。」

愛禮絲漾起一抹微笑。「不用一整排的人啦，一個就好。」

「嗯，我想我需要一整排。」賽勒絲說，她說完我們所有人都笑出聲，連愛禮絲也不例外。

「我想要幾個就好。」克莉絲說。「一排聽起來壓力好大。」

她們看著我。我說：「一個就好。」

「妳們瘋了。」賽勒絲開玩笑地翻翻白眼。

我們又聊了一下有關麥克森、家庭、希望的話題。我們從來沒有這樣聊過天，彼此之間沒有隔閡。克莉絲和我曾經努力開誠布公地聊著關於競選的事，但現在我們也可以只聊生活。我敢說，皇宮無法摧毀我們的情誼。愛禮絲眞是令人驚訝，她的觀點來自一個截然不同的地方，與我的想法南轅北轍，但因爲如此，讓我想的更深，開闊我的心胸。

至於賽勒絲，她像個炸彈，讓我嚇一大跳。如果有人跟我說，第一天在機場裡踩著高跟鞋、氣勢洶洶的金髮女子，會在我最需要的時刻，坐在我身旁，而我也會慶幸擁有這份情誼，那我肯定會當場大笑三聲。我幾乎不敢相信自己還在這裡，在最後剩下的幾個女孩之中，同時也感到心碎難過，因爲自己就要失去麥克森。

我們聊著天，我看的出來她們已經完全接受她，我也一樣。卸下那麼沉重的秘密之後，她整個人看起來煥然一新。賽勒絲從小到大就被教養成一種很特定的美女，那種美麗仰賴著掩蓋事實或轉移燈光，時時刻刻都在追求完美。但現在的她呈現著謙卑、誠實的美，閃閃發亮著。

麥克森走路的聲音肯定很小，因爲我完全不知道他在外面站了多久，他看著我們。愛禮絲先發現他在我房門外，她整個人倏地正襟危坐。

「王子殿下。」她彎下頭說。

我們全部人看過去，確定我們沒聽錯。

「小姐們。」他也對我們點頭回應。「我不是故意打斷妳們，我是不是壞了什麼好事。」

我們看著彼此，我很肯定現場不只我一個人這麼想：不，一點也不，你的到來讓我們更加凝聚了。

「一切都很好。」我說。

「我還是感到很抱歉打擾妳們，但我有事得和亞美利加單獨說。」

賽勒絲發出嘆息聲並開始移動，站起來之前還對我眨眨眼睛。愛禮絲很快站起來，克莉絲跟著她的動作，跳下我的床，並輕輕地捏了下我的腿。離開時愛禮絲對麥克森行個禮，克莉絲停下爲他整理西裝翻領，賽勒絲走上前，如同往常那般氣勢凌人，對著麥克森的耳朵低語。

她說完，他露出微笑。「我想應該不需要那麼做吧。」

「很好。」然後她就離開，把門關上，我站起來準備接受一切，不管結果是什麼。

「所以剛剛你們說什麼？」我朝著門點點頭問。

「喔，賽勒絲說，如果我敢傷害妳，她會讓我哭著回家。」他微笑地說。

我也笑了。「我嚐過她那些指甲的苦頭，你可得當心點了。」

「是的，夫人。」

我深呼吸，讓臉上的微笑消失。「所以呢？」

「所以呢？」

「你要照他的話做嗎？」

麥克森露出笑容並搖搖頭。「不，乍聽之下是還滿有趣的，但我不想重來一次。我喜歡我這些不完美的女孩們。」他聳聳肩說，一臉滿足。「而且，父親並不知道奧古斯塔，也不知道北方叛軍的目的爲何，全然不知。他的方法不是長久之計，現在那麼做，等於斷尾求生。」

我放鬆下來，發出嘆息。我一直希望麥克森會在乎我，不要讓我離開，但是和那些女孩坐下來聊聊之後，我也不希望這件事發生在她們身上。

「況且，」他附帶說，看起來很高興的樣子。「妳應該看看新聞媒體。」

「爲什麼？發生什麼事情嗎？」我靠近他，請求他告訴我。

「妳又再次令所有人印象深刻。連我都開始覺得，自己似乎不大清楚整個國家的氛圍。就像……就好像他們知道事情會有改變。他統治國家的方式，如同他教育我的方式。他認爲除了自己之外，沒有人有能力做出正確的決策，所以他把自己的意見強加於人民身上。讀完葛雷格利的日記之後，我感覺這種情況由來已久。

「但是大家已經不想繼續這樣了，人民要的是選擇。」麥克森搖搖頭說。「妳讓他嚇壞了，但是他沒辦法趕妳出去。他們仰慕妳，亞美利加。」

我嗤了一下。「仰慕？」

他點點頭。「還有……我也有這種類似的感覺。所以無論他說什麼、做什麼，別失去信心，不會結束的。」

我把手指放在嘴唇上，這個消息令我震驚。王妃競選會繼續，女孩們和我都還有機會，而且根據麥克森的說法，人民越來越認同我的做法。

雖然有好消息，但還有件事壓在我的心上。

我低頭看著毯子，幾乎害怕到不敢問。「我知道這個問題聽起來很笨……但是，法國公主是誰？」

麥克森沉默半晌，然後在我的床上坐下來。「她叫做黛芬。在王妃競選之前，她是我唯一認識的女孩子。」

「然後呢？」

他輕輕漾起無聲的笑。「後來我發現她對我的感覺超越友誼，但是我沒有回應，我辦不到。」

「她有什麼不好的地方嗎？還是——」

「不，亞美利加。」麥克森握著我的手，要我看著他。「黛芬是我的朋友，她只會是我的朋友。我的一生都在等妳們，妳們所有人。這是我找到妻子的方法，自我有記憶以來，我就知道這件事。我和黛芬之間的互動並不像情人。我從來沒想過向妳提起她，我很確定我爸提起她只是爲了讓妳再度懷疑自己。」

我緊咬著嘴唇。國王深知我的弱點。

「亞美利加，我看見妳老是拿自己與我母親比較，與其他菁英候選者比較，與一個妳認爲自己該有的樣子比較，而現在，妳即將拿自己與幾個小時前才知道的人比較。」

他說的沒錯。我已經開始在想她有比我美嗎？有比我聰明嗎？她會用可笑又煽情的語調叫麥克森的名字嗎？

「亞美利加，」他說，並雙手捧著我的臉。「如果她眞的很重要，我會告訴妳。就像，同樣的事發生在妳身上，妳也會這麼做。」

我的胃翻滾著，我對麥克森並沒有完全誠實。但是他的雙眼在這，筆直地望著我，令我輕易將一切拋諸腦後。每次他這樣看著我的時候，我就能忘記身邊所有事情，現在就是如此。

我跌進麥克森的手臂裡，緊緊抱住他，這就是全世界我最想去的地方。

21

在剛建立的姊妹情誼之間，賽勒絲成爲我們的領頭。是她提議我們所有侍女到樓下的仕女房，而且還得搬幾面大鏡子，然後我們得花上一整天時間，爲彼此梳妝打扮。其實我們根本不必這麼做，因爲怎麼樣都不可能比宮中侍女做的更好，雖然如此，這過程卻同樣好玩。

克莉絲將我一邊頭髮拉過額頭。「妳想過剪瀏海嗎？」

「有幾次，」我承認，確實想過剪個蓋到眼睛上的蓬鬆瀏海。「但是我妹妹有瀏海，而且最後都覺得很煩，所以我就改變心意了。」

「我覺得瀏海會讓妳看起來很可愛，」克莉絲熱心說。「我有一次幫我表妹剪，如果妳想，我也可以幫妳剪。」

「是啊，」賽勒絲插話。「亞美利加，妳就讓她拿剪刀靠近妳的臉吧，好極了。」

我們所有人笑成一團。我甚至還注意到房間的另一端傳來微弱笑聲。我瞄了一眼發現王后正緊緊地抿起嘴唇，同時努力閱讀眼前的資料。原本我還擔心她會覺得我們這樣太過輕浮，但誠實說，我好像從來沒見過她這麼高興。

「我們應該來照相！」愛禮絲說。

「有人有相機嗎？」賽勒絲問。「這方面我可是專家。」

「麥克森有！」克莉絲大叫說。「過來一下，」她對著侍女說了些話，然後揮手催促她快點去。

「等一下，」我說，然後抓起一張紙。「好，好，『至高無上的王子殿下，菁英候選者的小姐們向您請求，希望能立刻借用您的相機……』」

克莉絲咯咯地笑著，賽勒絲搖頭嘆氣。

「喔，妳對女性外交還真有研究。」愛禮絲補充說。

「眞有這回事嗎？」克莉絲問。

賽勒絲甩甩頭髮。「誰管這麼多啊？」

約莫過了二十分鐘，麥克森敲著門，把門打開兩、三公分。「我可以進去嗎？」

克莉絲跑過去。「不行，我們只要相機。」說完她把相機從他手中搶過來，然後看著他的臉，把門關上。

賽勒絲跌坐在地上大笑。

「妳們在裡面做什麼？」他大聲說，但是我們忙著笑翻，無暇回應。

我們在矮樹後面做出各種姿勢，還送了千百個飛吻，然後賽勒絲教我們所有人如何「尋找光線」。

克莉絲和愛禮絲在沙發上躺下來，賽勒絲爬到她們上面，拍下更多的照片，我看過去，發現王后的臉上正漾起一抹滿足的微笑。她不在這裡面，感覺好奇怪，於是我隨手抓起一支梳子，朝著她走過去。

「哈囉，亞美利加小姐。」她向我打招呼。

孩。

「可以讓我替您梳頭嗎？」

她的臉上閃現許多不同的情緒，但她只是點點頭，並輕輕說：「當然。」

我走到她身後，掬起一把很美的頭髮，拿著梳子一次又一次地往下梳，同時也看著其他的女孩。

「看著妳們所有人能這樣相處，眞的讓我寬心。」她淡淡地說。

「我也是，我喜歡她們。」我沉默片刻。「審判大會的事情，我眞的很抱歉，我知道自己不該那麼做，我只是……」

「我懂，親愛的。妳之前已經解釋過了。這是個艱難的任務。而且妳們看起來似乎眞的很難受。」

我發現她有多麼不了解眞實的情況，又或者她只是單純地、不計代價地選擇相信她的丈夫是最好的。

她彷彿能明白我在想什麼，她開口說：「我知道妳認爲克拉克森很嚴厲，但他是個好人。妳不明白在他的處境上，必須承受多大的壓力。我們都用自己的方法在承受一切。他有時候會發脾氣；我常常需要休息；麥克森總是開玩笑帶過。」

「壓力，他有嗎？」我笑著說。

「問題是，妳怎麼處理壓力？」她轉過頭。「我認爲熱情是妳最棒的特質之一，如果妳可以學習控制情緒，妳會是個很棒的王妃。」

我點點頭。「很抱歉我讓妳失望了。」

「不，親愛的，」她說，然後把頭轉到前面。「我看見妳的潛力。在妳這個年紀的時候，我在工廠工作，又髒又餓，時常感覺憤怒。但是我對於伊利亞的王子有一股無法消滅的愛慕之情，所以當我有機會讓他屬於我，我學習著釐清那些感覺。在這裡，妳有很多事情可以做，但不會事事如意，妳必須學習接受，好嗎？」

「是的，媽。」我開玩笑說。

她回頭看著我，愣了一下。

「我是說，夫人。嗯，夫人。*」

她的雙眼發亮，眨了好幾下，接著又轉回前面。「若競選的結果如我預期，叫我媽也是可以的。」

接著輪到我眼眶泛淚。不是我想換個母親，但未來可能成為我婆婆的人，能接受我所有的缺點，這種感覺眞的很特別。

賽勒絲轉過來看見我們，然後跑過來。「妳們好可愛！笑一個。」

我傾身向下，兩隻手臂環抱著安柏莉王后，她也舉起手，碰碰我的手。在那之後，我們輪流圍繞在她身邊，最後終於拍到她對著相機做鬼臉的照片。後來，侍女們幫忙照相，我們所有人才能合照。結束的時候，我可以簡單說，這是我進宮以來最快樂的一天。我不知道這個景況是否能持續下去，聖誕節就快到了。

愛禮絲最後一次試著幫我梳高髻，結果非常慘烈，現在侍女正在拯救我的頭髮。這時候，傳來一陣敲門的聲音。

瑪莉跑過去應門。一位我不認識的衛兵進入房間。我常常看到這名衛兵，幾乎專門隨侍在國王身旁。

他靠近時，我的侍女向他行禮，他停在我面前時，我其實有點焦慮不安。

「亞美利加小姐，國王請妳馬上過去見他。」他冷冷地說。

「有什麼事情嗎？」我問，整個人動彈不得。

「國王會回答您的問題。」

我嚥了一下。所有壞事都浮現在腦海中。我的家人正處於危險之中。國王想出一個辦法，暗中懲罰我那些忤逆他的行為。他發現我們偷溜出宮。或者，最慘的是，某人發現我和艾斯本的關係，我們將為此付出代價。

我試著把害怕的情緒趕出腦中。我不希望在克拉克森國王面前顯露任何一點害怕的感覺。

「那我就跟你去吧。」我站起來，跟在那名衛兵身後，離開時，又看了一眼那些女孩們。真希望我沒看見她們臉上憂心忡忡的表情。

＊譯注：英文的「媽」mom和「夫人」ma'am發音相近。

我們到走廊上，爬上通往三樓的階梯。我的雙手不知該如何是好，所以只好不停摸頭髮或是禮服，或是手指交纏在一起。

到走廊一半的時候，我看見麥克森，他的出現幫了我大忙。他站在房間外面等著我，眼神並不擔心，但是他比我還懂得隱藏害怕。

「是什麼事情？」我低聲說。

「我也不太清楚。」

衛兵停在門口，麥克森護送我入內。在這寬敞的房間裡，其中一面牆壁上擺滿好幾排的書。黑板架上，幾張地圖並列排放，至少有三個伊利亞王國，上頭以不同的顏色做記號。國王坐在偌大的書桌前面，手裡拿著一張紙。

他注意到我和麥克森進入房間，於是把身體坐直。

「妳究竟對義大利公主做了什麼事？」克拉克森國王逼問我，雙眼瞪著我。

我僵在原地。是那筆錢。我都忘記這件事了。密謀銷售武器給他視爲敵人的人，這比我預想的任何情況都更糟糕。

「我不大確定您這番話什麼意思。」我撒謊，看著麥克森，他雖然知道一切的事情，卻依然平靜。

「幾十年來，我們努力想和義大利人結盟，但突然之間，他們的皇室竟然對我們有興趣，邀我們去拜訪。不過——」國王拿起那封信，尋找著特定的段落，「啊，這裡。國王陛下與您的家人若能一同前來，將是我們至高無上的榮耀，同時我們也希望亞美利加小姐能和您一同拜訪。在見過所有菁英候選者之後，我們無法想像還有誰能像她一樣，追隨著王后的腳步。」

國王的視線抬起，回到我身上。「妳做了什麼事？」

在明白自己閃避過某件大事之後，我總算放鬆一點。「我做的就只是，在她們拜訪時，禮貌對待公主們和她的母親，我不知道她這麼喜歡我。」

克拉克森國王給我一記白眼。「妳這個只會搞破壞的女人，我一直在觀察妳，妳在這裡別有目的，可惡，肯定不是爲了他。」

聽到這番話，麥克森轉向我。我眞希望自己沒有看見他眼裡閃過的一抹懷疑。我搖搖頭。「不是這樣的！」

「那一個沒有手段、人脈、權力的女孩，是怎麼辦到這個國家努力了好幾年都辦不到的事情。是怎麼辦到的？」

我心裡知道，確實有些事情他沒有發現。但主動提出可以協助我的人是妮可塔，她曾經詢問我，有什麼能幫忙的，因爲她想支持我。他是否會指控那其實是我的錯，他的聲音好大聲，太嚇人了。一如以往，他的行爲像個小孩子。

我小聲回應說：「是您指派我們娛樂您的國外貴賓，否則，我也不會認識她們任何人。而且，寫這封信邀我過去的人是她，我並沒有請求去義大利。也許您只要更熱情好客，好幾年前，您就能擁有義大利的盟友。」

他奮力站起來。「管好——妳的——嘴巴。」

麥克森一隻手臂護著我。「亞美利加，妳先離開吧。」

我鬆了一口氣，迫不急待逃離國王身邊，但克拉克森國王可不是這麼想的。

「站住。我還有話要說，」他堅持。「這會改變情況。我們不能重新舉辦王妃競選，否則可能會有惹惱義大利人的風險。他們的影響力很大。如果我們能獲得他們這樣的盟友，肯定能爲我們打開這世界的許多門。」

麥克森點點頭，沒有任何的情緒。他已經決定把我們留下，但我們必須演這齣戲，讓國王覺得他自己還是掌控大局的。

「我們只要延長王妃競選就可以了。」他做出結論。我的心沉沉地落下。「我們得在不惱怒他們的情況下，給他們一點時間，接受其他的候選者，讓每個人都有機會在他們面前展現。」

他看起來自我感覺良好，對自己提出的方法感到驕傲，我納悶他還會做出什麼事，或許是替賽勒絲做好準備，又或許是安排克莉絲和妮可塔獨自相處的時間。我不會讓他故意整我，讓我難看，就像審判大會的事。若他無所不用其極，又暗地裡設計，那我就不確定自己能有多少機會了。

撇開政治的因素不說，延長王妃競選的時間，只是讓我有更多機會做出失態的事情。

「父王，我不確定這樣做會有幫助。」麥克森插話說。「義大利的女士們已經見過所有的候選者。如果她們比較喜歡亞美利加，一定是因爲她具有某些特質，可能是在其他候選者身上看不到的，你也不可能改變這個事實。」

國王看著麥克森，露出憤怒的眼神。「那你這是在宣布你的選擇囉？王妃競選結束了嗎？」

我的心跳在這瞬間停止。

的。」

「不，」麥克森回答，好似這個提議很可笑。「我只是不確定，你提出來的做法是正確

克拉克森國王抬高下巴，用手撐著，來回看著麥克森和我，他瞪著我們的樣子，彷彿我們是無法解決方程式。考慮一會兒之後，他從抽屜裡拿出一個小檔案夾。

「即使不說妳最近在《報導》上的驚人之舉，近日來，階級之間似乎呈現著動盪不安的情勢。我一直在找辦法……想緩和眼下人民的意見。於是我想到，像妳這樣讓人耳目一新的年輕人，我敢說，以妳目前受歡迎的程度，妳會做得比我好。」

他把資料推過桌子，繼續說：「妳似乎能引起民眾的共鳴。也許妳可以替我向他們發言。」

我打開資料夾，讀著文件。「這些是什麼？」

「就是一些我們即將公布的服務聲明。當然，我們很清楚每個省分都是由各個階級和其內部社群構成，所以我們會派某些人，到當地加強大家的觀念。」

「亞美利加，那是什麼？」麥克森問，他父親的話令他不解。

「像是……廣告。」我回答。「要人們滿足於自己所處的階級，不要和階級以外的人過從甚密的廣告。」

「父王，那是什麼？」

國王將身體往後靠在椅子上，很輕鬆的樣子。「不是什麼大事。我只是想試著平息紛爭。如果我不這麼做，等到我傳位給你的時候，人民都要造反了。」

「怎麼說？」

「低下階級的人時不時會不守規矩——那是自然的，但是我們必須趁他們尚未團結起來，打敗我們偉大的國家前，壓抑他們的憤怒，粉碎反動力量的想法。」

麥克森瞪著他的父親看，還是不完全了解。如果艾斯本沒有提示我那些同情者的事情，或許我也不懂吧。國王的計謀是分化並征服所有階級：讓各個階級感謝他們自身所擁有，太可笑了——要他們就算被如此對待，也不在乎嗎？——告訴他們別和階級以外的人來往，這樣他們就不懂彼此的痛苦。

「這是個宣傳手法。」我輕蔑地說，這幾個字是從爸爸那本老舊史書上學來的。

國王試著安撫我。「不，不是的。這只是給人民的建議，強化他們的觀念，是一種看待世界的方法，讓我們的國家更幸福快樂。」

「快樂？所以你要我告訴一些第七階級說……」我找到紙上的文字，「你的任務可能是全國最艱鉅的，你用勞力辛苦工作，打造我們土地上的道路，以及每一棟建築。」我繼續唸，「無論是第二或第三階級，都沒有你的才華，所以，走在街上時，別再看他們，不需要跟那些階級地位比你高，但貢獻比你少的人說話。」

原本面對我的麥克森轉向他的父親說：「這樣肯定會分化我們的人民。」

「相反地，這將有助於使他們安分守己，讓他們覺得，皇宮方面總是把他們的利益置於優先考量。」

「你有嗎？」我不屑地問。

「我當然有！」國王大吼說。

「我們必須一點一滴引導人民，就像對馬一樣，我們替牠們戴上眼罩，引導牠們。如果不引導他們的步伐，他們會迷路、離開正軌，走到最惡劣的路上。妳可能不會喜歡這個小演說，但是這個演說有妳想不到的效益，能救更多人。」

他說完之後，我依舊不解，我默不作聲拿著手裡的紙，站起來。

我知道他擔心。每次他接到報告，說什麼事情又無法控制，他就會乾脆壓制一切。他把所有的變化混為一談，還沒有親自視察，就說是叛亂。而這一次，他的解決辦法是要我去做葛雷格利做過的事，再次分化他的人民。

「我說不出口，」我低聲說。

他鎮定地回答。「那妳就不能嫁給我兒子。」

「父王！」

克拉克森國王舉起一隻手。「現在是關鍵時刻，麥克森。我已經順著你的意，但現在我們必須協商。如果你想要這個女孩留下來，那她就必須服從。如果她連最簡單的任務都達不到，我唯一的結論是她並不愛你。如果是這樣，我就不明白為什麼你一開始會想要她。」

我定睛看著國王，恨他給麥克森這樣的想法。

「妳愛他嗎？妳真的愛他嗎？」

我並不想在這種情況下說這句話。不是在這種最後通牒，也不是為了這種事情而說。

國王歪著他的頭。「麥克森，多令人傷心的答案。她得好好想想才能回答。」

不能哭，不許哭。

「我會給妳一點時間，妳想想自己的位置。如果妳不做這件事，我們就按照規定走。聖誕節那天我把妳趕回家，給妳爸媽一份聖誕大禮。」

三天。

他微笑著。我把資料夾放在他的桌上，然後離開，努力要自己別狂奔。原來他要的只是另一個藉口，讓他可以數落我的缺點。

「亞美利加！」麥克森大叫著。「別走！」

我一直走，直到他拉住我的手腕，逼我停下來。

「剛剛是怎麼回事？」他逼問。

「他瘋了！」我幾乎要哭出來了，但是我忍住眼淚，如果國王走出來，看到我這個模樣，我就完了。

麥克森搖搖頭。「不是他。是妳。爲什麼妳不答應他呢？」

我看著他，目瞪口呆。「那是個計謀，麥克森。他所做的每件事情都是計謀。」

「如果妳答應，我現在就結束這一切。」

我不敢相信，於是砲火回攻地問：「沒多久之前，你也有機會結束一切，但你沒有。這怎麼會是我的錯？」

「因爲，」他回答，他突然變得緊張，「妳否認妳對我的愛，這是整個競選中我唯一想獲得的，但妳還是沒說。我一直在等妳說，但是沒有。如果妳無法在他面前大聲說出口，沒關係，但只要妳答應他，對我來說就足夠了。」

「不管我們進展到什麼程度，他都能把我踢出去，為什麼我要答應他？我一次又一次被羞辱，你卻只是站在旁邊？麥克森，這不是愛。你甚至連愛是什麼都不知道。」

「最好我不知道！妳知道我這一路來的心情嗎——」

「麥克森，是你說你不想吵架了，所以就別再替我找理由和你吵架！」

我旋風離開。還在這裡做什麼？我因為一個不懂得忠誠有多麼重要的人而折磨自己。他永遠不會懂，因為他對愛情的想法總是圍繞著王妃競選，他永遠不會懂。

我走到樓梯井的時候，又被拉過去。麥克森緊緊抱住我，他的兩手抓住我的手臂。他想必知道我依然憤怒，但是才過沒多久，他的態度就完全改變了。

「我不是他。」他說。

「什麼？」我問，並試著從他手中掙脫。

「亞美利加，停止。」我怒視他，不再掙扎。我沒有其他的選擇，只好看著他的雙眼。「我不是他，好嗎？」

「我不知道你要表達什麼。」

他嘆口氣。「我知道妳有好幾年的時間，心思完全都在一個妳認為會永遠愛著妳的人身上，但是當他面對現實的世界，他拋棄了妳。」我愣住，思考著他的話。「亞美利加，我不是他。我絕不想放棄妳。」

我搖搖頭。「麥克森，你不明白。他可能讓我失望，但至少我認識他。經過這麼長的時間，我覺得我們之間還是有一道隔閡。王妃競選逼得你必須把自己的情感分成好幾塊。我從來不曾擁有過全部的你，我們沒有一個人能擁有全部的你。」

我把自己從他的手中甩開，這一次，他沒有再抓住我。

22

我不大記得那天《報導》的詳細情形。我坐在我的位置上，每過一秒鐘就想著：離回家的時刻又更接近了。接著我開始明白，留下來並不會比較好。如果我屈服，唸出那些可怕的訊息，國王就贏了。也許麥克森真的愛我，但若他不夠霸氣，無法大聲抵抗，那他如何保護我免於這一生中最害怕的人，也就是他的父親。

那我就得永遠屈服於克拉克森國王的淫威之下。如此一來，即使麥克森有北方叛軍背後的支持，但在這高牆之內，他仍然是孤軍奮戰。

我氣麥克森、氣他父親、氣王妃競選，還有這一切。所有挫敗的感覺在我的心上打成一個結，直到我再也想不透。我好希望能跟女孩們談談這些事情。

但是這也不可能。這樣對我一點用處也沒有，只會讓她們覺得更糟。早晚我都得獨自面對自己的問題。

我偷偷看一下左邊，看著這一排菁英候選者。我明白不管誰留下來，都得獨自面對這一切。公眾對我們的看法注定成爲人生的部分，國王的命令也是，他總想把身邊的人變成他計畫中的工具——而這一切都將加諸於一個女孩的身上。

我試探地伸手找賽勒絲的手，手指拂過她手指的那一刻，她馬上握住我的手，擔心地看著我的雙眼。

怎麼了？她做出嘴型問。

我聳聳肩。

於是她就這樣握著我的手。

一分鐘後，她似乎也有點傷心。那位西裝男子像小孩一樣呀呀說話時，賽勒絲伸手去握克莉絲的手，克莉絲什麼也沒問，但不出幾秒鐘，克莉絲也握著愛禮絲的手。

就這樣，在如此的情況下，我們握著彼此的手。完美主義者、甜心女孩、永遠的女主角……還有我。

隔天早上，我在仕女房度過，盡可能表現出順從的樣子。幾位皇室親戚已經在城裡，精心打扮，準備好度過聖誕節了。今晚應該會有一場盛大的晚宴，接著會唱聖誕頌歌。傳統的平安夜是一年之中我最喜歡的時候，但是我現在七上八下，完全沒有一絲興奮、期待的感覺。

今天的晚餐很棒，但是我無心品嚐。也收到一些民眾寄來的漂亮禮物，但是我連看都沒看。我被壓得喘不過氣來。

皇室親戚們因為蛋酒的關係，開始呈現微醺的狀態，這時我便偷偷溜走，我實在沒心情假裝高興。這晚結束的時候，我要不就是答應克拉克森國王替他做那個可笑的宣傳廣告，要不就是讓他送我回家，我得好好想想。

回到房間時，我讓侍女們都下去，我坐在桌子前面考慮著。我並不想做這件事，我不想告訴人民滿足他們所擁有的，即便這不是什麼大不了的事。我不想鼓勵人們不應該互相幫助，我不想消滅人們未來更多的可能性，我不想成爲廣告中的面孔和聲音，對他們說：「乖一點，讓國王來經營你的生活，這就是你最大的希望。」

但是……難道我不愛麥克森嗎？

一秒鐘後，傳來一陣敲門聲。我不情願地去應門，很害怕會看見克拉克森國王的那雙眼睛，很擔心他來下最後通牒。

我開著門，麥克森不發一語地站在那。

這一刻，我突然能理解自己爲何憤怒。我想要他的一切，我想要給他一切，因爲我想完全擁有他。但是令人憤怒的是，每個人都要插手管這件事——其他的女孩、他的父母親，甚至連艾斯本都要管。我們周圍有太多的狀況、意見，以及義務。我討厭麥克森，因爲這些問題都來自他。

但即使如此，我還是愛他。

我就要答應去做那件可怕的事情，這時，他不發一語地伸出手。

「和我一起來吧？」

「好。」

我把門關上，跟著麥克森到走廊上。

「妳說的沒錯，」他開口說。「我害怕向妳們每個人展現全部的我。妳看見這部分的我，克莉絲看見另一個部分的我，諸如此類。至於妳，我總是喜歡過來找妳，到妳的房間。彷彿能踏進一點點妳的世界，如果我夠勤勞，我就能得到全部的妳。這樣說有道理嗎？」

「大概吧，」我說，然後轉上樓梯。

「但這眞不公平，而且實際上也並非如此。因爲，有一次妳向我解釋說，這些房間是我們的房間，不是妳的。總之，我認爲也是時候了，該給妳看看我的世界的另一面，也許這是妳最想知道的部分。」

「喔？」

他點點頭，我們站在一道門的前面。「這是我的房間。」

「眞的嗎？」

「只有克莉絲看過，那次有點衝動。我不是不高興讓她看我的房間，但我感覺那樣子會讓關係進展太快。妳知道我是個多注重隱私的人。」

「我懂。」

他的手指握住門把。「我早就想和妳分享，雖然好像有點晚，不是什麼特別的房間，但就是我的房間。所以我也不曉得，只是希望妳能看看。」

「好。」我看得出來他很害羞，好像這是什麼天大的事情一樣，或者他會後悔給我看他的房間。

他深呼吸，打開門，先讓我進去。

是個寬敞的房間，深色的壁板，某種我不熟悉的木材包圍整個空間。遠處的牆壁上有個壁爐，但沒有升火，一定是爲了讓我看，因爲這裡沒有很冷，剛才應該有升火。

浴室門開著，一座瓷浴缸放在雅緻的磁磚地板上。壁爐旁邊擺了張桌子和好幾本書，但這個地方看起來像是用餐而非工作的地方，不知道他在這裡孤獨地用過多少次餐。打開門，外面就是他的私人陽台，外頭放著一個玻璃箱，裡頭裝滿槍枝，排列整齊，我都快忘記他有多麼熱愛打獵。

他的床鋪也是深色木材製成，是個非常大的床鋪。我想去摸摸看，看實際上的質感是否跟看起來一樣好。

「麥克森，那裡都可以容納一支足球隊了，」我揶揄地說。

「妳試試看，其實沒有妳想像中那麼舒服。」

我轉過去打他一下，很高興他今天心情不錯。就在這時，我看到他的笑臉後面，有好多的照片，我深吸一口氣，看著他身後那美麗排列的照片。

門旁的牆壁上有一幅巨型的拼貼作品，寬大概和我家鄉房間裡的牆壁差不多。那幅拼貼看起來沒有什麼順序，只是他自己高興，堆疊起來的照片。

我看見一些照片，應該是他拍的，因爲都是皇宮的照片，而他幾乎每天都待在皇宮裡。像是織錦的細部照、天花板的照片（肯定是他躺在地毯上才拍到的），還有許許多多花園照片。還有些其他地方的照片，也許是他想去的地方，也許是他已經去過的地方。有張海洋的照片，那海洋湛藍的令人不敢置信。還有幾張橋的照片。另外一張照片裡的建築像牆但似乎綿延好幾公里。

在所有的照片之中，我還看見自己的臉龐出現超過十幾次。有我申請參加王妃競選時拍的照片；有麥克森和我爲雜誌拍的照片，當時我還披著那條飾帶，我們看起來好高興，彷彿一切是一場遊戲；我從來沒看過那張照片，或是萬聖節那篇文章的照片。我記得麥克森站在我身後，我們在看禮服設計，我看著那張設計草圖，麥克森的視線微微轉向我。

然後還有他照的照片。史汪登威王國的國王與王后來訪時，他突然大喊：「笑一個。」然後拍下我驚訝的表情；還有一張我坐在《報導》的布景前面，笑著看瑪琳，他肯定躲在刺眼的燈光後面拍，偷偷捕捉我們最自然的一面；還有一張我在夜晚的時候，站在陽台邊，看著月亮。

其他女孩也在這之中，留下來的女孩照片比其他人多，但我不巧發現在某張風景照之下，安娜的雙眼正看著我，或者是瑪琳的雙眼就藏在角落。還有剛照的照片，克莉絲和賽勒絲在仕女房內擺著姿勢的照片也在上面，旁邊是愛禮絲假裝昏倒在沙發上，還有我用雙手環抱著他母親的照片。

「麥克森，」我吸一口氣說。「太美了。」

「妳喜歡嗎？」

「我太驚訝了。這裡有多少照片是你拍的？」

「幾乎全部，但是像這張，」他指著一張雜誌裡面用的照片。「這是我要來的。」他指著另一張說：「這是我在宏都拉加非常南端的地方拍的，我以前覺得很有趣，現在看到則覺得有些難過。」

那張照片上有些管子朝著天空噴出煙霧。「我以前總會看著那些空氣，但是我現在想起來那些空氣有多難聞，而人們卻總是居住在那種環境裡。我眞是太自私了。」

「那是哪裡？」我指著一張有長長磚牆的照片問。

「新亞細亞。這個地方是過去中國的邊界以北，他們叫它長城。我聽說這曾經是個很壯觀的建築物，但現在幾乎都消失了。它延伸至新亞細亞的中部，那是他們擴張的範圍。」

「哇。」

麥克森把他的手放在背後。「我眞的希望妳會喜歡這個。」

「我喜歡啊。非常喜歡。我想要你替我做一面。」

「眞的嗎？」

「是啊，或是教我怎麼做。我甚至可以告訴你，我有多希望能捕捉生活的片刻，然後像這樣呈現。我有幾張一半的家人的照片，還有一張新照片，有我姊姊的孩子，但是僅止於此。我從來沒想過寫日記，或是記錄什麼……現在，我感覺自己比較了解你了。」

這就是他這個人的核心，我可以感覺到，這裡所呈現的是永遠存在於他的。比方說：他一直被困在皇宮裡偶爾才能去旅行。但是裡面也有些元素會改變，女孩們和我好常出現在牆上，因爲我們占據了他的世界。就算我們回家了，也不是眞正的離開。

我走過去，左手臂繞到他的背後，他也抱著我，我們這樣站著，靜默不語，持續一分鐘，凝望著彼此。突然間，我腦中浮現一個再明顯不過的問題。

「麥克森？」

「怎麼了？」

「如果情況不同，你不再是個王子，但你可以自由選擇賴以維生的職業，你會選什麼？會是這個嗎？」我指著那個拼貼作品。

「妳是說，攝影嗎？」

「是的。」

他不假思索地回答。「當然。可能是藝術攝影，或是拍全家福照片，我會做廣告，這些大概就是我會的了，我很熱中這些事。但我想妳也看得出來。」

「我看得出來啊。」我微笑著，很高興知道這件事。

「妳為什麼這麼問？」

「因為……」我移動一下看著他。「這樣的話，你會是第五階級。」

「我也是。」

麥克森仔細思考我的話，靜靜地微笑著說：「這樣子我很高興。」

「亞美利加，拜託妳說。告訴我妳愛我，說妳想成為我的唯一。」

忽然之間，麥克森看著我，彷彿下定決心，握著我的手。

「只要其他女孩在這，我就無法成為你的唯一。」

「如果沒辦法確定妳的感覺，我就沒辦法送那些女孩回去。」

「明天你可能也會對克莉絲做同樣的事，在這種情況下，我沒辦法達成你的要求。」

「對克莉絲做什麼事？她已經看過我房間了，我跟妳說過。」

「不是，我是說你可能也會把她拉過來，讓她覺得你好像……」

他等著我繼續說。「怎樣？」他低聲說。

「好像她是唯一重要的人。她為你瘋狂。她是這樣跟我說的。而且再說一個銅板敲不響。」

他發出一聲嘆息，想著該怎麼說。「我不能說她什麼都不是，但我可以告訴妳，妳對我而言更重要。」

「如果你沒辦法送她回家，要我怎麼相信？」

這時他的臉上露出不懷好意的笑容，嘴唇移動到我的耳邊。「我有辦法用其他的方法告訴妳，我對妳的感覺。」他在我耳邊低語說。

我嚇了一下，很害怕也很期待他接下來要說的話。現在，他的身體壓著我的身體，手放在我的下背部，把我攬向他。另一隻手把我的頭髮撥到脖子後面。我顫抖著，他的嘴唇吻上我一小片肌膚，他的呼吸如此誘人。

我彷彿忘記如何使用自己的手腳，我握不住他，也沒辦法思考該怎麼動作。但是麥克森解決了這個問題，他把我往後推幾步，我靠在相片牆上。

「我想要妳，亞美利加。」他對著我的耳朵呢喃。「我想要妳只屬於我一個人，而且我想給妳一切。」他的嘴唇順著吻上我的臉頰，在我的嘴角邊停下。「我想給妳，妳也不曾發現的慾望，我想──」他對著我呵氣，「好想──」

這時，傳來一陣吵鬧的敲門聲。

麥克森的撫摸和他的話語讓我整個人頭暈目眩，但這聲響令我驚醒，我們都轉向門口，麥克森很快又把嘴唇移回我的嘴唇上。

「別動，我想繼續說完。」他慢慢吻著我，然後把我推開。

我站在原地，大口呼吸著。我告訴自己，這可能不是個好主意，讓他吻我吻到我告白。但是我又想了想，如果要選個投降的辦法，這可能是最好的辦法。

他打開門，把我遮著，不讓外面的人看見。我用手梳著頭髮，試著振作一下精神。

「抱歉，王子殿下，」某個人說。「我們在找亞美利加小姐，她的侍女們說她和您在一起。」

我納悶侍女們怎麼會猜到，但我很高興她們這麼關心我。麥克森皺著眉看向我，把門打開，讓那名衛兵走進來。他走進來，眼神似乎在觀察我，像是在重複確認什麼，等到滿意之後，他傾著身在麥克森的肩膀旁邊，低聲說些話。

麥克森的肩膀一垮，一隻手扶著眼睛，好像無法承受這個消息似的。

「你還好嗎？」我問，我不想他一個人受苦。

他轉向我，臉上充滿同情。「抱歉，亞美利加。我恨自己是告訴妳這個消息的人。妳的父親——過世了。」

有一分鐘，我完全聽不懂這些話。但這些話無論在我腦中是怎樣的排列組合，全都是一個意想不到的結論。

然後，這個房間像是傾斜了，麥克森的臉上出現焦急的表情。最後，我只記得，麥克森扶著我，以免我撞到地板。

23

「——了解。她想探望家人。」

「如果她想回家，頂多就一天。雖然我不認同她，但是人民喜歡她，更別說那些義大利人，所以如果她死了，我們會很麻煩。」

我睜開眼睛，還在自己的床上，但這不是我的棉被，我的眼角瞥見瑪莉在房間裡陪我。大吼大叫的聲音隱隱約約，我這才明白他們都在我的房門外。

「一天不夠！她深愛她父親，她需要更長的時間。」麥克森爭辯說。

接著傳來像拳頭搥牆的聲音，瑪莉和我嚇了一大跳。「好吧，四天，就四天。」國王憤怒地說。

「那如果她決定不回來呢？雖然這不是叛軍造成，但是她可能想留在家裡。」

「如果她那麼笨，那好啊，正好擺脫麻煩。反正她也還沒回覆我，是否協助發表聲明，如果她不做，那她就留在家裡面吧。」

「她說她會，稍早時她告訴我了。」麥克森撒了謊，但他知道我的想法，對吧？

「時間快到了，等她回來，我們就讓她進攝影棚，我想在新年的時候把這件事情解決。」即使已經如他所願，他的語調仍然惱怒。

麥克森停頓一下，才大膽開口說：「我想和她一起去。」

「最好你以為我會讓你去！」克拉克森國王大吼說。

「我們只剩下四個人了，父王，這個女孩可能是我的妻子，難道我該讓她一個人回去嗎？」

「沒錯！她死了是一回事，但你的安危怎麼能相提並論？你得留在這裡！」

我猜這次拿拳頭搥牆壁的人是麥克森。「我不是商品！她們也不是！你能不能就這一次，把我當個人看待。」

「是真的嗎？」

門倏地打開，麥克森走進來。「抱歉，」他走過來坐在床邊。「我不是故意要吵醒妳。」

「是的，親愛的。他走了。」他輕輕拉起我的手，看起來痛苦難受。「他的心臟不太舒服。」

我坐起來，投入麥克森的懷抱，他緊緊抱住我，讓我在他的肩上哭泣。

「爸，」我哭著說。「爸爸。」

「親愛的，別哭，一切會過去，」麥克森安慰我說。「明天妳會搭飛機回家，就能表達妳對父親的敬意。」

「我還來不及向他道別。我沒有……」

「亞美利加，聽我說，妳父親很愛妳，他為妳優秀的表現感到驕傲，他不會怪妳的。」

我點點頭，他說的沒錯。進宮以後，父親對我說過的，不外乎他有多麼以我為榮。

「妳得好好照顧自己，好嗎？」他一邊叮嚀我，一邊拭去我臉頰上的淚水。「多睡一點。妳明天就要搭機回家，妳會在家裡待四天，陪著妳的家人，我想替妳爭取多點時間，但是父王很堅持。」

「沒關係。」

「妳的侍女正在替妳準備適合喪禮的服裝，她們會替妳打包一切所需，妳可以帶一名侍女和幾名衛兵隨行。說到這個——」他邊說邊站起來對門外的身影打個招呼。「萊傑軍官，謝謝你過來。」

「應該的，王子殿下。抱歉，我沒有穿制服來。」

麥克森主動和艾斯本握手致意。「我不擔心這個，我想你應該知道自己所爲何來。」

「我知道。」艾斯本轉向我。「小姐，我很遺憾，請節哀。」

「謝謝你。」我喃喃地說。

「因爲反叛軍行動的情勢越來越緊張，我們都很擔心亞美利加小姐的安全，」麥克森開始說明。「我們已經派了些地方軍警到她家，以及之後的一些場地，那裡還派有受過皇宮訓練的衛兵，但是因爲她本人在家，我想應該再多派些人。」

「當然，王子殿下。」

「你熟悉那個區域嗎？」

「非常熟悉。」

「很好。由你帶領隨行衛兵和她一起回去，人數六到八，你想選誰都行。」

艾斯本挑著眉。

「我知道，」麥克森坦誠地說。「我們現在人力已經吃緊，但是之前派去她家的皇宮衛兵，至少三位棄職離守，而且我希望起碼要和這裡一樣安全。」

「交給我吧。」

「太好了，還有一名侍女隨行，照顧她的日常生活。」他轉向我。「妳想要誰一起去？」

我聳聳肩膀，無法思考。

艾斯本替我說。「容我提議，雖然安是侍女領班，但我印象中露西和妳的母親、妹妹都處得不錯。也許對現在的她們來說，看到熟悉的面孔會比較好。」

我點點頭。「就露西吧。」

「很好，」麥克森說。「軍官，你沒有多少時間，明天一大早就要出發了。」

「那我這就去準備。小姐，我們明天早上見。」艾斯本說。我看得出來，艾斯本費盡心力才與我保持距離，而此時此刻，我最想要的就只有他的安慰，因為艾斯本認識爸爸，我想和與我同樣了解父親的人，一起緬懷他。

艾斯本一離開之後，麥克森又坐回我身邊。

「我離開之前還有一件事。」他溫柔地握著我的手。「妳有時候，尤其是生氣難過的時候，特別容易衝動行事。」他看著我，我微笑看著他指控的眼神。「不在這裡的時候，要理智點，妳必須照顧好自己。」

我用拇指揉揉他的手背。「我向你保證，會的。」

「謝謝妳。」和平寧靜的氛圍環繞我們，這感覺時常出現在我們之間。雖然我的世界已經不可能一樣，但是那一刻，麥克森抱著我，失去的痛好像就舒緩了些。

他低下頭，靠近我，兩個人的額頭相碰。我聽見他吸一口氣，欲言又止。幾秒鐘後，他又這樣……最後，他往後退一點，搖搖頭，親親我的臉頰，只說了：「注意安全。」

卡洛林納省很冷，海洋的水氣吹進陸地，冷冽的空氣中充滿潮濕的感覺。我暗自希望會下雪，但是並沒有。都這種時候了，還奢求這些，令我感到罪惡。

今天是聖誕節。過去幾個星期，我試想過許許多多度過聖誕節的方式。我想過也許我會被趕出皇宮，打道回府，回到這裡，全家人會圍繞著這棵樹，有點沮喪我沒能成爲王妃，但也覺得能相聚在一起很幸福。我還想過，可能會在宮中那棵大聖誕樹下拆禮物，吃東西吃到撐，和麥克森及其他的女孩說說笑笑。這天，所有的競選活動都暫時停止，我們專心過節。

然而，我從來沒想過，自己必須鼓起勇氣，送爸爸最後一程。

車子駛上我們家那條街，我開始看見許多民眾。本應在家中與家人團聚的群眾，反而在寒冷的天氣，擠上大街。我知道他們想看我一眼，但我覺得不大舒服。我們經過時，人們指指點點，當地媒體，還在拍攝我回家的畫面。

車子停在家門口，等待的人們開始歡呼。我不明白，他們不懂我爲什麼回家嗎？我走上滿是裂痕的人行石道，露西在我身旁，其他六名衛兵則圍繞著我們。其餘不相干的人完全無法碰觸我們。

「亞美利加小姐！」群眾叫著我的名字。

「可以幫我簽名嗎？」有人尖叫說，接著，其他人也跟著問。

我直視前方，繼續走。這是頭一回，我能理直氣壯地覺得自己不屬於他們。我抬頭看著高掛在屋簷的燈，那是爸爸做的。誰要來拆下它們呢？

身為隨行人員領班的艾斯本敲著我家前門，等待著。另一名衛兵來到門前，他和艾斯本迅速說幾句話，就讓我們進屋去。讓所有人擠進走廊眞是個艱難的任務。接著，我們打開門，進入起居室，當下我立刻就覺得氣氛……不對勁。

這已經不再是我的家了。

我告訴自己我瘋了，這當然是我家，只是一切攤在眼前，令人覺得好陌生。每個人都在，連柯塔都到了。但是爸爸已經離開，所以看起來自然不大對勁。肯娜手裡抱著一個我從未謀面的孩子，我想我會習慣的。

媽媽穿著圍裙，傑拉德穿著睡衣，我穿著宮中用晚餐時的禮服，頭髮高高挽起，雙耳戴著藍寶石，層層奢華的布料墜到鞋子旁。這一刻，我覺得自己可能會引人反感。

但是玫兒跳起來，跑過來抱住我，在我的肩膀上號啕大哭，我也抱著她。我想起這是皇宮方面特別調整的決定，但這也是我現在唯一能去的地方，我必須跟家人在一起。

「亞美利加，」肯娜抱著她的孩子，對我說。「妳看起來好美。」

「謝謝，」我喃喃自語說，覺得很不好意思。

她單手擁抱我，我窺看著毯子裡正熟睡的外甥女。艾斯特拉睡覺時，那張小臉看起來特別恬靜。每隔幾秒鐘，她就會鬆開小手，或是有點不安的樣子。她眞是個神奇的生命。

艾斯本清清喉嚨。「辛格太太，我很遺憾，請節哀。」

媽媽對他露出一抹疲憊的微笑。「謝謝你。」

「很抱歉，我們在一個不是很恰當的時間來訪，但是亞美利加在家，我們得更費心，維護這裡的安全。」他說，聲音帶著權威感。「我們得要求每個人留在這幢房子。空間有點小，但只有幾天。衛兵們會住在附近一幢公寓，這樣方便輪班。我們盡可能不打擾你們全家相聚的時光。」

「詹姆士、肯娜、柯塔，你們準備好之後，我們隨時能出發回你們家，去拿些必需品。如果你們需要時間列清單也沒關係，我們會配合你們的行程。」

我微笑著，很高興看見這樣的艾斯本，他成熟好多。

「我不能離開我的工作室，」柯塔說。「我有交件期限，有一件快要交了。」

艾斯本依然用專業的口吻回答：「任何你需要的材料都可以送到這裡的工作室。」他指著我們改建過的車庫說。「需要的話，我們多載幾趟也沒問題。」

柯塔雙手交叉在前，自顧自地說：「這地方根本是個垃圾場。」

「好啊，」艾斯本堅定地說。「你自己選吧。要不就在垃圾場工作，要不就冒著生命危險待在你的公寓。」

空氣中的緊張感令人尷尬，在這種時刻眞的很不必要，於是我決定打斷這一切。「玫兒，妳可以和我睡，這樣肯娜和詹姆士就能睡妳房間。」

他們點點頭。

「露西，」我低聲說。「我希望妳在我們身邊，妳可能得睡地板，但我希望妳在附近。」

她站高一點。「小姐，我哪都不會去的。」

「那我該睡哪？」柯塔問。

「跟我睡，」傑拉德主動提出，雖然他看起來並不期待。

「絕對不要！」柯塔不屑地說。「我才不要和一個小孩睡上下鋪。」

「柯塔！」我走幾步，離開姊妹們和露西。「你可以睡在沙發上、車庫裡或是樹屋裡，我都沒意見，但請你注意態度，否則我現在就送你回你的公寓！你應該心懷感激能有這樣的安全措施。還是要我提醒你，明天我們得替爸爸下葬嗎？請你停止抱怨，不然就回家。」我轉過身，朝著走廊去，不用回頭，我就知道露西已經拿著行李箱，跟在我後面。

我打開房間門，等著她和我一起進來，她的裙子一碰到我的房間，我就把門關上，用力嘆一口氣。

「我會不會太過分了？」我問。

「妳做得很好！」她雀躍地說。「小姐，您就像個王妃，您已經準備好了。」

24

隔天一整天，我在一片模糊的黑色洋裝和擁抱中度過，許多以前從沒見過的人來到爸爸的葬禮上，不知道是因爲我不認識他所有朋友，或者他們只是因爲我才來到這裡。

葬禮儀式由地方上的牧師主持，不過基於安全考量，家屬不得起身說話。現場設有接待櫃檯，我們家從未想過會有如此規模。雖然沒人告訴我，但我想詩薇亞或是皇宮方面肯定有暗中幫忙，讓儀式盡善盡美，減輕我們家的負擔。同樣也是基於安全的理由，葬禮時間很短，但我覺得沒關係，我希望盡可能讓他毫無牽掛地離開。

這段時間，艾斯本一直待在我的身邊，他的陪伴令我心存感激。在所有人之中，他是我這一生最信任的人，無人能及。

「自從離開皇宮後我就沒哭過，」我說。「我以爲我會一蹶不振。」

「那種感覺總會在一些意想不到的時刻襲來。」他回答。「我父親過世之後好幾天，我突然崩潰。接著，我才明白，爲了家裡其他人，我必須振作。但是有時候，如果發生什麼事，我想告訴我爸，那時我的心會很痛，再次崩潰。」

「所以……我這樣是正常的？」

他微笑著。「是正常的。」

「這裡很多人我都不認識。」

「他們都是地方上的人。我們會檢查每個人的身分。因爲妳現在的身分，到場的人數可能是多了點。但我想妳父親曾經爲漢雪爾家作畫，我也看過他不只一次在市場和克利平先生及亞伯特．漢默先生說話。畢竟，妳眞的很難完全了解對方的一切，即使他是妳最愛的人。」

我感覺他這句話別有涵意，我應該要回應他，但現在眞的做不到。

「我們必須習慣這件事。」他說。

「習慣什麼？每件事都很糟糕的感覺嗎？」

「不是，」他搖搖頭回答我。「過去習以爲常的都不再，過去理所當然的都改變。」

我淡淡地笑著說：「可不是嗎？」

「我們不能再害怕改變。」他用哀求的眼神看著我，我忍不住，想知道他所謂的改變是什麼意思。

「我會面對改變，但不是今天。」我走開，走向更多的陌生人，試著領會那種再也無法向父親訴說我有多困惑的心情。

葬禮之後，我們努力打起精神。聖誕節禮物到現在都還沒拆，因爲大家都沒有過節狂歡的心情。我們特別允許傑拉德在家裡玩球。媽媽下午大部分時間都和肯娜在一起，她會抱著艾斯特拉。柯塔一直不大開心，所以我們讓他待在工作室，沒心思管他。最令我擔心的是玫兒，她不斷說自己的雙手閒不住、想工作，但她無法進沒有爸爸的工作室。

我靈機一動，拉著她和露西到我的房間，我們一起玩。露西自願讓玫兒為她梳頭，刷子拂過她兩頰時，她呵呵笑著。

「妳每天都幫我做這些事呢！」我輕聲埋怨著。

玫兒很有美髮天分，她那藝術家的眼光已經準備好以各種媒材來工作。玫兒穿著侍女的制服（雖然那對她來說太大），我們幫露西換過一件又一件的洋裝，最後選了件細緻的藍色長禮服，我們用別針重新固定背後，讓禮服合她的身。

「鞋子！」玫兒大叫著說，然後跑去找雙鞋來搭配。

「我的腳太寬了，」露西埋怨說。

「胡說，」玫兒堅持，露西順著她的意坐在床邊，玫兒替她試鞋，這肯定是全世界最怪異的試鞋畫面。

露西的腳真的太大了，但玫兒每次都努力嘗試，滑稽的動作，總是令她笑到恍恍惚惚，目睹一切的我也笑得彎腰。我們笑得太大聲，想當然爾，遲早都會有人過來看我們到底在幹什麼。

三下敲門的聲音傳來，我隔著門聽見艾斯本的聲音。「小姐，裡面的狀況都還好嗎？」

我跑過去把門打開。「萊傑軍官，看看我們的傑作。」我的手臂一畫，揮向露西，玫兒扶她起來，她將可憐兮兮的光腳丫藏在禮服下面。

艾斯本看見玫兒穿著過大的制服，笑了笑，然後看著像個公主般的露西。「不可思議的改變，」他說，臉上展露大大的笑容。

「好，現在我們應該要把妳的頭髮挽高。」玫兒堅持說。

露西開玩笑似地給艾斯本和我一記白眼，讓玫兒拉著她回到鏡子前面。

「這是妳的主意嗎？」他悄悄問。

「是啊。玫兒看起來好失落，我得找事情讓她分心。」

「她看起來好多了，露西也很高興的樣子。」

「這樣對她們好，對我也比較好。如果我們能做些蠢事或是日常的事，感覺好像一切就都會沒事的。」

「沒事的。需要一點時間，但沒事的。」

我點點頭。我又想到爸爸，但我現在並不想哭，於是我深呼吸一口氣，繼續手邊的工作。

「我竟然是目前競選中出身階級最低的，真是不公平，」我對著他低聲說。「看看露西。即使與初選三十五名候選者之中一半的人相比，露西也一樣漂亮、甜美而且聰明，但是借套禮服、穿幾個小時，卻是她最好的待遇，真不公平。」

艾斯本搖搖頭。「過去幾個月，我已經很熟妳的侍女們了，她真的是個特別的女孩。」

忽然之間，我想起自己的承諾。

「說到我的侍女，有件事我得和你說，」我放低音量說。

艾斯本愣了一愣說：「喔？」

「我知道這很尷尬，但我還是得說。」

他噘了一下。「好。」

我侷促不安看著他的雙眼。「你有考慮過安嗎？」

他的表情很奇怪，好像鬆了一口氣，同時也覺得很好笑的感覺。「安？」他低語說，不可置信的口吻。「爲什麼是她？」

「我想，她喜歡你。而且她眞的是個很貼心的女孩。」我說，我努力隱藏安眞實的情感，同時也幫她建立形象。

他搖搖頭。「我知道妳希望我考慮一下其他人，或許她們有可能，但她不會是我想在一起的女孩。她太……一板一眼了。」

我聳聳肩。「我原本也認爲麥克森是那樣的人，直到我了解他，才發現不是。她的日子不好過啊。」

「所以呢？露西的日子也不好過啊，但是妳看看她。」他說，並朝著鏡中笑得燦爛的露西點頭。

於是我大膽假設地問：「她有告訴你她爲什麼進宮嗎？」

他點點頭。「小美，我一直憎恨階級制度，妳知道的。但是我從沒聽過有人這樣操控階級制度來取得奴隸。」

我嘆一口氣，看著玫兒和露西，這一刻，她們苦中作樂。

「接下來我要說的，可能是妳從沒想過會聽見的，」艾斯本提醒我說，我抬頭看著他，等待著。「其實，我眞的很高興麥克森遇見了妳。」

我咳了幾聲，但幾乎要笑出來。

「我懂，我懂，」他翻個白眼但仍微笑說，「如果不是因爲妳，我認爲他可能不會停下來思考低層階級的人民。我想妳光是在那裡，就讓情況有轉機。」

我們看著彼此好一會兒。我記得我們在樹屋的對話，那時候他慫恿我參加王妃競選，希望我有機會過更好的生活。雖然結果還很難說，但是想到或許能給伊利亞王國其他人更好的生活……這樣的可能對我而言更是意義深重。

「亞美利加，我爲妳感到驕傲，」艾斯本說，然後他的視線從我身上轉到鏡子旁的女孩們。「眞的很驕傲。」他往走廊上移動，回去值班。「妳父親也會以妳爲榮的。」

25

隔天又是整天的居家監禁。有時聽見地板咯吱咯吱作響，我仍會轉頭，以爲爸爸會從車庫裡走出，一如往常頭髮上還沾著顏料，然後我才會想起那是不可能的，但感覺並沒有那麼糟，因爲我還能聽見玫兒的聲音或是聞到艾斯特拉身上那股爽身粉的味道。家裡感覺熱鬧，現在這樣就足夠了——這是它獨有的舒適感。

我決定讓露西在這裡的時候不用穿制服，經過一陣小小抗議之後，我終於讓她穿進以前的衣服，那些衣服我穿太小，玫兒穿又過大。媽媽正忙東忙西，爲大家煮飯，照顧大家，讓自己分心，因此我決定安靜待在屋內就好。露西主要的工作是和玫兒與傑拉德玩，她欣然接受這份任務。

我們全部人都在起居室裡，以自己的方式忙碌著。我手裡拿著一本書，柯塔霸占著電視，他令我想起賽勒絲，這個畫面令我微微一笑，我敢打賭她現在肯定也在做一樣的事情。

露西、玫兒，還有傑拉德坐在地板上玩牌，只要有人贏了，我們就會聽見笑聲。肯娜靠著詹姆士坐在沙發上，詹姆士抱著艾斯特拉，讓她在懷裡喝完瓶中物。詹姆士看起來顯然累壞了，但毫無疑問，他很驕傲能擁有美麗的妻子和女兒。

一切彷彿就像從前一樣。但是，當我的眼角瞥見穿著制服的艾斯本，站著觀察我們每個人，我才意識到，事實上一切都不同了。

我聽見媽媽發出嗚咽聲音，她到走廊上，我轉過頭，她走向我們，手裡還拿著一疊信封。

「媽，妳還好嗎？」我問。

「我很好，我只是不敢相信他走了。」她嚥了嚥，再次強迫自己不能哭。

這感覺很奇怪。我曾經好幾次懷疑媽媽對爸爸的感情，他們之間從未流露出像別的夫妻一樣的情感。甚至與我和艾斯本還處於曖昧、關係尚未明朗前的情況相比，艾斯本對我表露的感情也勝過媽媽對爸爸表現的情感。

但我看得出來，她難過並不只因爲她得獨自扶養玫兒和傑拉德，也不只是因爲金錢壓力，還有更多不同的情緒，她的丈夫走了，任何事情都無法彌補。

「柯塔，你可以關掉電視一分鐘嗎？露西，親愛的，妳可以把玫兒和傑拉德帶去亞美利加的房間嗎？我有些事情想和其他人討論一下。」她輕輕地說。

「當然，夫人，」露西回答說，她轉向玫兒和傑拉德。「那我們走吧。」

不論究竟是什麼事，玫兒似乎不大高興自己被排除在外，但是她決定不吵不鬧，我不確定這是因爲媽媽看起來很嚴肅，或是她眞的很愛露西，但不管怎樣我都很高興。

他們離開之後，媽媽轉過來對著我們其他人。「你們知道爸爸的毛病是家族遺傳，我想他可能知道自己時日不多，因爲大概在三年前，他開始坐下來寫這些信給你們，給你們所有人。」她低頭看著手上的信封。

「他要我答應，如果任何不測發生，我會親手交給你們。玫兒和傑拉德的信也在我這，但我想他們年紀還小。我完全沒看過也沒有怎樣，因爲這些信是給你們的……現在是時候讓你們看了。肯娜，」她將信封遞過去。「柯塔。」他坐直身體，接過信。然後媽媽走向我說：「亞美利加。」

我接過信，不確定自己是否想打開來看。這些是爸爸最後留給我的話、我以爲錯過的告別。我的手撫過信封上的名字，想著爸爸在上頭振筆疾書的樣子，我名字中的「利」，他寫來特別潦草。我暗自微笑，試著猜想什麼原因讓他決定這麼做，但又如此不在乎的感覺。也許他知道我會需要微笑。

更湊近一點看，那個潦草的「利」，似乎是最近才加上的，我名字中其他字的墨色都褪了，但那個潦草的「利」顏色較深，比其他的新。

我翻過信封。封口的地方曾經被打開又黏回去。

我看了肯娜和柯塔一眼，他們正全神貫注地閱讀信件，所以在這一刻前，他們也不知道有這些信。這表示，若不是媽媽說謊，讀了我的信，就是爸爸曾經重新打開這封信。

因爲如此，我必須知道爸爸最後留下什麼話給我。我小心翼翼撕開重新封上的膠帶，打開信封。

裡面裝著一封褪色的長信，和一張簡短的字條。我想先讀短的那張，但又害怕沒先讀長的會看不懂。陽光下，我在窗邊，拿出那封長信，看著父親的字字句句。

亞美利加，

我心愛的女孩，想對妳說的話好多，該從哪裡說起呢？真是難倒我了。雖然我愛每個孩子，但妳在我心裡有個特別位置。肯娜和玫兒向來依賴妳媽媽；柯塔很獨立，傑拉德喜歡黏著他；而妳總會來找我。不管撞到膝蓋，或是和兄姊吵架，妳總會投奔我的懷抱，這對我而言意義深重，因為，至少在其中一個孩子的心目中，我還是個穩重靠山。然而，就算妳不那樣愛著我，我依然會深深以妳為榮。妳是位公認優秀的音樂家，無論是拉小提琴或單純的唱歌，都動聽無比，是全世界最撫慰人心的音樂。我多麼希望自己能給妳一個更好的舞台。那些無聊的宴會、黯淡的舞台，都太可惜妳的才華了。我一直希望妳能成為幸運的萬中選一，宛如一匹充滿爆發力的黑馬。我想柯塔也有機會，他在目前的領域中很有天分。不用說，柯塔絕對會努力奮鬥，但我不知道妳對自己是否有如此認知。有些出身低階的女孩可能會不擇手段，但妳從來不會，而這也是我愛妳的一個原因。

亞美利加，妳很好，妳會發現這樣的特質在這世界上多罕見，我不是說妳很完美，畢竟我領教過妳的脾氣，根本稱不上完美！但妳心地善良，且痛心不公不義之事。有時候，妳對兄弟姊妹也是如此，妳不會因為自己比較年輕而妥協。妳會替玫兒和傑拉德打抱不平，那並非妳的義務，但妳仍盡可能替他們爭取。妳很好，而且我想妳以一種不同於其他人、不同於我的眼光看待這個世界。

我希望能告訴妳我所看見的。

這些信我也寫給妳的哥哥和姊姊，因為我感覺自己必須傳承智慧。在他們的身上，我看見一些個性，如果他們不正面迎擊生活的苦與痛，往後的日子將越來越困難，年紀尚輕的傑拉德亦是如此。然而，我並不擔心妳會這樣。

我感覺妳不會讓這世界把妳推入生活的深淵。也許我錯了，那至少讓我這麼說：努力奮鬥吧，亞美利加，也許妳的目標不同於他人，不是金錢也不是惡名，但還是要努力奮鬥。亞美利加，無論想要什麼，帶著妳的心，爭取一切。

如果妳有能力，就要無所畏懼，不屈不撓地活著，有女如此，夫復何求。過妳的人生，盡力追求快樂，放開那些不重要的小事，努力奮鬥。

我愛妳，小乖，我好愛妳，無法形容地愛妳，也許我可以用畫的，只是信封裡裝不下畫布。而且就算那樣，還是無法貼切表達，我對妳的愛無法描繪、無法彈奏、無法言語。我希望妳永遠感覺得到，即使有天我不在妳身邊。

愛妳的爸爸

我不大確定自己從哪一段開始哭，根本很難讀到最後，我好希望自己有機會告訴他，我也一樣愛他。在這一分鐘，我可以感覺到，他似乎聽見了，那種感覺好溫暖。

我抬起頭看，肯娜也在哭，她還在努力讀完整封信。柯塔一頁一頁地翻過信紙，看起來仍然困惑，似乎想再讀一次。

我轉回來，拉出小字條，希望不要像那封信那麼催淚，我不確定自己今天是否還能再承受。

亞美利加，

很抱歉。我們拜訪妳時，在妳的房間發現了伊利亞的日記。妳沒有告訴我日記在那裡，是我自己找到的，如果有什麼麻煩，就算在我頭上好了。我很確定日後會付出一些代價，因為我的身分以及我透露消息的對象。我討厭自己這樣背叛妳，但請相信我，我希望妳和其他人的未來都能更好。

看著北極星的方向，

那是妳永遠的嚮導。

讓真相、榮耀、一切正確的事，

永遠在妳的身邊。

愛妳，

薛洛

我站在原地好幾分鐘，試著猜出他在說什麼。什麼後果？他的身分是什麼？他告訴誰？那首詩是什麼意思？

奧古斯塔的話緩緩浮現在我腦中，他說他們不是從我在《報導》的簡報得知日記的事情，還有他們知道內部的事情，比我透露的還要多……

我的身分……我透露的對象……看著北極星的方向……

我盯著爸爸的簽名看，我想起他寄到皇宮那些信的簽名方式，我向來都覺得他寫「洛」的時候特別好笑，上面那一點看起來就像個八角星，也就是北極星。

還有他寫我「利」也很潦草，難道他在暗示什麼嗎？這已經代表著什麼嗎？因爲我們已經和奧古斯塔及喬智雅說過話？

奧古斯塔和喬智雅！他的指南針，上頭也有個八角星。喬智雅夾克上的設計也不是花，儘管不同，但絕對都是星星。克莉絲在審判大會上負責的那個男孩，他脖子上戴的也不是十字架。

這是他們辨認彼此的方式。

爸爸是北方叛軍。

我感覺自己似乎在其他地方也看過這個星星。也許是走在市場上，或甚至在皇宮裡。難道好幾年來，這些人都在觀察我們嗎？

我的心一驚，抬頭看，艾斯本在那等著我，雙眼裡有著無法大聲說出的疑問。

爸爸是個叛軍。他的房間裡藏著半毀的史書，出席他葬禮的朋友都是陌生的面孔……還有他把我的名字取作亞美利加*。如果我早點注意到這些，好幾年前應該就能看出來。

「就這樣？」柯塔問，聽起很不悅。「該死，這是要我怎麼辦？」

我轉過去，專注地看著柯塔。

「怎麼了？」媽媽問，她拿了些茶回來。

「爸爸的信，他把這間房子留給我，我該拿這堆破爛怎麼辦？」他站起來，手上抓著那些紙

＊譯注：亞美利加的原文是America，即美國的意思。

說。

「柯塔，那封信在你搬出去之前爸爸就寫好了。」肯娜解釋說，還是很激動的感覺。「他希望能給你什麼。」

「嗯，那他算失敗了吧。我們有吃飽過嗎？這間像垃圾一樣的房子也無濟於事。我自己打拚就好。」柯塔把信紙一丟，信紙掉在地上，隨意亂飛。

他用手梳過頭髮，憤怒嘆氣。「這個地方有酒嗎？艾斯本，去幫我拿個酒來，」他要求他，甚至還沒有看艾斯本一眼。

我轉過去，發現艾斯本的臉上閃過複雜的情緒：憤怒、同情、驕傲、接受。他開始走向廚房。

「停！」我命令道。艾斯本停下來。

柯塔抬頭看，一臉挫敗的樣子。「亞美利加，那是他的工作。」

「不，那不是他的工作，」我冷冷回他。「你可能忘記了，但艾斯本現在是第二階級，所以最好是你去幫他拿點東西喝。不只因爲他的地位，也因爲他爲我們所有人做的事。」

柯塔的臉龐浮現一抹狡詐的笑容。「啊，麥克森知道嗎？他知道你們還在一起嗎？」他問，慵懶地伸出手，指著我們兩個人。

我的心跳漏了一拍。

「妳覺得他會怎麼做？鞭刑一定少不了的，而且還會有一大堆人說，這個女孩罪有應得，怎麼罰都不夠。」柯塔心滿意足地將手叉在腰上，向下瞪著我們。

我無法言語。艾斯本也說不出話來，不知道沉默對我們是幫助或是傷害。

最後，媽媽打破沉默。「是眞的嗎？」

我得想一想，得找個正確的方法來解釋或是反抗，因爲那是眞的……但也已經不再是事實了。

「艾斯本，去看看露西吧。」我說。他開始移動腳步，但柯塔出聲制止。

「不，他得留下來！」

我慌了。「我叫他走他就走！你坐下！」

我現在的語氣，連自己也沒聽過，也嚇壞每個人。媽媽砰地一聲坐下，驚魂不定的樣子。艾斯本到走廊上，柯塔十分不情願，但也慢慢坐下來。

我試著讓自己專心。

「是的，王妃競選之前，我和艾斯本交往。那時候我們計畫等到存夠錢結婚，就向大家宣布這個消息。但在我離開之前，我們分手了，然後我遇見麥克森。我在乎麥克森，而雖然艾斯本常常在我身邊，但什麼事情也沒有發生。」**不會再發生**，我在腦中修正最後一句話。

然後我轉向柯塔。「就算那只是你倏忽即逝的想法也好，如果你覺得，你可以扭曲我的過去，試圖抹黑我，那你儘管這麼想吧。你曾經問我是否有在麥克森面前提過你，有，我有，所以他知道你是個沒骨氣、不知感恩的混帳東西。」

柯塔緊咬著雙唇，準備砲火回攻，這時我很快又說。

「而且你應該知道他喜歡我。」我驕傲地說。「如果你認爲他會信你不信我，那你就準備好，必要的話，我會建議他把鞭刑用在你的手上，到時你別太驚訝。你想測試我嗎？」

他握緊拳頭，在盤算什麼，如果我想的沒錯，他應該在想，如果雙手受傷了也等於葬送事業。

「很好，」我說。「如果再讓我聽見你對爸爸出言不遜，我可能也會那樣做。有一個這麼愛你的父親，你眞是走好狗運。你離開之後，他其實可以把房子收回來，但他沒有，他把這間房子留給你。我只能說，他對你還抱著希望。」

我像一陣旋風離開，朝著房間走去，用力把門關上。我已經忘記傑拉德、玫兒，和露西。艾斯本也在那裡等我。

「妳曾經和艾斯本交往？」玫兒問。

我倒抽一口氣。

「妳說太大聲了。」艾斯本說。

我看向露西，她的雙眼帶著淚水。我不想讓她再背負這個秘密，很顯然，她想到這件事就痛苦。如此誠實、忠誠的她，我怎麼能要求她在我和她宣誓服侍的家族裡做選擇？

「等我們回去之後，我就告訴麥克森。」我對艾斯本說。「我以為我在保護你，我以為我在保護自己，但我充其量只是在說謊。如果柯塔知道，或許還有其他人也知道吧。我想自己告訴他。」

26

接下來整天我躲在房間裡，既不想看見柯塔那張指控的臉，也不想處理媽媽丟給我的問題。最糟糕的是露西，當她發現我藏著這個秘密，沒有告訴她，她似乎很傷心。我甚至也不想她服侍我。不過幫忙媽媽或和玫兒玩，她似乎駕輕就熟。

反正我也有好多事情要思考，沒辦法留她在身邊。我不斷練習要跟麥克森說的話，試著找出最好的辦法坦白這件事。我應該略過艾斯本在宮中和我做過的事嗎？如果我略過，但是被他問起，這樣會比一開始就承認還糟嗎？

接著，我的思緒飄到其他地方，想起爸爸，想著過去這幾年他說的話和做的事。葬禮上我不認識的那些人，眞的是其他的叛軍嗎？有可能這麼多人嗎？

我該告訴麥克森這件事嗎？如果我的家人和叛軍有關，他還會想要我嗎？有一些菁英候選者能留下來競選，似乎是因爲她們的人脈，所以，如果我和某些人有關連，會讓我待不下去嗎？不大可能，畢竟我們現在也很熟悉奧古斯塔，但我還是擔心。

我想知道麥克森在做些什麼。可能在工作或是想辦法逃避工作，我不能陪他散步、陪他坐著，不知道克莉絲是不是取代我了。

我摀著眼睛，努力思考。我該怎麼熬過這一切啊？

這時一陣敲門聲傳來。我不知道，接下來的事會是更好或是更壞，但無論如何，我請門外的人進來。

肯娜走進來，這是回家之後，我頭一次看見她不是抱著艾斯特拉。

我搖搖頭，眼淚潸然落下。她走進來，走到床邊，坐在我身旁，一隻手臂攬著我。

「妳還好嗎？」

「我想念爸爸。他的信……」

「我懂，」她說。「他還在的時候，幾乎沒說過什麼，卻留給我們這些字句。其實我很高興，若他沒寫下，我也不知道自己是否記得住這些話。」

「是啊。」因爲她這番話，我一直害怕問的問題也得到解答——沒有人知道爸爸是反叛軍。

「所以……妳和艾斯本？」

「我發誓，結束了。」

「我相信妳。妳應該看看自己在電視上，看著麥克森的眼神。還有另一個女孩，叫賽勒絲吧？妳也得看看她的樣子。」她翻個白眼說。

我暗自微笑。

「她努力表現愛上他的樣子，但妳看得出來那不眞實，或至少不如她期望中的眞實。」

我哼了聲，然後說：「妳不知道妳的看法有多正確。」

「我是很納悶，那件事情多久了，我是說妳和艾斯本的事。」

「兩年。妳結婚，柯塔搬出去之後就開始了。我們每個星期在樹屋約一次會，我們努力存錢想結婚。」

「那時候妳有愛上他嗎？」

我不是應該馬上就能回答嗎？我不是應該告訴她：沒錯，我曾經愛著艾斯本？但現在看起來眞的不是這麼一回事。也許曾經是吧，但時間和空間的距離讓一切看起來不同了。

「我是這麼覺得，但是那感覺不……」

我搖搖頭。「現在看起來覺得很陌生。有很長一段時間，我只能想像和艾斯本在一起的人生，我已經做好成爲第六階級的準備了。但現在呢？」

「而現在，妳馬上就要成爲下任王妃？」她不動聲色地說，令整件事聽起來更妙了，我和她笑談著我人生的重大轉折。

「謝謝妳這麼說。」

「姊妹之間，理應如此。」

我看著她的雙眼，感覺到不知怎麼地，她還是有點傷心。「抱歉，我沒有早點告訴妳。」

「妳現在告訴我了。」

「並不是因爲我不信任妳。我想，讓他成爲秘密是這份感情特別的原因。」大聲說出，我才知道事實就是如此。沒錯，我對他有感覺，但我們周遭的環境，讓擁有他這件事，備感甜蜜：秘密的戀情、倉促的相會、有目標值得努力的感覺。

「我了解，亞美利加，我眞的了解。我只希望妳不要覺得自己必須保密，因爲我會支持妳的。」

我大大地呼出一口氣，許多的擔憂，都隨著這口氣煙消雲散。至少這個時刻，我可以把頭靠在肯娜的肩膀上，能思考的感覺眞好。

「所以，妳和艾斯本還有再發生什麼事情嗎？他對妳的感覺如何？」

我嘆著氣，坐直身體。「他一直想對我說些話，類似他永遠愛我的話。我也知道我應該告訴他，一切都不重要，我愛的是麥克森，但是……」

「但是什麼？」

「如果麥克森選了其他的人呢？我不能一無所有離開啊。如果艾斯本認爲他還有機會，至少等一切結束之後，我們可以再重新來過。」

她瞪著我看。「妳把艾斯本當作備胎？」

我的頭埋進雙手裡。「我知道，我知道，太差勁了，對不對？」

「亞美利加，沒那麼糟糕的。如果妳眞的曾經在乎他，那妳應該告訴他實話，而且妳也應該告訴麥克森實話，無論如何。」

這時傳來一陣敲門的聲音。「請進。」

艾斯本從門外走進來時，我的臉色微微羞紅。垂頭喪氣的露西緊跟在他身後。

「妳得換裝並打包行李了。」他說。

「發生什麼事了嗎？」我站起來，突然很緊張。

「我只知道麥克森要妳立刻回宮。」

我發出嘆息，十分不解，應該還有一天的時間。肯娜再次用一邊手臂攬著我，微微地緊摟著我，然後就回去起居室了。艾斯本離開之後，露西抓了制服，走到浴室，把門關上，在裡面換裝。

於是又只剩下我一個人，我想著每件事情。肯娜說的沒錯，我已經知道自己對麥克森的感覺，也是時候，我該照著爸爸說的話行動了，其實我早該這麼做：我必須努力奮鬥。

這感覺是個龐大的任務，我會先和麥克森說，等一切塵埃落定之後，我才知道怎麼跟艾斯本說。

現在的情形並不是一、兩天造成的，所以我花了些時間，才明白我們改變了多少。其實我好幾個星期前就知道，只是我一直把自己的感覺藏在心裡，我必須做對的事情，我得告訴他，我得放開艾斯本的手。

我打開行李箱，找出底部的包裹。我找到一團布，打開之後，拿出罐子。有那條手鍊之後，那枚一分錢幣已經不再孤單，但這一切都不重要了。

我拿起罐子，放在窗檯上，讓它留在好久前它就應該待著的地方。

飛機上大部分的時間，我都在預想自己要對麥克森說的話，我怕得要命，但唯有讓他知道真相，我們才能進一步。

我坐在靠近機尾的舒適的位置，我抬起頭。艾斯本和露西面向前方坐著，他們各坐在走道的兩側，兩個人正密切交談著。露西看起來仍然難過，接著她似乎叫艾斯本做些什麼事，他靜靜聽她說，點點頭，接受她的建議。然後她回到座位上，艾斯本則站起來，我低下頭，希望他沒發現我在偷偷觀察他們。

我假裝很專心看書，直到他靠近我。

「機長說還有大約半個小時。」他告訴我。

「好，很好。」

他躊躇半晌。「關於柯塔的事情，我眞的很抱歉。」

「你不需要道歉的，他這人太差勁了。」

「不，我得道歉。幾年以前，他開我玩笑，說我喜歡妳，那時候我不當一回事。但我想他早就看穿了，他肯定從那時候就注意我們。我應該更小心謹愼還是怎麼樣的——」

「艾斯本。」

「怎麼樣？」

「沒事的，我會跟麥克森說實話，我會負一切的責任。你家裡還有人要靠你，萬一你發生什麼——」

「小美，妳試著要我遠離一切，我太頑固所以沒聽，這是我的錯。」

「不，這不是你的錯。」

他深呼吸一口氣。「聽我說……我得告訴妳一些事情。我知道可能會很難，但妳必須知道。當我跟妳說我會永遠愛妳，我是認眞的，而且我——」

「住口，」我請求他。我知道我必須對他坦白，但我一次只能對一個人坦白。「我現在無法處理這事。我的世界才剛被顛覆，而且我要做一件自己很害怕的事情。我希望現在你能給我一點空間。」

艾斯本不是很明白我的決定，但無論如何，他還是接受。

「如妳所願，小姐。」他離開，感覺又比之前更糟。

27

走回皇宮的路上，給人一種理所當然的感覺，眞不可思議。一名我從未見過的侍女幫我拿外套，艾斯本在另一名衛兵的身旁，小聲解釋說早上他會針對這趟旅行做個報告。我抬起頭，盯著樓梯看，但另一位侍女阻止我。

「小姐，妳不去接待處嗎？」

「抱歉，妳說什麼？」難道有人要盛大歡迎我回來還是怎麼樣嗎？

「小姐，在仕女房。我想他們都在等著妳。」

這根本就稱不上解釋，但我還是下了樓梯，朝轉角走去，到仕女房。我從來沒想過，在熟悉的走廊上漫步是如此安慰人心。當然，我還是想念爸爸，但在這裡，起碼不至於讓我走到哪裡都想起他，這樣比較好。如果能和麥克森一起走著，回來這裡也會是美好的，這大概是我在這裡唯一的原因。

我不大認眞地思考著是否派人通知他，就在這時，我聽見仕女房傳來狂歡嘈雜的聲音。我相當不解，這音量聽起來，大約就像伊利亞王國一半的人民都在裡面吧。

我試探地打開門。是蒂妮——她爲何在這裡？——她只看見我頭髮，就馬上對室內所有人大聲宣布。

「她回來了！亞美利加回來了！」

房間裡傳來雷動的歡呼聲，我好疑惑。艾美加、艾許莉、貝瑞兒……大家都在這裡。我尋找著，但我知道這沒有意義，瑪琳不會受邀前來的。

賽勒絲趕緊過來找我，緊緊擁抱著我。「啊，妳這個小妞，我就知道一定是妳。」

「什麼？」我問。

她還來不及回答我，下一秒克莉絲就抱著我，在我耳邊小聲尖叫。她的呼吸伴隨某種味道，她喝得有點多，但手裡拿著玻璃杯，證明她還不想停下來。

「是我們！」她大叫說。「麥克森明天就要宣布他訂婚的對象了！會是我們其中一個！」

「妳確定嗎？」

「愛禮絲和我昨天收到通知，要我們準備回家，但是他又派人傳消息給所有的女孩，要她們回來慶祝，所以我們就留下來了。」賽勒絲說。「愛禮絲心情不是很好，妳也知道她家裡人的情況。她認為自己很失敗。」

「那妳呢？」我緊張地問。

她聳聳肩膀，給我一個微笑，「嗯。」

我笑出來，過一會兒之後，一只酒杯塞進我手裡。

「敬克莉絲和亞美利加，最後留下來的女孩。」某個人大喊說。

這個消息令我頭暈目眩，他決定結束王妃競選，讓其他人都回家，而且是在我離開時做的決定。這表示他想念我嗎？或是他發現沒有我也無所謂？

「乾杯！」賽勒絲堅持說，並拿酒杯碰我的酒杯。我將香檳一飲而下，結果換來一陣乾咳。

由於時差、過去幾天的情緒壓力，加上突然喝酒，所以我很快就暈了。

我看著女孩們在沙發上跳舞，雖然輸了，她們還是快樂慶祝。賽勒絲和安娜一起坐在角落邊，看起來像不斷爲自己的行爲道歉。愛禮絲悄悄靠近我，給我一個擁抱，然後再回到自己的位置。莫名的興奮籠罩我，雖然我並不確定即將到來的結果，但還是很高興。

我轉過去，突然間克莉絲在那裡，擁抱著我。

「好，」她說。「我們保證，明天無論如何，我們都會爲彼此高興。」

「我想這是個好計畫，」我大叫說，蓋過喧鬧聲，我笑著，視線往下看，那一秒鐘，我發現一件事，令我無法思考，經過這幾天，她脖子上閃爍的銀色飾品，對我而言，不再只是飾品。

我倒抽一口氣，她看著我，表情像是在問：發生什麼事了？即使這樣貿然又失禮，我還是拖著她到走廊上。

「我們要去哪？」她問。「亞美利加，發生什麼事了？」

我拖著她，繞過轉角，進入女洗手間，再次確認這裡只有我們，然後才開口說話。

「妳是叛軍的一分子。」我嚴肅地說。

「什麼？」她說，這口氣有點太假。「妳瘋了。」但是她的手移動到脖子上，這個小動作洩漏了一切。

「我知道那些星星是什麼意思，克莉絲，所以妳別騙我。」我鎮定地說。

她停頓、暗自盤算一番後，嘆了一口氣。「我沒有違法，我沒有發動任何地方抗議，我只是支持他們。」

「好，」我說。「但是關於王妃競選，妳有多少是眞的想和麥克森在一起，而又有多少是爲了達成叛軍的期望戴上后冠？」

她沉默半晌，斟酌該說什麼。她緊咬嘴巴，走到門邊，鎖上門。「如果妳非知道不可，我可以告訴妳，沒錯，我就是他們提給國王的一個選項，我想現在妳應該知道抽籤是個笑話。」

我點點頭。

「國王當時並不知道有多少人是反叛軍提出的，他現在依然不知道，在所有人之中，我是最有可能贏得競選的人。起初，我完全奉獻自己，投入這個行動，我不了解麥克森，也不覺得他想要我，但我越認識他，就越傷心，因爲他對我一點興趣也沒有，瑪琳被逐出競選後，妳和他出現裂痕，那時我才能以全新的眼光看他。

「妳可能覺得我來這裡的動機是錯的，或許妳想的沒錯。但如今，我在這裡的理由已經全然不同。我愛麥克森，我願意爲他奮戰，我們可以一起完成許多大事。所以如果妳想抹黑我，或是出賣我，省省吧，我不會被妳打敗的，妳了解嗎？」

克莉絲以前從來沒有用過如此強烈的口氣。我不知道這是因爲她對於自己的話有著絕對的信念，或是因爲她香檳喝多了。這一刻的她看起來好強悍，我不確定自己該說些什麼。

我想告訴她麥克森和我也可以完成許多大事，我們經歷過的，可能已經超乎她想像，但現在不是說嘴的時候。況且，她和我有許多共通點。我因爲我的家人而參加競選；她也是爲了像家人的人加入競選。我們從門外走進麥克森的心。現在我們兩個撕破臉又有什麼好處？

她把我的沉默，看作同意，於是開始動作，態度放鬆下來。

「很好。那現在，如果妳不介意，我要回去宴會了。」

她冷冷瞪我一眼，像一陣旋風般離開，留我一個人進退兩難。我該閉上我的嘴嗎？或者該至少告訴誰嗎？這是一件壞事嗎？

我嘆一口氣，離開洗手間。實在無心慶祝，於是我上樓梯，回去房間。

雖然我想見安和瑪莉，但也很高興房間裡空無一人。我跳上床鋪，開始思考。所以克莉絲是叛軍，但是據她所說，沒有任何危險。只是，我依然納悶，她的身分究竟代表什麼。她肯定是喬智雅口中的那個人，當初我怎麼會覺得是愛禮絲？

克莉絲有幫助他們進宮嗎？她有指示他們搜尋方向嗎？我在宮中有自己的秘密，但我從未停下來思考其他女孩是否也隱藏什麼，也許我該好好想想。

畢竟我現在還能說些什麼呢？如果麥克森和克莉絲之間眞有情愫，那麼我試圖暴露她的身分只會讓我看起來像不擇手段想贏，我並不想用這種方式得到麥克森的心。

我想讓他知道我愛他。

這時傳來一陣敲門聲，我有點不想回應。如果是克莉絲來向我解釋更多，或是其他女孩來要把我拖下樓，我都不想面對。最後，我打直身體，走向門口。

麥克森站在門外，手裡拿著鼓鼓的信封，還有一個小巧的禮物包裹。

這一秒鐘，我們才明白，我們又再度回到同個空間。整個空間彷彿充滿神奇電流，讓我眞切地了解自己有多想念他。

「嗨，」他看起來有點震驚，彷彿一瞬間無法言語。

「嗨。」

我們看著彼此。

「你想進來嗎？」我對他說。

「喔，嗯，好啊，我想進去。」有點不對勁，他不太一樣，或許是緊張吧。

我站到一邊，讓他進來。他環顧四周，好像與他上次來時相比，不知道哪裡變了似的。

他的視線回到我身上。「妳覺得怎麼樣？」

我知道他應該是指父親的事，我提醒自己，不只王妃競選結束，還有其他事也讓我的世界徹底改變。「嗯，其實我並不覺得他真的離開了，尤其現在我在這裡，我覺得自己還能寫信給他，而他也會收到。」

他對我露出同情的微笑。「妳的家人怎麼樣？」

我嘆出一口氣。「媽媽努力表現堅強，肯娜讓人放心；我比較擔心的是玫兒和傑拉德。至於柯塔，他對於整件事的態度，實在糟透了。感覺好像完全不愛我爸，我不懂。」我坦白說。「你見過我父親，他是個這麼好的人。」

「他確實是，」麥克森同意我的話。「我很高興至少我見過他。妳知道，我在妳身上也看見一點他的樣子。」

「真的嗎？」

「當然！」他一手拿著包裹，一手攬著我。他陪我走到床邊，坐在我身旁。「首先是妳的幽默感。再來是妳不屈不撓的個性。上次拜訪皇宮時，他也是打破砂鍋問到底，不停拷問，讓我好緊張，但也很有趣。妳也一樣，從來不放過我。」

「當然啦，妳的眼睛很像他，鼻子也很像。而且有時候，妳燦爛的笑容裡流露出樂觀的感覺，他也給我這種印象。」

我仔細思考他說的話，想著那些他說我們相像的部分。然後，我想麥克森並不真的認識他。

「我要說的是，悲傷也沒有關係，但可以肯定的是，他最好的部分還在這個世界上。」他作出結論。

我張開雙臂，擁抱著他，他沒拿東西的那隻手抱著我。「謝謝你。」

「我是說真的。」

「我知道，謝謝你。」我回到原本的位置，在他的身邊，決定趁著還沒有太感傷的時候，改變話題。「這些又是怎麼回事？」我對著他滿手東西點頭。

「喔，」麥克森想了一會兒該怎麼解釋。「這些是給妳的，遲來的聖誕節禮物。」

他舉起信封，那厚厚的信封裡裝滿摺起的紙張。「真不敢相信，我真的要把這些東西給妳，妳得等到我不在的時候再看，但是……妳可以留著。」

「好。」我說，語氣裡帶著探問的意思，他將信封放在旁邊的桌子上。

「有點不好意思，」他輕鬆地說，把禮物遞給我。「抱歉，包得不好。」

「沒關係，」我說謊，努力壓抑想笑的感覺，這包裹的邊邊彎來彎去，後面的紙也還有撕過的痕跡。

裡面的禮物是張裱框的照片，照片上是幢房子，不是普通的房子，是美輪美奐的那種。房子是溫暖的黃色，搭配著茂密的綠草，光看圖我就想把雙腳放在上面。兩層樓都有偌大的窗戶，樹木爲草坪增添另一層色調。其中一棵樹上甚至還加了鞦韆。

我試著把注意力放在照片本身，而不是那幢房子。我很確定這個小小的藝術作品是麥克森親手做的，雖然我想不透他是什麼時候出宮尋找題材的。

「很漂亮，」我坦白說。「這是你拍的嗎？」

「喔，不。」他搖搖頭，笑著說。「禮物不是這幅圖，是這幢房子。」

我試著理解他這番話。「什麼？」

「我想妳應該會希望家人住得近，這幢房子離宮只有幾分鐘車程，裡面房間很多，我想，妳姊和她的小家庭住進去也很舒服。」

「什麼……我……」我盯著他看，想找到線索，再次確定一切。

即使認爲我該明白，但麥克森還是一如往常向我耐心解釋。「妳要我讓所有人回家，我做了。我必須留另一個女孩——這是規定——但是……妳說如果我能證明我愛妳……」

「……是我？」

「當然是妳。」

我無言以對，只能又驚又喜地笑著，我一邊笑著一邊親吻他。麥克森對於我展現出的情感也很高興，他接受我每個吻，和我一起笑著。

「我們要結婚了嗎？」我大叫說，再給他一個吻。

「是啊，我們要結婚了。」他咯咯笑著，我很興奮，他也讓我輕輕打他。回過神，我才發現自己在他的膝蓋上，不知道什麼時候變成這個姿勢的。

我不停地親吻他……不知什麼時候開始，我們的笑聲停止，過了一會兒也不再微笑。歡愉的親吻轉為更深刻的感覺。我把自己拉開，凝望他的雙眼，那視線好炙熱，好專注。

麥克森抱緊我，我可以感覺到他的心正抵在我的胸口上，砰砰跳著。他內心的渴望引導著我，我將他的西裝外套脫下，他抱緊我，也盡力幫我，我讓鞋子掉在地板上，掉下來時，發出連串聲響，麥克森的腳在我的身體下移動著，他也脫下鞋子。

我們持續親吻，他將我抬起，把我移到床鋪裡面，輕輕將我放在中央，他的嘴唇移到我脖子下面，我解開他的領帶，丟到一邊，靠近我們的鞋子。

「辛格小姐，妳違反好多規定。」

「你是王子，應該可以赦免我吧。」

他輕輕笑著，雙唇掠過我的喉嚨、耳朵、臉頰。我將他的襯衫拉出來，忙亂地解開釦子，他幫忙解開最後幾顆，然後坐起來把襯衫丟到一邊。上一次麥克森沒穿襯衫的時候，我沒有機會好好欣賞，因為當時情況危急。但現在……

我輕輕地將手放在他的腹部，欣賞他健壯的身材。我的手抓著他的皮帶，把他拉下來，他也很配合，他一隻手移到我的腿上，穿過層層的禮服，舒適地放在我的大腿內側。

我覺得自己要瘋了，好想要他，好想知道他是否願意讓我擁有他。我不假思索地把手伸過去，手指撫著他的背。

他馬上停止親吻，抽身，看著我。

「怎麼了?」我低聲說,深怕破壞這一刻。

「妳會討厭……這個嗎?」他不安地問。

「什麼意思?」

「我的背。」

我的手拂過他的臉頰,直勾勾地望著他的雙眼,想將自己全部的感覺都告訴他。

「麥克森,你的背上有一些痕跡,因爲這樣,我的背上才沒有痕跡,我愛你,也因爲它們。」

他短暫地停下呼吸。「妳剛剛說什麼?」

我微笑著說。「我愛你。」

「再說一次,好嗎?我只是——」

我雙手捧著他的臉。「麥克森,我愛你,我愛你。」

「我也愛妳,亞美利加。我用我的全部愛妳。」

他再次吻我,我的手移到他的背上,這次他沒有停下。他把手移到我的身體下面,我感覺他的手指正撥弄我的禮服。

「這該死的東西究竟有多少釦子?」他埋怨地說。

「是吧!這禮服——」

麥克森坐起來,雙手放在禮服的胸線旁,用力一拉,從前面將我的禮服脫下,露出下面的連身襯裙。

眼前這幕，讓麥克森緊張地說不出話。他的視線慢慢回到我臉上，我繼續看著他，坐起來把袖子往後面塞，費了一番功夫才全部脫下，大功告成時，我們兩人都跪在床上，我幾乎上身全裸，胸貼著他的胸，慢慢地吻他。

我想整晚和他在一起，徹夜不眠，一起發掘我們之間這新鮮的感覺，彷彿像全世界只剩下我們兩人……這時，走廊上傳來碰撞聲響，麥克森盯著地板看，似乎在等待門可能隨時被打開，他很緊張，我從沒見過他這樣子。

「不會是他的，」我低聲說。「可能是某個女孩，踉蹌跌進她房間，或是侍女在打掃清潔，沒關係的。」

雖然看不出來他在懊氣，但這時候他鬆了一口氣，倒在我的床上，一隻手臂遮著眼睛，感覺挫折或是疲憊，也可能兩種感覺都有吧。

「亞美利加，我辦不到，不能這樣子。」

「但是麥克森，這沒關係的，我們在這裡很安全。」我在他身邊躺下來，窩在他另一邊的肩膀上。

他搖搖頭。「我想讓妳擁有全部的我，這是妳應得的，但現在不行，」他看著我。「我很抱歉。」

「沒關係。」但是我聲音裡的失望難掩。

「別傷心。我想帶妳去一趟像樣的蜜月，去溫暖而且能享受兩人世界的地方。沒有責任，沒有攝影機，沒有衛兵。」他的雙臂環抱我。「那樣的話會比較好，而且我會眞的寵壞妳。」

照他這樣說，等待也不是一件壞事。但一如往常，我回嘴說：「麥克森，你不可能寵壞我的，我沒什麼想要的。」

我們的鼻子對著鼻子。「喔，我知道啊。但，我並不是要給妳什麼東西。」他修正說，「我是會給妳什麼，但不是妳想的那樣。我會努力愛妳，比世界上任何一個男人對其他女人付出的都多，比妳想要的愛更多，我保證。」

接下來的吻充滿甜蜜與希望的感覺，就像我們的初吻。從這個時候開始，我感覺到他許下的承諾。能被他那麼愛著，我既害怕又期待。

「麥克森？」

「怎麼了？」

「你今晚能留下來嗎？」我問。麥克森挑起一邊眉毛，我咯咯地笑著。「我會乖乖的，我保證。只要……你睡在這裡好嗎？」

他看著天花板，仔細思考，最後終於投降。「好，但是我得早點離開。」

「好。」

「好。」

麥克森脫下褲子和襪子，衣服整齊疊好，這樣早上起床時才不會弄皺。他爬回床上，舒服地抱著我，腹部倚靠著我的背。他的一隻手臂穿過我脖子下面，另外一隻手臂溫柔環抱我。

我好愛我在宮中的這張床。枕頭像白雲，床墊支撐我，讓我安然入睡。在被子下，我從來不覺得過冷或過熱，睡袍貼著肌膚就像空氣般輕盈，若有似無。

但是當麥克森的手臂環抱著我，卻給了我前所未有的安全感。

他在我的耳朵上輕輕一吻。「晚安，我的亞美利加。」

「我愛你。」我輕輕說。

我躺在床上，讓幸福的時刻滲透全身。似乎不到幾分鐘，麥克森的呼吸就變得緩慢、穩定，他睡著了。

我沒想過自己能令他睡得如此安穩。另一方面，即使他父親待我如此，他也還是令我覺得安心。

我嘆了一口氣，暗自許諾，明天我們一定要談談艾斯本的事情。這件事得在典禮之前解決，此刻，我覺得自己更加確定該怎麼說了。現在就讓我享受平靜的兩人世界，在我心愛男人的手臂中安心休息。

28

我醒了，感覺到麥克森一隻手臂滑過我。不知道什麼時候，我把頭靠在他的胸前，他緩緩的心跳聲，在我耳邊迴響。

他什麼也沒說，吻著我的頭髮，把我抱得更緊。這一切令人不敢置信，我和麥克森一起在我的床鋪上醒來，而今天早上他會給我一枚戒指……

「我們每天早上都能像這樣起床，」他喃喃地說。

我呵呵笑著。「你看得出來我在想什麼。」

他心滿意足嘆了聲。「我的親愛的，妳覺得怎麼樣？」

「我覺得你叫我『親愛的』，我很想打你。」我戳戳他赤裸的腹部。

他微笑著，爬過來，坐在我上面，「好吧，那我的愛？我的小乖？我的甜心呢？」

「只要是我專屬的名字就行了。」我說。我的手有意無意地在他的胸膛、手臂上遊走。「我該怎麼叫你？」

「恐怕妳得叫我，親愛的夫君，殿下。這是法律規定的。」他的手滑過我的肌膚，找到我脖子上一處敏感的地方。

「不要！」我害羞閃開。

他微笑著，帶著勝利的感覺。「妳怕癢！」

雖然我不停抗議，但他的手已經展開全面攻擊，他搔我癢，鬧著我玩，害我尖叫出聲。就在我發出尖叫的那一刻，我也馬上停下來。一名衛兵衝進來，抽出佩槍。

這次我大聲尖叫，拉起床單蓋住我自己。我驚魂不定，所以過了一會兒才發現，那雙堅定的雙眼，正是艾斯本的雙眼，想到這，我的臉彷彿燒起來，太丟臉了。

艾斯本看著穿內褲的麥克森，又看著蓋著棉被的我，他的視線在我們之間來回，嚇得說不出一句完整的話。

接著一陣劇烈的笑聲解除了我的緊張。

雖然我被嚇成這樣，但麥克森還是一副輕鬆自在的樣子。事實上，他好像有點高興被抓包，他說話的時候，有種沾沾自喜的感覺。「萊傑，我向你保證，她絕對安全。」

艾斯本清清喉嚨，雙眼無法直視我們任何一個人。「當然，王子殿下。」他彎腰行禮後便離開，並關上門。

我倒下來，對著枕頭哀號。這件事將永遠跟隨我的人生，早知道之前在飛機上，有機會時，我就應該告訴艾斯本我的感覺。

麥克森過來抱著我。「別這麼不好意思，我們又不是全裸，而且這種事以後肯定會發生的。」

「太丟臉了。」我哭號著說。

「被看見和我在同一張床上嗎？」他聲音中的痛苦顯而易見，於是我坐起來，面對著他。

「不，不是因爲你的關係。只是，我也不知道，這應該是件私密的事情。」我低下頭，把玩著毯子的一小角。

麥克森溫柔撫摸我的臉頰。「抱歉。」我抬頭看他，無法忽視他聲音中那份眞誠。「這對妳來說可能有點難，但是現在起，人們會一直看著我們的生活。前面幾年，可能會有很多干擾。歷任的國王王后都只有一個小孩。其中有些人是自己選擇如此，但是在我母后經歷的難題之後，人民會想更確定，我們能否組成一個家庭。」

他不再說話，視線從我的臉上移到床上的某個定點。

「嘿，」我說，並捧起他的臉頰。「你忘了嗎？我們家有五個小孩，這方面我的基因優良。別擔心。」

他對我露出衰弱的微笑。「我眞希望如此。沒錯，因爲傳宗接代是我們的責任。另外……我也希望能和妳做每件事，亞美利加，我想和妳一起過假日，過生日，過忙碌的季節，過慵懶的週末。我想要書桌上有妳的花生醬指印，想講只有我們懂的笑話，想跟妳打打鬧鬧，想要一切的一切，我想和妳一起生活。」

突然間，前幾分鐘的事情從我心裡煙消雲散，溫暖的感覺在我的胸口蔓延開來，把其他的事情都推得遠遠的。

「我也想。」我向他保證。

他微笑著。「那我們過幾個小時就宣布消息如何？」

我聳聳肩。「我想我今天沒有其他的計畫。」

麥克森在床上，抱著我，用親吻覆蓋著我。我願意讓他這樣子吻我好幾個小時。只不過，讓艾斯本看到已經夠了，若是讓侍女看到這種畫面，肯定又要八卦一番了。

他穿好衣服，我套上外袍，眞是有趣，一起睡覺、醒來以後的感覺。我看著麥克森用襯衫覆蓋他的傷疤，這一切多不可思議。我從沒想要發生的事，竟能讓我如此快樂。

麥克森給我最後一吻，打開門，走出去。想不到要和他分離竟然如此難受。我告訴自己，只差幾個小時，等待是值得的。

關上門之前，我聽見麥克森低聲說：「軍官，請謹言愼行，小姐會感謝你的。」

艾斯本沒有回應，但我可以想像他表情肅穆地點點頭。我關上門，站在門後，想著該說什麼。我應該要說些什麼嗎？幾分鐘過去，我知道自己得面對艾斯本。我很清楚，若沒先和他講話，將要發生的事情就無法更進一步。我吸一口氣，緊張地打開門。他朝著走廊的方向歪著頭，聆聽聲音。最後艾斯本嚴厲地看著我，凝重的視線令人受不了。

「我很抱歉。」我吸一口氣說。

他搖搖頭。「其實我也不是全然不知，只是很驚訝而已。」

「我早應該告訴你。」我說，然後踏一步到走廊上。

「沒關係，我只是無法相信妳和他過夜。」

我的雙手放在他的胸前。「艾斯本，我們什麼也沒發生，我發誓。」

然而，就在這最不可能的時刻，一切都毀了。

麥克森繞過轉角，握著克莉絲的手，定睛看我。正在解釋的我，身體緊靠著艾斯本。這一刻我馬上後退，但已經來不及，艾斯本轉過去看著麥克森，想對他解釋，但也驚嚇得說不出話來。

克莉絲張大嘴巴，很快用手摀住。我看著麥克森震驚的眼神，只能搖頭，我試著用非言語的方式解釋這一切都是誤會。

不到一秒鐘，麥克森又恢復一貫的冷靜態度。「我在走廊上找到克莉絲，想趁攝影機出現之前向妳們兩個說明我的選擇，但我們似乎還有其他事情得討論。」

我看著克莉絲，令人安慰的是，她的眼裡並沒有勝利的感覺，相反的，她似乎為我傷心。

「克莉絲，可以請妳先回房間嗎？小聲一點，好嗎？」麥克森指示她。

她行個禮便消失在走廊上，很想快點從這個窘境脫身。麥克森深呼吸一口氣，再次看著我們兩人。

「我就知道，」他說。「我告訴自己說我瘋了，因為若我想的沒錯，妳自然會告訴我。妳應該對我誠實的。」他給我一記白眼。「我不敢相信，我竟然不信自己的直覺。從第一次見面，我就知道。妳看著他的樣子，多麼不專心。還有那該死的手鍊，牆壁上的字條，這些時候我以為我擁有妳，但又瞬間失去妳……」他轉向艾斯本說，「原來是因為你。」

「王子殿下，一切都是我的錯，」艾斯本說謊。「是我追求她的。她很清楚說明她不想和你以外的人交往，但我一意孤行。」

麥克森並沒有理會艾斯本的理由，他直直走向艾斯本，看著他的雙眼。「你叫什麼名字？」

他噤了一下，接著說：「艾斯本。」

「艾斯本．萊傑，」他試著說。「馬上從我眼前消失，否則我讓你去新亞細亞送死……」

艾斯本屏住呼吸。「王子殿下，我——」

「滾！」

艾斯本又看我一眼，然後他轉過身，逕自離開。

我站在原地，不發一語，不敢亂動，也不敢冒險看麥克森的雙眼。等我總算敢看他時，他的下巴朝著我房間的方向示意，我進去房間，他跟在後面。我轉過去看見他關上門，他的手用力梳過頭髮，移動腳步，面對我，他瞄了那張凌亂的床鋪一眼，自顧自笑著，很諷刺的感覺。

「多久了？」他輕輕問，依然能夠壓抑自己的情緒。

「你記得那次爭吵嗎——」我開始說。

麥克森忍不住，終於爆發，「亞美利加，我們認識第一天就在吵架了，妳說清楚點！」

我站著搖搖頭。「克莉絲的生日派對之後。」

他的雙眼睜大。「基本上，就是他來這裡之後。」他挖苦著說。

「麥克森，對不起，起先我是在保護他，後來是在保護自己。接著，瑪琳遭到鞭刑，我很怕告訴你眞相，我沒辦法失去你。」我央求著說。

「失去我？失去我？」他震驚地問。「妳會帶走一小筆財富，擁有新的階級身分，還有一個在追妳的男人！亞美利加，今天損失的人是我！」

他的話讓我無法呼吸。「我要回家了？」

他看著我，好像這是白癡才會問的問題。「亞美利加，我要讓妳傷我幾次才夠？在我們交往的時間裡，大部分時間妳都在騙我，妳覺得我眞的會娶妳，讓妳成爲王妃嗎？我不想接下來的人生繼續折磨自己。妳應該知道，我已經受夠折磨了。」

我開始啜泣。「麥克森，別這樣，對不起，不是你想的那樣，我發誓我愛你！」

他慢慢走向我，眼神死寂。「在所有的謊言裡，這個是我最討厭的。」

「這不是——」他的眼神令我無法言語。

「請妳的侍女好好表現，妳應該漂漂亮亮出宮。」

他離開我，走出門口，走出幾分鐘前我還擁有的未來。我轉過去，對著房間裡面，抱著我的胃，痛苦的感覺，似乎要讓身體的核心爆炸開來。我走到床邊，滾到床上，無法站穩。

我哭泣著，希望典禮之前能把痛苦的感覺趕出身體。我該如何面對這一切？我看著時鐘，想著自己還剩下多少時間……然後我看見昨晚麥克森給我的厚厚的信封。

這就是我最後所能擁有的他的一部分，於是我帶著絕望的心情，拆開信封。

29

十二月二十五日，下午四點三十分

親愛的亞美利加，

妳離開幾個小時了。到現在，我已經有兩次不自覺走到妳房間，想問妳喜歡什麼禮物，然後才記起妳已經不在宮中。我已經好習慣有妳的生活，妳不在身邊，不在走廊上閒晃，感覺好奇怪。好幾次我差點打電話給妳，但我不希望自己表現的占有欲太強，我不想讓妳覺得我在禁錮妳。我還記得進宮第一晚妳是如何形容皇宮的。而隨著時間的過去，妳似乎越來越自由自在，我討厭自己毀了妳的自由，於是我得轉移注意力，直到妳回宮那天。

所以我決定坐下來，寫信給妳，希望和妳說說話。我可以想像妳坐在這，對我的想法露出微笑，也許妳會搖搖頭，像在說我很傻。妳有時會這樣，妳知道嗎？我喜歡妳那種表情。所有人之中，只有妳露出那種表情不會讓我覺得自己毫無希望。面對我的行爲，妳只是微笑面對，妳接受我的一切，繼續當我的朋友，在短短七個小時之內，我已經開始想念一切。

我想著妳在這段時間做了些什麼，現在，妳應該已經飛到這個國家的另一端，安全到家了吧，希望妳平安抵達。我無法想像，妳的出現會令家人們多麼安慰，可愛的女兒終於回家了！

我不停想像妳家是什麼樣子。我記得妳說過妳家很小，所以妳有個樹屋，車庫是妳父親和妹妹工作的地方。除此之外，其餘的都得靠我的想像力。我想像妳與妹妹相擁依偎，或是和小弟踢球的樣子。妳知道嗎？我還記得這些，妳說過他喜歡球類運動。

我試著想像和妳一起走進妳家，眞希望能這麼做，看看妳成長的地方，看妳弟到處亂跑或是被妳母親抱著的樣子。如果能親眼見到妳身邊的人，親耳聽見妳家地板咯吱作響或是關門聲音，應該會令人覺得欣慰。我會喜歡坐在房子的一隅，可能還聞的到廚房的氣味。我常想像，一個眞正的家，應該隨時瀰漫著廚房烹調的香氣。沒有任何與軍隊、預算、協商有關的工作。我會坐在妳身邊，也許是做些攝影相關的工作，妳會在旁邊彈琴，我們一起當第五階級，就像妳說的那樣。我會和妳的家人們一起吃晚餐，和大家一起聊天、討論，不只我們倆低聲耳語，然後等待發言。也許我會睡在空床或是沙發上，如果妳願意，我會睡在妳旁邊的地板上。

有時候，我會想像，在妳身邊睡著是什麼感覺，就像我們在安全密室那樣，能聽見妳來來去去的呼吸聲，很靠近、很微小的呼吸聲，讓我不覺得那麼孤單。

這封信眞是太笨了，我想妳應該知道我有多厭惡自己看起來像個笨蛋，但爲了妳，我願意。

麥克森

十二月二十五日，下午十點三十五分

親愛的亞美利加，

現在要睡了，我試著放鬆，但是辦不到。我腦中想的全是妳，深怕妳會受到傷害。我知道如果妳有什麼事，一定會有人通知我，所以我變得有點偏執，只要有人過來傳消息，我的心跳就會漏一拍，害怕會發生最糟的情況：妳會離開，妳再也不回來了。

我希望妳在這裡，希望能看見妳。
妳不會收到這些信，太丟臉了。
我想要妳回家，我不斷想起妳的微笑，擔心我再也看不見妳的微笑。
我希望妳回到我身邊，亞美利加。
聖誕節快樂

麥克森

十二月二十六日，早上十點

親愛的亞美利加，

奇蹟中的奇蹟，我度過了昨晚。總算起床之後，我說服自己，這是庸人自擾。我發誓今天會專注在工作上，不再那麼煩惱妳的事情。

吃完早餐，開完大部分的會議之後，我又瘋狂地想起妳。我告訴大家我身體不舒服，現在正躲在房間寫信給妳，希望這樣會讓我覺得妳就在家。

我好自私。今天妳父親將入土爲安，但我卻只想把妳帶回來。寫出這些話，看見這些墨色字句，我覺得自己眞的是個混帳。妳本來就應該在那。另外，我想我已經說過了，妳肯定能讓家人們備感安慰。

妳知道，我從來沒對妳說過這些，但我應該要說，從我認識妳到現在，妳變得好堅強。我並不因此自滿，我不認爲那與我有關，但我想這個經歷已經改變妳了。我知道我也變了。打從一開始，妳就有一種大無畏的個人風格，慢慢轉變爲一種更堅強的個人特質。我以前總覺得妳就像個小女孩，帶著一包石頭，朝著擋在妳路上的人砸。當我還這麼想的時候，妳就已經成爲那些石頭本身，沉穩可靠，我相信妳的家人也看見了。我應該告訴妳這些，希望妳快回來，這樣我就能親口告訴妳了。

麥克森

十二月二十六日，晚上七點四十分

親愛的亞美利加，

我一直想起我們的初吻，但我說的其實是第二個，也就是妳邀我吻妳的那一次。我有告訴過妳那天晚上的感覺嗎？那不只是我的初吻，也是和妳的第一個吻。亞美利加，我見過許多美麗的事物，也到過這個星球上的許多角落，但是從來沒有什麼，能像那個吻一樣，美得讓人心痛。我希望能用網捕捉那個吻，或是把它收藏在一本書裡。我希望我能好好保存並與世人分享，向宇宙宣布，這就是我的感覺，這就是墜入情網的感覺吧。

這些信眞是太難爲情了，妳回家之前我得燒掉這些信。

麥克森

十二月二十七日，下午

亞美利加，

我現在要說的這件事，恐怕妳也會從侍女們口中聽見。我一直想起妳做的一些小事情。有時妳在皇宮內走著的時候，妳會哼哼唱唱。有時我走到妳房間，會聽見妳將埋藏在心中的旋律唱出來，而那旋律會傳到門口。如今，沒有那些旋律，皇宮感覺一片空蕩蕩的。

我也想念妳的味道。我想念妳每次轉過來笑我，從頭髮上飄散出來的香水味；或者我們在花園散步時，妳的肌膚發散的香氣，令人陶醉。

所以我走到妳房間，把妳的香水噴在我手帕上，這又是另一個愚蠢的小伎倆，讓我覺得妳還在這裡。正當我要離開妳房間時，瑪莉看見我，我不太確定她在那做什麼，畢竟妳不在，但是她見到我，而且尖叫出聲，接著，一名衛兵過來察看發生什麼事情。他抓起棍棒，眼神閃爍著威脅的意思，我差點被攻擊，只因為我想念妳的味道。

麥克森

十二月二十七日，晚上十一點

我親愛的亞美利加，

我從來沒寫過情書，所以如果我寫的不好，請原諒我……

最簡單的方法就是告訴妳：我愛妳。但事實上，更不只是如此，我想要妳，亞美利加，我需要妳。

因為害怕，我一直沒對妳說。我害怕如果一次全部告訴妳，妳會覺得壓力太大，嚇得逃跑。我害怕在妳內心深處，還有一份對另一個人至死不渝的愛。我很害怕自己會再次犯錯，這麼重大的事，可能會讓妳再退縮，回去自己無聲的世界。無論是老師對我的責備，父親的鞭打，或是年輕時那種孤立無援的感覺，都不及妳離開我的傷害。

我不斷想，也許眞會如此，於是我等待著打擊的到來。我一直拒絕做出選擇，因爲我害怕捨去其他選項之後，妳會雙手交叉站在原地，妳會樂意當我的朋友，但無法成爲我的伴侶、王后、妻子。

全世界我最想要的就是妳成爲我的妻子。我愛妳。很長一段時間我一直害怕承認，但我現在知道了。

妳失去父親，因此感到悲傷，妳離開之後，我感受到生活的空虛，這些情況並不令人高興，但我很感謝妳必須離開這，否則我不曉得自己得花多少時間，才會開始想像沒有妳的生活。現在我知道了，百分之百確定，我絕不想要沒有妳的生活。

我希望我能像妳一樣，是個眞正的藝術家，找到一個方法告訴妳，妳對我的意義。亞美利加，我的愛，妳是穿透樹木之間的陽光；悲傷過後的歡笑；熱天裡的一陣微風；混沌中的澄明。妳並非全世界，但妳的一切讓世界更好。沒有妳，我的人生還是會繼續，但再怎樣也不過爾爾。妳說過我們若想讓一切走上正途，其中一個人得先表達信念。我想我已經跨越我們之間的峽谷，希望妳能在另一邊等待我。

我愛妳，亞美利加。

永遠愛妳的

麥克森

30

主要活動室到處都是人。頭一次，國王和王后不再是室內的焦點，所有人的注意力都放在麥克森身上。麥克森、克莉絲，還有我坐在微微高起的台上，我們坐在一張裝飾華美的桌子前面。這個位置彷彿是個假象，我在麥克森的右邊。我向來認爲坐在某個人的右邊是件好事，這是個榮譽的位置，但是目前爲止，他都在和克莉絲說話，好像這一切與我無關。

我環顧四周，努力表現高興的樣子，室內到處都是人。蓋佛瑞當然也在角落，對攝影機說話，他隨著節目的進行，唸出旁白。

艾許莉微笑著並揮揮手，她身旁的安娜對我眨眨眼，我對她們點頭，但依舊緊張的不敢說話。奧古斯塔和喬智雅刻意穿著乾淨衣裳，他們站在後面，還有一些北方叛軍自成一區坐在一張桌子前面。麥克森當然希望他們在這，見見他剛選出來的妻子，但他完全不知道克莉絲也是他們的一分子。

他們謹慎地觀察室內，彷彿害怕隨時被衛兵認出，遭到攻擊。不過衛兵似乎完全沒注意他們，幾名衛兵站在周圍，這是我頭一次見他們如此不專注，眼神在室內亂飄。我甚至發現其中一、兩位有好幾天沒刮鬍子，看起來有點邋遢。不過，今天的場合很重要啊，也許他們只是趕時間吧。

我的視線迅速飄到安柏莉王后身上，她正在和姊姊愛黛兒與她那群咯咯發笑的孩子談話。她看起來耀眼動人。她等這天等很久了。她對克莉絲也會視如己出的。這一刻，我眞的好嫉妒。

我轉過頭去，再次掃過所有王妃候選者的臉，這次，我定睛看著賽勒絲，我可以清楚看見她眼裡的問題：妳在擔心什麼？我對著她微微搖頭，讓她知道我沒有勝算了。她對我露出淺淺的笑容，做出「一切會順利的」的嘴型。我點點頭，試著相信她。她轉過去，對著某個人說的什麼事情笑了笑。最後我看向右邊，衛兵的臉朝著我們桌子很近的地方看。

但艾斯本心不在焉，他四處張望，就像室內許多其他穿著制服的人，但他似乎還努力回想什麼。彷彿試著在腦中拼湊什麼。希望他能看我一眼，以無聲的方式解釋他在擔心什麼，但是他沒有。

「等會兒抽個空跟大家碰面？」麥克森問，我猛然回頭。

「不，還是不要好了。」

「其實也不是說多重要，但克莉絲的家人今天下午會來，小小慶祝，妳的家人也會來接妳回家。他們不喜歡最後一位淘汰者獨自一人，怕她們情緒不穩。」

他好冷淡，好疏離，彷彿完全不像是麥克森。

「如果妳想，妳可以留著房子，已經付款了，但我想要回我的信。」

「我讀過了。」我低聲說。「我好喜歡那些信。」

他哼了聲，好像這是個天大的笑話。「眞不知道我那時候在想什麼。」

「拜託，別這樣。拜託，我愛你。」我的臉垮下來。

「妳，眞，敢，說！」麥克森咬牙切齒地說。「妳臉上戴著虛假的微笑，從開始到最後一刻都是。」

我把眼淚眨掉，給他一個虛弱的微笑。

「好吧，但是妳離開之前不能再犯什麼錯，明白嗎？」我點點頭，他看著我的眼睛，「妳離開我會很高興。」

他冷冷地說完這些之後，馬上又一臉微笑對著克莉絲。我瞪著膝蓋一分鐘，放慢呼吸，戴上勇敢的面具。

我再次抬起視線，不敢直視任何人，我不認為自己能夠實現麥克森最後的願望。於是我看著牆面，突然在一個我從沒見過的信號之後，我發現大部分衛兵，往外面退出。他們從口袋拉出紅色布條，綁在額頭上。

我不解地看著一名綁著紅色頭巾的衛兵，他從賽勒絲的後面追上去，子彈直接從她的後腦貫穿。

尖叫聲和槍火聲一次爆發，痛苦哀號的聲音四起、椅子刮磨地板、身體撞上牆壁的聲音充斥整個室內，人們蜂擁竄逃，儘管穿著高跟鞋和西裝，仍努力奔跑。那些男人開火攻擊，一邊大聲叫囂，整個情況更為駭人。眼前所見，令我震驚不已，幾秒鐘內就已經造成許多死傷，不可置信。我尋找國王和王后，但他們已經不見蹤影。恐懼攫住我整個人，我不確定他們是逃走或是被抓住。我尋找愛黛兒和她的小孩，遍尋不著，這比看不見國王和王后更令人害怕。

我身旁的麥克森試著安撫克莉絲。「快上樓，」他告訴她說。「我們會沒事的。」

我轉向右邊看著艾斯本，當下對他感到敬佩不已。他單膝跪地，瞄準目標，對著人群中特定的點開火，想必是非常確定敵方，才敢這麼做。

我的眼角瞥見一抹紅色閃過。突然間一名反叛軍站在我們面前。我的腦中浮現衛兵反叛軍這幾個字，我恍然大悟。安曾經告訴我，這種情形以前也發生過一次，那時候反叛軍搶奪走衛兵的制服，潛進皇宮。但現在是什麼情況？

克莉絲又開始哭泣。這時候，我明白派到我們家的衛兵並非棄職離守，他們早就死亡，被掩埋起來，制服則被偷走，而那些制服就在我們的面前。

但現在知道這些對我也沒什麼好處了。

我知道我應該逃跑。如果還想活的話，麥克森和克莉絲也該逃跑。但是我動彈不得，我看著那兇惡的身影舉起槍，對著麥克森。我抬頭看著麥克森，他也看著我。多希望有時間說話。我轉過頭，看著那個男人。

他的臉上閃現一絲冷笑，好像發現另一種方式比較有趣，而且會令麥克森更痛苦，他把槍輕輕滑到左邊，對準我。

我往下躲，跌到地上，但是方向與原本預想的不同。沒接住我的麥克森趕緊飛奔到我面前。我撞到地上，抬起頭看見艾斯本，他奮力跑到桌子前，推開堆在我身上的椅子。

「我抓到他了！」某個人大叫說。「去找國王！」

我聽到一些高興歡呼的聲音，歡喜宣布著什麼事。還有尖叫聲，好多好多的尖叫聲。回過神後，那些聲音再度闖入我的耳朵。椅子刮磨和身體碰撞地面的聲音也不斷出現。衛兵們大聲令下，開槍攻擊。噁心的爆破聲刺穿雙耳，這地方簡直是人間煉獄。

「妳有受傷嗎？」艾斯本說，他的聲音壓過現場的混亂嘈雜。

我搖頭回應他。

「別動。」

我看著他站起來，擴大動作，瞄準敵人，開了好幾槍。他的眼神專注，身體放鬆。從這個角度看過去，越來越多的反叛軍想接近我們，多虧艾斯本，他們才沒有得逞。

艾斯本很快檢查四周圍，接著他突然蹲下。「我得把她帶離開這裡，否則她就完了。」

他越過我，抓起克莉絲，她正摀起耳朵，號啕大哭。艾斯本端起她的臉，拍拍她的臉，她受到驚嚇，久久無法言語，只能聽從他的指令，跟著他出去，走出去的時候還抱頭掩護。

現場逐漸安靜下來。現在所有人應該都走光，不然就是不幸喪命。

我注意到桌布下露出一條腿，這個人似乎很鎮定。噢，天哪！是麥克森！

我連忙跑到桌子下面，發現麥克森正在那裡，努力呼吸著，他襯衫上的紅色汙點漸漸擴大，他的左肩下面受了傷，看起來非常嚴重。

「噢，麥克森！」我哭著說，我不知道自己能做些什麼，我抓起裙子邊邊，壓在他的槍傷上，他有點畏縮。我說：「對不起。」

他伸出手，覆在我的手上。「不，對不起的是我，」他說。「我差點就要毀了我們兩個的人生。」

「現在先別說話，專心就好，好嗎？」

「看著我，亞美利加。」

我眨了好幾下，抬起來看著他的雙眼。儘管痛苦難耐，他還是對我微笑。

「我的心，妳要傷幾次儘管傷吧，反正我的心只屬於妳，也只有妳傷得了。」

「噓。」我敦促他別說話。

「我會愛妳直到最後一刻，我的每一下心跳都屬於妳，我不希望妳什麼都不知道，我就這樣死去了。」

「不要這樣說。」我哽咽著說。

他把手移開，梳過我的頭髮，動作很輕，但我已明白他的想法，我彎腰親吻他，就像我們往常的吻，如此不確定，卻又充滿希望。

「別放棄，麥克森。我愛你，請你不要放棄。」

他吸了一口氣，很不穩的樣子。

艾斯本潛進桌子下面，我先發出尖叫，然後才認出是他。

「克莉絲在一間安全密室，王子殿下。」艾斯本以嚴肅的口吻說道。「現在換你，你站得起來嗎？」

他搖搖頭。「別浪費時間了，帶她走。」

「但是，王子殿下——」

「這——是——命——令！」他使出全力，用強硬的語氣說。

麥克森和艾斯本互相看著彼此良久。

「遵命。」

「不！我不走！」我堅持說。

「妳必須走。」麥克森說，他的聲音聽起來很疲憊。

「來吧，小美，我們得快點。」

「我不要走！」

麥克森忽然一個動作，彷彿什麼傷痛都沒了，他伸出手，抓著艾斯本的制服。「她得活下來。明白嗎？無論如何，她得活下來。」

艾斯本點點頭，抓起我的手臂，我從沒想過他會這麼用力。

「不！」我哭著說。「麥克森，拜託你！」

「要快樂……」他喘著氣說，最後一次用力握緊我的手，艾斯本把我拖走，我尖叫出聲。

我們到達一扇門前，艾斯本把我推過去，靠著牆壁。「別出聲！他們會聽見妳的聲音。我越快把妳送進安全密室，就越早能去找他。妳得聽我的話，懂嗎？」

我點點頭。

「好，身體放低，別出聲音。」他說，並再次抽出槍，拉著我到走廊上。

我們來回張望，在走廊的底端，某個人正逃離我們視線。等他走之後，我們開始移動，我們在轉角處絆到一名躺在地上的衛兵，艾斯本確認他的脈搏，然後搖搖頭。他伸手過去，取了那名衛兵的槍，把槍遞給我。

「我該拿這個怎麼辦？」我低聲說，相當驚恐。

「開槍。但是開火之前請先確定對方是敵是友。畢竟這是暴力行爲。」

我們潛進角落，那幾分鐘驚險萬分，這裡的安全密室都有人，並且鎖上。攻擊行動似乎已經轉移到樓上或外面，因爲隔著牆壁，我隱隱約約能聽見槍火砰擊的聲音和無名的尖叫聲。即使如此，每次聽見有人低聲說話，我們還是會先停下來再前進。

艾斯本環顧這個角落的四周圍。「這裡是死路，小心點。」

我點點頭。我們快速往一條短走廊的盡頭飛奔。我首先注意到的是穿透窗戶的陽光，那片藍天知道這個世界要分崩離析了嗎？今天的陽光怎麼還能如此耀眼？

「拜託，拜託，拜託，」艾斯本低聲說，一邊找鎖。謝天謝地，門打開了。「太好了！」他嘆氣說，把門往回拉，遮住這走廊大半面，讓別人看不見。

「艾斯本，我不想。」

「妳得這麼做，妳必須安全，爲了這麼多的人民。還有……我要妳幫我一個忙。」

「什麼事？」

他略爲不安。「如果我發生什麼事情……妳告訴——」

從他的肩膀後面，我看見走廊底、轉角後閃過一抹紅色，我猛然拉起槍對著艾斯本的後面，朝著那個人開槍。不到一秒鐘，艾斯本就把我推進安全密室，用力關上門，留我獨自在這片漆黑之中。

31

不知道過了多久的時間，但這期間，我持續聽著門外的聲音，雖然這麼做也於事無補。幾個星期前，麥克森和我被鎖在安全密室裡，聽不見外面任何聲音，然而就在那時，外面也發生了嚴重的衝突和破壞行動。

儘管如此，我仍懷抱著希望。也許艾斯本會安然無恙，隨時打開這扇門。艾斯本不會死的，不會的，他是戰士，永遠都是戰士。遭到飢餓與貧窮威脅的時候，他用力反擊；世界奪走他父親的時候，他誓言讓家人活下來；王妃競選帶走我的時候，他被徵召從軍。他從來不因任何事而放棄希望。相較之下，那微小的子彈根本不算什麼。艾斯本不會被子彈擊垮的。

我的耳朵壓在門上聆聽，祈求能聽見一個字、一聲呼吸，或任何訊息。我專注聆聽著某個聲音，那像麥克森殘喘呼吸的聲音，像之前他躺在桌下、奄奄一息的聲音。

我用力閉上雙眼，祈求上帝讓他活下來。想當然，宮裡每個人肯定都在急著找麥克森和他爸媽，大家會優先搶救他們，不會任他死去，不會的。

但來得及嗎？

那時候，他看起來好蒼白，就連握緊我的手，也是虛弱無力的感覺。

要快樂。

他愛我，他真的愛我，我也愛他。儘管多少困難與阻撓——我們的階級身分、錯誤的行爲、這周圍的世界——我們都應該在一起。

我應該在他身邊，尤其此時，這生死交關的時刻，我怎麼能躲起來。

我站起來，摸索著尋找電燈，拍打著那面銅牆鐵壁，最後我找到了。我環顧四周，這間安全密室比我待過的其他間小，裡面沒有廁所，只有水槽和放在角落的水桶，在門旁邊，有張長椅靠著牆面，房間後面有個層架，放著幾包食物和毯子，最後我看見一把槍靜悄悄地躺在地上。

我把長椅推到房間中央，翻到另一面，座椅那一面抵著門板，我爬到下面檢查高度，這樣剛好，不是太高但應該足夠。不知道是否能成功，但仍值得一試。

我站起來，還不小心絆到愚蠢的禮服。我惱怒地在層架上摸索一番。上頭有一把看似用來切分食物的小刀，總之，能用就好。我把裙襬部分切掉，改成及膝長度，留下了歪七扭八的裙邊。切下的布料就繫在我的腰上作皮帶，我把小刀塞進去，以備不時之需。

然後我披上毯子，因爲出去的時候，可能會碰上槍林彈雨。我再次環顧四周圍，看要不要帶其他東西，或許之後能派上用場。沒有，就這些了。

我蹲到椅子下面，槍對準門鎖，穩穩吸一口氣，然後開槍。

槍聲在這小空間回響，雖然我早有心理準備，但還是嚇了一大跳。確定子彈沒有在室內四處亂飛，我才走過去檢查門板，門鎖上形成凹洞，裡面層層材質顯而易見。我氣自己打偏，但至少這麼做看起來應該會成功，只要再開幾槍，也許就能離開這裡。

我躲在椅子後面再試一次。一發發子彈打在門板上，但都落在不同的地方。一會兒之後，我站起來，打直身體，開槍射擊，希望這樣有幫助，但如此努力只換來許多碎片往回飛，割傷手臂。

板機發出喀喀的空洞聲響，我才知道子彈用盡，而且我還困在這。我放下槍，跑到門前，用盡全身力氣撞門。

「快開！」我用身體再次猛撞。「快開！」

我用拳頭敲門，毫無進展。「不行，不行，不行！我得出去！」

那扇門還是不動如山，沉默而嚴峻，以穩當的姿態，嘲笑我的傷心。

我滑坐到地板上，開始哭泣，我束手無策了。艾斯本也許就在距離我不遠處，成了一具了無生氣的屍體，至於麥克森……都這個時候，想必他也不在了。

我弓起雙腿抱在胸前，頭靠在門上休息。

「如果你活下來，」我低聲說，「我就讓你叫我『親愛的』，我答應你不會抱怨。」

而我現在只能等待。

我不時猜測時間，即便根本無法得知對或錯。分分秒秒緩慢到令人憤怒，我從沒有過這麼無能爲力的感覺，擔憂的心情彷彿要殺了我。

過了像是永遠那麼久，我聽見門鎖發出喀啦喀拉的聲音，有人來找我了。不知道那門的外面是敵是友，所以我拿起沒有子彈的槍對著門口，至少有嚇阻的作用。門倏地打開，光線穿過窗戶，耀眼刺人，還是同一天嗎？或者已經隔天了？我繼續瞄準目標，但現在得瞇著眼了。

「別開槍，亞美利加小姐！」衛兵懇求地說。「妳很安全！」

「我怎麼知道你是不是騙我？我怎麼知道你和他們是不是同夥？」

衛兵看著走廊的方向，朝著一個走過來的身影點頭示意。奧古斯塔站在光線下，緊跟在他身後的是蓋佛瑞。雖然他的西裝已經破如襤褸，但那別針還驕傲地別在他的西裝翻領上，現在我才了解那枚別針有多像北極星。

難怪北方叛軍知道這麼多內幕。

「結束了，亞美利加。我們制服他們了。」奧古斯塔向我保證。

我嘆一口氣，完全放鬆，槍也掉在地上。

「麥克森在哪？還活著嗎？克莉絲還好嗎？」我先問蓋佛瑞，然後才將視線轉到奧古斯塔身上。「有位軍官帶我來這裡，他叫萊傑軍官，你有看見他嗎？」我一古腦兒丟出問題，他們可能聽不大懂。

突然間，我彷彿失去了力氣，全身飄然。

「我想她驚嚇過度，快帶她去醫療區。」蓋佛瑞下令，接著，一名衛兵將我抱起。

「麥克森呢？」我問，但沒有人回答。還是我已經死了？我記不得了。

醒來時，我發現自己躺在帆布床上，現在，我才察覺身上許多傷口正刺痛著，但我還是舉起手臂，檢查傷勢，所有傷口都清理乾淨，大傷也包上繃帶，我安全了。

我坐起來，四處張望，才明白自己在一間小辦公室裡。我觀察那張辦公桌，看著牆上的證書，原來是艾許勒醫生的辦公室，我不能待在這裡，我得去找答案。

打開門，我才了解爲什麼他們將我安置在其他地方，因爲醫療區早已經人滿爲患。傷勢較輕的，兩個人擠一張床；其他人就睡在床鋪之間的地板上；不難猜測，傷勢最重的人，被安置在最後面的病床。儘管這裡人數眾多，整個空間卻安靜無聲。

我環視這個區域，尋找熟悉面孔。沒找到會是一件好事嗎？那又代表著什麼呢？

菟絲黛在病床上，她和艾美加緊緊相依，兩個人低聲啜泣。我認出幾名侍女，但不太確定她們的身分，經過時，她們不知道爲什麼向我點頭致意，而且她們似乎也覺得理所當然。人越來越少，我漸漸失去希望。麥克森不在這裡，如果他在，一定會有很多人圍繞著他，連忙服侍、照顧他的需求。話說回來，我之前是被送進兩側的房間，或許他也在那裡？

我看見一名衛兵，他臉上有道疤痕，所以我認不出他。「王子在這裡嗎？」我小聲問。

他嚴肅地搖搖頭。

「喔。」

槍傷和心碎表面上是截然不同的傷，但我可以感覺到自己的心正在淌血，就如麥克森受的傷，再怎麼止血、縫合傷口都沒有用，就是無法停止傷痛。

即使內心似乎聲嘶力竭，但我沒有放聲尖叫，只是讓眼淚靜靜流下來，淚水不會洗去什麼，卻彷彿能許下承諾。

麥克森，沒有任何人能取代你。我將這份愛封存保留。

「小美？」

我轉過頭，看見一個包裹繃帶的身影躺在醫療區最後的幾張床，是艾斯本。

我屏住呼吸，踏著不穩的腳步，朝他走過去。他的頭包滿繃帶，鮮血從裡面滲出，打著赤膊，身上有好幾處瘀青。傷勢最嚴重的是腿，他的下半身打上石膏，凌亂的繃帶綁在大腿傷口上，他沒穿什麼，只穿件短褲，並以棉被蓋著另一邊的腿，不難看出他傷的有多重。

「發生什麼事？」我在他耳邊低聲說。

「我不想再回想這一切。我撐了很久，救出六、七個人，後來被人打到腿才倒下來。醫生說我應該還能走，會需要拐杖，但至少留得青山在。」

眼淚悄悄流過我的臉頰，我好感謝，好害怕，只是同時也好絕望，我快承受不住了。

「小美，妳救了我一命。」

我的視線從他的雙腿轉移到臉上。

「妳開那一槍，嚇到反叛軍，讓我有足夠的時間開槍反應。如果沒有妳，他會朝我背後開槍，那我就沒戲唱了，謝謝妳。」

我擦拭雙眼。「是你救了我一命，你總是救我的那個人，是時候輪到我報答你。」

他微笑著。「我是不是有點愛逞英雄？」

「你老想穿著耀眼的盔甲，成為某個人的騎士。」我搖著頭說，想起他為每個他所愛的人做過的事情。

「小美，聽我說。當我說我會永遠愛妳的時候，我是認眞的。如果我們還留在卡洛林納省，可能早就結婚了，然後我們會很快樂。窮得要命，但很快樂。」他露出哀傷的微笑。「但是，我們並沒有留在卡洛林納省，而妳變了，我也變了。妳說的沒錯，我從來不給任何人機會，但爲何經過這麼多事，我依然放不開？

「小美，爲妳奮鬥就像是我的本能。我花了很長的時間，才看清妳已經不想要我再繼續。看清之後，我發現自己也不想再爲妳奮鬥。」

我盯著他看，這一席話令我震懾不已。

「小美，妳永遠都會在我心裡的某個角落，但我已經不再愛妳。雖然妳還是會有脆弱的時候，需要我的陪伴，想要我的關心，我已經不知道這樣好不好了。然而，妳值得比我更好的人，我感覺自己有義務告訴妳。」

我嘆著氣說：「你也值得一個更好的人。」

他伸出手，我握著他的手。「希望妳別生氣。」

「不會的。很高興你不再氣我。而且，即使他死了，我也依然愛他。」

艾斯本皺著額頭。「誰死了？」

「麥克森……」我深吸一口氣說，感覺又快要哭了。

他停頓一下。「麥克森沒有死。」

「什麼！但是衛兵說他不在這裡，而且——」

「他當然不在這裡。他現在是國王，正在他的房間裡休養。」

我彎下身抱著他，不小心太用力，令他哀號一聲，欣喜若狂的我，顧不了那麼多了。但接著我才想到，這是個喜憂參半的消息。

我慢慢退回原來位置。「國王死了嗎？」

艾斯本點點頭。「王后也是。」

「不！」我顫抖著，又開始淚眼閃爍。她說我可以叫她媽媽。沒有她，麥克森該怎麼辦？

「事實上，若不是北方叛軍，麥克森可能也活不了。他們眞是小兵立大功。」

「他們？」

我看得出來他眼中閃爍著好奇而敬仰的情緒。「眞該讓叛軍來訓練我們，他們攻擊方式不同，很清楚怎麼做。我在主要活動室裡認出奧古斯塔和喬智雅，他們還在宮外備妥多餘人力，只要苗頭不對，基本上能很快潛進宮中，我不清楚他們的砲火是從哪來的，但沒有他們，我們就不會在這裡。」

我還在腦中慢慢拼湊事實，尙未完全理解，這時候門打開，打斷醫療區輕聲細語的交談。一張憂心的面孔搜索整個室內，雖然她的衣服被撕得破爛，披頭散髮，但我還是馬上就認出她。

我還來不及叫她，艾斯本就先叫她：「露西！」他大叫，然後坐起來。這動作想必令他疼痛，但他臉上沒有絲毫痛苦的表情。

「艾斯本！」她氣喘呼呼地跑過醫療區，必要時，直接從他人身上跳過。她跌進他懷中，一次又一次親吻他的臉。剛才，我的擁抱令他發出哀號，但是在這一刻，很顯然，除了幸福快樂，他什麼都感受不到了。

「妳在哪裡？」他急切地問。

「四樓。他們現在才上四樓開門，一出來之後，我就盡快趕來。到底發生什麼事了？」一般而言，遭叛軍攻擊過後，露西通常會很驚恐，但是她現在很鎮定，她專注地看著艾斯本。

「我沒事。妳呢？妳要看醫生嗎？」艾斯本四處張望，想找人來幫忙。

「不用，我身上連個抓傷都沒有。」她向他保證。「我只是很擔心你。」

艾斯本深情款款地凝望著露西的雙眼。「只要妳在這裡，就沒事了。」

她輕輕撫著他的臉，小心翼翼避免碰到他的繃帶。他一隻手放在她脖子後面，輕輕將她拉近，深情地吻著她。

沒人比露西更需要一名英勇騎士，也沒人比艾斯本更能保護她。

他們沉浸在只有彼此的世界裡，甚至沒發現我已離開去找我眞正唯一想見的那個人。

32

離開醫療區，我總算看見皇宮的模樣，眼前毀壞的程度令人難以置信。數不盡的玻璃碎片散落一地，在陽光下閃閃發亮，充滿著希望的感覺。然而，那些損毀的畫作、炸開的牆壁、地毯上觸目驚心的紅色污點，都令我想起我們曾經多麼靠近死亡。

我步上階梯，盡量避免和任何人眼神交會。上三樓的途中，我注意到地上有副耳環，我忍不住想，它的主人還活著嗎？

上三樓之後，我朝著麥克森的房間走去，看見幾名衛兵在那附近，這似乎是無可避免的情況，或許我可以先叫他，那他就會命令他們讓我進去……就像我們相遇那晚一樣。

麥克森房間門開著，人們忙進忙出送公文或收盤子。六名衛兵一字排開站在門外靠牆的地方，我鼓起勇氣走上前，刻意忽略他們，然而當我再靠近，有名衛兵注意到我，他瞇起眼睛，彷彿在確認我就是他心裡想的那個人。他身旁另一名衛兵認出我，他們先後對我深深鞠躬，充滿敬意。

一名站在門口的衛兵，攤開手臂，邀我入內。「小姐，他已經恭候您多時。」

我試著習慣他們對我的尊敬與禮貌。雖然被刮傷的手和剪短的禮服一點幫助都沒有，但我還是抬頭挺胸向前走。「謝謝你。」我輕輕點頭說。

進去時，一名侍女匆匆經過。麥克森在他的床上，左邊胸膛覆著紗布，套著素色棉質襯衫。

他的左手臂被吊起，右手拿著文件，某位大臣正在向他說明。

即使衣衫不整、頭髮凌亂，但他看起來仍是一副泰然自若的樣子，同時也讓人覺得他比以前更壓抑。他是不是刻意挺直身體？不知怎麼，他的臉是不是變得更嚴肅了？

他儼然就是個國王。

「國王陛下。」我吸口氣說，並彎身行禮。起來之後，我看見他眼神流露出淺淺的笑意。

「史特拉佛，文件就留在這吧，請大家都離開房間好嗎？我得和這位小姐單獨說話。」

原本圍繞在他身旁的人彎腰行禮後，便往走廊上去了。史特拉佛悄悄地把文件放在邊桌上，離開時還對我眨眨眼。門關上之後，我才開始移動腳步。

我想跑過去找他，想跌進他的懷抱並永遠停駐，但我只能緩緩移動，因爲我擔心他會後悔最後說的那番話。

「你父母親的事情，我很遺憾。」

「感覺很不眞實，」他並示意我坐到床上。「我老是覺得父王可能還在處理工作，母后還在樓下，他們可能隨時上來找我做什麼。」

「我懂你的感覺。」

他給我一抹理解的微笑。「我知道妳懂。」他的手放在我的手上。我想這是個好跡象，於是我也握著他。「她想救他。有個衛兵告訴我，反叛軍看見父王，然後她從後面跑上去，她先倒下來，但是他們馬上抓到父王。」

他搖搖頭。「她總是如此無私，直到最後一刻都是如此。」

「你不用太過震驚，會發生這種事情，一點也不意外，你有許多特質跟王后如此相像。」他使了個臉色。「我永遠不會像她一樣好，我會非常想念她。」

我搓搓他的手，雖然她不是我母親，但我也會一樣想念她。

「但至少妳安全了。」他說話時，雙眼並沒有直視我。「至少還能這樣。」

我們靜默不語，不知道該說什麼。我該提醒他之前說過的話嗎？我該問起克莉絲的事嗎？他還有心情思考這些事情嗎？

「我想給妳看些東西，」突然，他語氣一轉，慎重地說。「先提醒妳，這還只是大略，但我想妳會喜歡的。打開那邊的抽屜，」他指示我，「應該在上面。」

我拉出那張邊桌的抽屜，馬上注意到一疊打好字的文件。我好奇地看了麥克森一眼，但他只是對著那些文件點點頭。

我開始閱讀那些文件，試著理解其中的內容。我讀到第一段的最末，然後再重讀一次，我肯定是弄錯了吧。

「你……你要廢除階級制度嗎？」我抬頭看著麥克森問道。

「正是如此，」他微笑回答我。「我不希望妳太亢奮。這會花點時間，但是會有成效的。妳看，」他翻過一大堆資料，指著一個圖表，並說：「我想從底層開始，計畫先消除第八階級。國內有許多建設工程的需求，我感覺，只要努力一點，第八階級就可以併入第七階級。之後情況會有點微妙，我們得想辦法除去那些跟隨著階級的標誌，但那是我的目標。」

我大吃一驚。在我認知的世界裡，向來只知道階級如同身上的衣服。現在，我手中的資料卻告訴我們，人們之間那些無形的界線終將消弭。

麥克森的手觸碰我的手。「我想讓妳知道，這全是因爲妳。自從那天，妳把我叫到走廊上，告訴我關於飢餓的故事，我就著手進行計畫，這也是我氣妳那份簡報的一個原因。我也有相同的目標，但方式比較低調。若不認識妳，我也不會有這個念頭了，所有爲國家貢獻的計畫之中，這計畫全因妳而起。」

我深呼吸一口氣，再盯著那份文件。這幾年的生活，時間並不長，但速度相當快，過去我只能預期自己在家庭派對獻唱，作背景音樂，或許有天會跟某個人結婚。想到這一切對伊利亞王國人民的意義，我便興奮到不能自己，覺得好感恩，也好驕傲。

我繼續閱讀眼前文字，這時，麥克森猶豫地說：「還有一個東西。」然後他突然將一個開蓋的盒子滑到文件上，盒子裡放著一枚戒指，與從他房間的窗戶流瀉而下的陽光相互照映。

「這該死的東西一直放在我枕頭下，它陪我很長一段時間。」語氣有點半開玩笑，半點惱怒。我抬頭看著他，不發一語，因爲我震驚到說不出話。我很確定他看出我眼中的疑問，但他有他自己的答案。「妳喜歡嗎？」

纖細的金色藤蔓蜿蜒成指環的形狀，上頭鑲著兩枚寶石——綠寶石與紫寶石——兩枚寶石在冠上相碰。我知道紫寶石是我的誕生石，綠寶石則肯定是他的誕生石。我們倆在那裡，兩個小小的亮點一起成長，永不分離。

我應該要說些什麼，也好幾次張開嘴，試著說些什麼，但我怎麼樣都只能擠出微笑，我把眼淚眨掉，然後點點頭。

麥克森清清喉嚨。「目前爲止，我曾經兩次想以盛大的方式來做這件事，但是都失敗了。妳也看到了，我甚至連單膝跪地都辦不到，希望妳別介意我直接對妳說出來。」

我點點頭，搜遍全身上下，還是想不出任何話語。

他瞧了瞧，聳著沒受傷的那邊肩膀，「我愛妳。」他扼要地說。「很久以前我就應該告訴妳了，也許這樣就能避免許多誤會。但話說回來，」他臉上露出微笑，補充說，「有時我也覺得，正是那些障礙讓我如此深愛妳。」

眼淚聚集在眼角，停在我的睫毛上。

「我說的都是眞的。我的心屬於妳，妳能傷害它。妳也知道，我寧可自己死去也不願妳受苦。我被傷到跌倒在地上，幾乎覺得自己要沒命的那刻，腦中想的全都是妳。」

麥克森必須停下來，他瞧了瞧，我看得出來他情緒激動，和我一樣。過一會兒之後，他繼續說話。

「那幾秒鐘，我爲自己的失去而哀悼。我看不見妳在紅毯上，朝我走過來；我無法從我們孩子的臉上看見妳的神韻；我無法看見妳的頭髮慢慢變白。但同時，想到我的死能換妳的命，就沒那麼困擾了。」——他再次聳著單邊肩膀——「這樣的結果還不好嗎？」

剎那間，我再也控制不住，眞摯的眼淚流下來。這一刻好特別，我以前怎會認爲自己知道什麼是被愛？我未曾有過這類感覺，它在內心綻放，那是純粹的溫暖，塡滿我整個人。

「亞美利加，」麥克森溫柔地說，他讓我擦乾雙眼，面對著他。「我知道在妳眼前，我現在是個國王，但先說清楚，這不是命令，這是請求，我請求妳，讓我成爲這世界上最快樂的男人，成為我的妻子，這將是我的光榮。」

我無法表達自己多麼雀躍，這是我想要的，我說不出多餘的話，只能投入麥克森的臂窩，緊緊抱他。毫無疑問，任何事情都不能將我倆分開。他吻我時，我感覺人生總算抵達了安定的角落，這是我想擁有的一切──以前，我甚至不知道自己在尋找的是這些──是麥克森的臂彎。只要有他的引導與支持，我就能面對全世界。

沒過多久，我們的吻就慢下來，麥克森將我往後推，凝望我的雙眼，從這個表情看來，我知道我們還是跟以前一樣。我也終於能開口說話。

「我願意。」

尾聲

我努力不顫抖，但是沒有用，如此重大的日子裡，女孩子難免會緊張。畢竟，我披著一身繁重禮服，場邊還有無數雙眼盯著。是應該要勇敢，然而我還是忍不住發抖。

我知道門一打開，會看見麥克森正等著我。最後一刻，當一切圍繞在我身旁時，我會帶著那個承諾並試著放鬆心情。

「喔！輪到我們了。」媽媽說，她注意到音樂的變化。詩薇亞揮手要我家人過去。詹姆士和肯娜已經準備好，傑拉德還到處亂跑，而且西裝都皺了，玫兒不停地試著將讓他固定在同個地方兩秒鐘。雖然傑拉德有一點凌亂，不過今天，他們每個人看起來都十分莊重，令人讚嘆。

我很高興愛我的人都在身邊，只是少了爸爸，想到這裡，我不由得一陣心痛。但是我感覺得到他，他會對我說他有多愛我，多麼驕傲，我看起來多美麗。我太了解他，甚至能一字不差地猜到今天他會對我說什麼，我希望永遠停留在這一刻，他永遠不會真的離開。

我迷失在自己的想法裡，太專注，沒注意到玫兒偷偷溜到我身邊。「小美，妳看起來好漂亮。」她邊說，手一邊伸過來，觸碰禮服的細緻高領。

「瑪莉太認真工作了，妳說是不是？」我邊說邊摸著身上禮服的一角。原來的侍女之中，只剩瑪莉留在我身邊。回歸原本生活之後，我們發現死亡人數比原本預估的多。露西雖然活下來，但是她決定離開；安則不幸去世。

又是個應該出席卻不在場的人。

「我的天哪，小美，妳在抖。」玫兒抓著我的手，試著安撫我，笑我太緊張了。

「我知道，我忍不住啊。」

「瑪琳，」玫兒叫道，「過來幫我安撫亞美利加。」

我唯一的伴娘走過來，她的雙眼一如以往明亮有神，有她們在我身邊，緊繃的情緒立刻緩和不少。

「別擔心，亞美利加，他不會落跑的。」她開玩笑地說，玫兒也笑出來，我開玩笑地打打她們。

「我才不擔心他改變心意！我是煩惱會絆倒或是把他名字唸錯，我很擅長搞砸事情啊。」我哀傷地說著。

瑪琳把額頭貼著我的額頭。「沒有什麼能搞砸今天。」

「玫兒！」媽媽噓聲說。

「好了，媽媽快等不及，等會樓上見。」她在我的臉頰落下無形的吻，確定唇膏沒有印在上面，就離開了。音樂聲響起，她們繞過轉角，走上那條我等會兒也要走的紅毯。

瑪琳往後退一步。「我是下一個嗎？」

「是的。對了，我很喜歡妳穿這個顏色。」

她臀部微微移動，擺出姿勢，呈現一身禮服。「王后陛下，是您品味好。」

我深呼吸一口氣。「還沒有人那樣叫我，哦，我的天哪，以後大部分的人都會那樣叫我。」

我努力快點習慣這幾個字。加冕儀式是婚禮的一部分，首先是對麥克森的誓言，接著宣誓效忠伊利亞王國，戴上戒指，最後戴上后冠。

「別緊張了！」她堅定地說。

「我會努力的！我的意思是，我知道這都是遲早的事，但是一天之內的改變，實在是太多了。」

「哈！」音樂改變時，她興奮大叫。「今天晚上妳就知道囉。」

「瑪琳！」

我還來不及罵她，她就蹦蹦跳跳逃走了，離開時還拚命眨眼，我也只能呵呵地笑著。好高興瑪琳能回到我的生活，我正式任命她成爲我的侍從，麥克森也任命卡特成爲他的隨從，這樣的決定，也讓世人明白麥克森會以什麼樣的作風來統治這個國家，許多民眾樂見其成，我也相當高興。

我聆聽著，等待著，樂聲很快就會出現，所以我把握僅有的時間，再順一順這身禮服。說華麗無比，一點都不爲過。這件白色禮服由上而下緊緊貼到臀部，接著如浪花般展開，垂墜到地面，蕾絲短袖接著高領的設計，讓我看起來著實像個王后。除了禮服本身，我還披上無袖斗篷，斗篷往後延伸，在地面上拖著。接待賓客時，我會脫下斗篷，屆時，我會和丈夫共舞，直到累得站不穩。

「準備好了嗎，小美？」

我轉向艾斯本。「是的，我準備好了。」

他朝著我伸出一邊手臂，我勾起他的手臂。「妳看起來好美。」

「你也不錯呢。」我客觀評論。雖然面帶微笑，但他肯定看得出來我很緊張。

「沒什麼好緊張的，」他向我保證，自信的笑容讓我覺得不管他說什麼都是眞的，艾斯本向來如此。

我大口吸氣，點點頭。「好，別讓我跌倒，好嗎？」

「別擔心。如果妳看起來不穩，我這把給妳。」他拿出特別製作、搭配他的正式制服的深藍色枴杖，聽他這麼一說，我也笑了。

「我們走吧，」他說，並且很高興看見我發自內心地微笑。

「王后陛下？」詩薇亞問。「時間到了。」她的聲音帶著一點敬畏。

我對她點點頭，艾斯本和我一起走向門口。

「好好表現，讓大家仰慕妳吧。」音樂響起之前他這麼說，然後，我們來到所有賓客的面前。

剎那間，所有恐懼都退去。即使努力減少來賓的人數，還是有數百人排排站在紅毯邊，我朝麥克森走去，但因爲每個人都站起來致意，我看不見他。

我只是想看見他的臉，只要讓我看見他篤定的眼神，我就知道自己能完成這件事。

我微笑著，努力保持鎭定，帶著感謝的心情向賓客們點頭致意，感謝他們今天的出席。然而，艾斯本知道，其實我很緊張。

「沒關係的，小美。」

我看著他，他鼓勵的表情幫了我不少。

我繼續前進。

我們走在紅毯上，我們的步伐可能不是最優雅，而且艾斯本受重傷，所以速度也不快，我們得蹣跚地走到前面。但除了他，我還能請誰陪我走呢？我還會請誰陪我走呢？艾斯本已經成為我生命中重要的一部分，不是我的男朋友，也不是我的朋友，他是我的家人。

原先，我以為他會拒絕，我怕他會覺得那是侮辱，但是當我問他，他說他覺得很榮幸，並給我一個擁抱。

即使到最後，他還是如此真誠而切實，這就是我的艾斯本。

最後，我在人群中看見一個熟悉的面孔。露西和她父親就坐在那兒，她露出燦爛的笑容，為我感到驕傲，雖然她的雙眼一刻都離不開艾斯本。經過她的時候，艾斯本還將身體挺直一點，我想很快就會輪到她了，我期待著那天的到來，而這無疑會是艾斯本最好的決定。

最靠近我們的前幾排，除了露西，還有王妃競選的其他女孩，她們真勇敢，為了我回到這裡，畢竟並不是所有人都該回到這裡。但她們依舊面帶微笑，連克莉絲也不例外，縱使我看得見她眼裡的哀傷。令人驚訝的是，我發現自己多麼希望賽勒絲也在這裡，我可以想像她翻白眼，眨眨眼睛，或是怎麼樣的，她會說些自滿的俏皮話，但又不至於太超過。我真的、真的很想念她。

我也想念安柏莉王后。我只能在腦中想像，如果今天她在場，她會多快樂，因為她終於有個女兒。我應該也可以像愛母親一樣愛她。我確定我會永遠愛她的。

然後是媽媽和玫兒，她們緊握著彼此的手，彷彿彼此支持。周圍好多張微笑的臉，那麼多的愛與呵護，幾乎令人承受不住。

看著他們的臉，我無法專注，都忘記自己快抵達走道盡頭。我面向前方……他就在那裡。

現場彷彿沒有其他人。

沒有攝影機在錄影，沒有燈光閃爍，只有我們兩個，只有麥克森和我。

他戴著皇冠，西裝上別著藍色飾帶和勳章。第一次見他戴著這些的時候，我是怎麼說的？好像是說他很適合被吊在枝形吊燈上，想到這，我露出微笑，我想起我們經歷了那麼多的事情，才走到今天，站在這個聖壇上。

最後幾步艾斯本走得緩慢而穩重。抵達時，我轉向艾斯本，他給我最後一抹微笑，我靠近他，親吻他的臉頰，向好多的過去道別。我們看著彼此好一會兒，他拉起我的手，放在麥克森的手上，把我交給他。

他們對著彼此點頭，除了尊重之外，沒有多餘的情緒。我不認爲自己能了解他們對彼此的感覺，但是在那一刻，感覺很平靜。艾斯本往後退，我往前進，走到我從沒想過自己會站上的地方。

典禮開始，麥克森和我靠近彼此。

「哈囉，我的親愛的。」他低聲說。

「別那樣叫我……」我悄聲警告他，但我倆都微笑著。

他握著我的雙手，彷彿那雙手是唯一讓他留在這裡的原因，我專心看著我們的手，準備面對接下來的字字句句，我將永遠遵守的承諾。這重要的日子，彷彿眞能感受到一股神奇的力量。

我也知道這不是童話故事，總是會有難熬、困惑的時刻，不會每一件事都順著我們的心意發展。我們得牢牢記住這是我們的選擇，一切不會永遠完美。

我們不會從此過著幸福快樂的生活。

因爲人生並不只是如此而已。

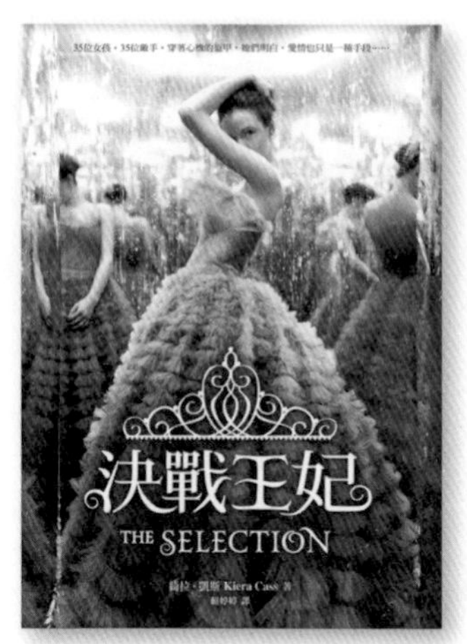

圓神出版

決戰王妃

35位女孩。35位敵手。

穿著心機的盔甲，她們明白，愛情也只是一種手段……

在社會階級分明的伊利亞王國，
當上王妃是扭轉命運的唯一機會。

17歲的亞美利加幸運入選，全家人的未來全都寄託於她。
選妃過程將實況轉播，全國人民屏息以待。
因爲，王妃只有一位。

華服珠寶、美宴佳餚，亞美利加彷彿躍上枝頭。
她的才華與直率贏得王子的好感，卻招來其他女孩危險的妒意。
但這一切根本都不是亞美利加想要的。

一輩子只有一次的競賽，沒有人願意乖乖照著遊戲規則走。
而女孩們不知道的是，看似最受歡迎的亞美利加其實藏了一件不能說的心事——一個足以讓她人生從此垮台的大秘密……

圓神出版

決戰王妃2：背叛之吻

愛情的深度，如何用競爭來衡量？
同時愛上兩個人，算不算一種背叛……

從海選的35名競爭者，到如今只剩下6名菁英。這場贏得麥克森的愛、爭取妃冠的競選，正如火如荼地進行。然而，越是靠近后冠，亞美利加越不明白自己的心。與麥克森共度的每分每秒都彷彿童話故事，甜美的浪漫氛圍幾乎令她窒息。可是，每當看見皇宮衛兵艾斯本——她的初戀情人，她總會想起過去兩個人殷切企盼、一起計畫的未來……

在此同時，亞美利加偶然讀到的一本創國者日記，讓她遭受晴天霹靂般的震撼。爲何節慶、歡笑會從這個國度消失？爲何階級制度會從黑暗歷史中捲土重來？亞美利加企圖揭露眞相，卻讓自己候選人的地位岌岌可危，皇宮更陷入叛軍攻堅的危機！

劇情峰迴路轉，亞美利加對麥克森與艾斯本的感情，也如同雲霄飛車般起起落落。同時愛上兩個男孩，算不算是自私的背叛？一個17歲的女孩，究竟能承擔多少責任？眞正的奪妃之戰，現在才要展開——

圓神出版

決戰王妃3：眞命天女

唯一的后冠，只留給最·想·要的人……
決戰時刻，誰是王妃？

選妃競賽給了亞美利加未曾想過的夢幻人生。從進入皇宮的第一天起，亞美利加的心在兩個男孩之間不斷拉扯——一次又一次爲她化解危機的艾斯本，以及感覺越來越強烈的麥克森王子。同時，反叛軍的抗爭越加劇烈，皇宮裡危機四伏，而伊利亞國王似乎隱瞞了足以滅國的身世之謎……亞美利加該如何度過最後一關？爲了自己的未來，她將全力一搏！

亞美利加的最終抉擇，不僅牽動著伊利亞王國的命運，也緊繫著兩顆爲她跳動的心……

The Eurasian Publishing Group
圓神出版事業機構
用心與你對話．網野無限寬廣
圓神出版社
Eurasian Press

http://www.booklife.com.tw　reader@mail.eurasian.com.tw

當代文學 121

決戰王妃3——眞命天女

作　　者／綺拉．凱斯
譯　　者／賴婷婷
發 行 人／簡志忠
出 版 者／圓神出版社有限公司
地　　址／台北市南京東路四段50號6樓之1
電　　話／（02）2579-6600．2579-8800．2570-3939
傳　　真／（02）2579-0338．2577-3220．2570-3636
郵撥帳號／18598712　圓神出版社有限公司
總 編 輯／陳秋月
主　　編／林慈敏
責任編輯／莊淑涵
美術編輯／金益健
行銷企畫／吳幸芳．涂姿宇
印務統籌／林永潔
監　　印／高榮祥
校　　對／沈蕙婷．莊淑涵
排　　版／杜易蓉
經 銷 商／叩應股份有限公司
法律顧問／圓神出版事業機構法律顧問　蕭雄淋律師
印　　刷／祥峯印刷廠

2014年5月　初版
2021年12月　23刷

THE ONE

定價 320 元　ISBN 978-986-133-496-7　

　Printed in Taiwan

每一本書，都是有靈魂的。
這個靈魂，不但是作者的靈魂，
也是曾經讀過這本書，與它一起生活、一起夢想的人留下來的靈魂。

——《風之影》

國家圖書館出版品預行編目資料

決戰王妃3：眞命天女／綺拉．凱斯（Kiera Cass）著；賴婷婷 譯.
-- 初版. -- 臺北市：圓神，2014.05
288面；14.8×20.8公分. --（當代文學；121）
譯自：The One
ISBN 978-986-133-496-7（平裝）

874.59　　103004850